# 마르만(marman)을
# 자르는 소리

마르만(marman) :
최후의 고통을 뜻하는 용어인 단말마(斷末摩)에서,
말마는 마르만이라는 범어에서 그 어원을 찾을 수 있는 바,
마르만은 그곳에 닿으면 극심한 고통 끝에 죽음에 이른다는
인간의 치명적인 급소임

# 마르단을 자르는 소리

초판 1쇄 인쇄 2011년 08월 25일
초판 1쇄 발행 2011년 08월 30일

지은이 | 신현돈
펴낸이 | 손형국
펴낸곳 | (주)에세이퍼블리싱
출판등록 | 2004. 12. 1(제315-2008-022호)
주소 | 서울특별시 강서구 방화3동 316-3번지 한국계량계측협동조합회관 102호
홈페이지 | www.book.co.kr
전화번호 | (02)3159-9638~40
팩스 | (02)3159-9637

ISBN 978-89-6023-660-8 03810

# 마르탄을 자르는 소리

신현돈 장편소설

ESSAY

## 저자의 말

'구피'라는 어종이 있다. 삼바 춤을 추는 듯한 미세하고 격정적인 유영과 앙증스러움, 그리고 그 화려한 무늬에 매혹되어 우리 집 어항으로 이주를 시켜놓았는데, 수컷으로 생각되는 한 녀석이 정말이지 집요할 정도로 다른 구피를 못살게 굴고 있다. 한시도 가만 놔두질 않고서 좁은 어항 속에서 스토킹을 하고 있으니 어항 밖으로 추방시키고 싶을 정도로 미울 때가 많았다. 수없이 난 레드 카드를 만지작거렸던 것이다.

하지만 난 그들의 언어도, 그들의 행동과 습성도 이해하지 못한다. 오히려 그런 모습이 그들 세계의 자연스런 현상인지 모르고, 그런 게 그들만의 질서와 조화인지도 모른다. 그것은 그들의 입장에서 생각하고 판단해야 할 문제인 것이다.

흔히들 도달하고자 하는 이상과 현실의 차이를 문제라고 말한다. 간과하기 십상이지만 가장 중요한 것은 사고의 차이가 아닐까? 당연히 생각의 차이는 그 무게나 부피와 길이를 잴 수 없어 계량화할 수 없지만 말이다.

이 글에 등장하는 작중 인물들의 사고의 깊이가 다르고 생각의 넓이가 다르다고 문제로 여기질 않길 바란다. 어쩌면 그들도 구피일 수도 있으니까. 다만 우리 사회가 가야 할 방향과 현실의 괴리는 적절히 문제로 받아들였으면 한다.

이 소설은 이른바 '나영이 사건'에서 충격을 받고 쓰기 시작했다. 온 나라를 경악과 슬픔과 분노로 물들게 했던 사건이었지만, 불행하게도 그런 유형의 사건은 끊임없이 재생되고 반복되며 확대되고 있으니 참으로 분개할 일이 아닐 수 없다.

도대체 인간의 탐욕의 끝은 어디인가?
사람들 마음속에 도사리고 있는 사악함은 정녕 도려낼 수 없는 것인가?
악의 씨앗을 파종할 수 없게 하는 방법은 결코 없는 것일까?

날이 갈수록 지능화되고 흉포해지는 각종 범죄의 피해자는 아무리 시간이 흐른다 하더라도 그 생명이 다할 때까지 아픔을 치유할 수 없을 것이다. 이 글을 통해 그들의 마음이 조금이라도 위안이 되었으면 좋겠다. 아울러 여기에서 등장하는 근원적인 해결책은 단지 소설적 방법이니만큼 행여 따라 하거나 모방하지 말 것을 부탁한다.
이 글을 읽는 모든 분은 제반 룰에 의해서 정해진 금 안에서 얌전히 놀기 바란다. 그렇지 않고 금 밖으로 발을 내미는 순간 엄청 쓴맛을 볼 수도 있으니까.

2011년 8월
신 현 돈

# 차 례

제1장

# 쥐뿔도 모른다

"피고 ○○○에게 무죄를 선고합니다."

재판장의 판결이 선언됐다. 보통 이 대목에선 판결 끝머리에 '탕! 탕! 탕!' 하고 판결봉 삼타(三打)가 뒤따르는 것으로 알고 있다. 나 또한 법원에 오기 전까지는 그렇게 알고 있었으니까. 어떤 외국 작가가 썼던 '기도 끝의 아멘!'이란 문구처럼 당연히 판결 뒤에는 판결봉이 뒤따라야 했다. 그런 생각을 갖고 재판을 지켜 봐서인지 내가 생각했던 세리머니 없이 재판이 끝나버리니까 조금은 싱겁고 어색한 느낌이 들기까지 했다. 드라마나 영화를 보면 빠지지 않고 등장하는 방망이 소리……. 그 방망이가 도대체 뭐길래 국회에서는 의사봉을 뺏고 빼앗기는 아수라장을 매번 연출하는지는 모르겠으나, 세 번의 울림이 갖는 상징적인 의미는 법적 효력 여부를 떠나 아마 대단한가 보다.

형식보다는 내용이 중요한 것은 당연한 일일 터. 하지만 내용 또한 나를 적지 않게 실망시키기에 충분했다. 판결 순간 피고측의 득의에 찬 환희의 승전가만이 우렁차게 울려 퍼지는 가운데 법정 안은 느닷없이 둔기로 뒤통수를 맞은 것처럼 의식이 없어 보였다. 약간의 웅성거림이 없지 않은 건 아니었지만 전체적인 분위기는 찬물을 끼얹은 듯한 정적만이 흐르고 있었다고 해야 정확한 상황이었다. 방청객 모두 할 말을 잃고 망연자실한 상태였으니까. 진실의 곡해를 넘어 기대치의 배신이었고 당위성에 대한 배반이었으며 감정의 상처였다.

'그럼 그렇지, 혹시나 했는데 역시나였군. 이런 게 소위 정의의 구현인 모양이지? 이게 우리 사회의 양심이고 이런 게 진리란 말이지? 하늘도 알고 땅도 아는 이 사실을 어떻게 손바닥으로 하늘을 가리려고 한단 말이야? 참 해도 너무 하는군.'

나의 냉소는 도저히 넘을 수 없는 벽 앞에서 나오는 좌절과 절망의 소리였다. 의당 정의의 심판을 내려줄 것으로 생각했던 나의 기대는 보기 좋게 무너져버렸다. 말도 많고 탈도 많았던 1심에서의 무죄를 2심에서도 그대로 답습한 것이니만큼 이건 무슨 드라마의 재방송 같은 판박이 판결이나 마찬가지였다.

수업이 끝나고 학교 앞 가게에 코흘리개들이 우르르 몰려가 무슨 껌을 한 통 사면 거기에 예쁜 만화 주인공 같은 스티커가 하나씩 들어 있었다. 눈망울이 수정처럼 맑고 고운 공주님부터 여의봉을 손에 쥔 손오공도 있었다. 단물이 입 안 가득 고이는 풍선껌의 투박한 질감 속에서 침을 손가락에 묻혀 종이에 대고 손톱으로 정성껏 문지르다 보면 그 예쁜 그림이 신기하게도 종이에 그대로 옮겨져 판박이라고 불렀고, 그 의미는 똑같다는 뜻으로 우리 사이에 통용됐었다.

이 세상은 더 이상 정의의 우군이 아니었음을 바보같이 이제서야 간파를 하다니……. 이 사회가 추구하는 법과 도덕과 양심의 가치는 더 이상 의미를 찾기가 어려웠고, 법이 체제와 사회를 유지하기 위한 최후의 보루도 아닐뿐더러 이 시대의 순수시도 아니었다. 사건을 철저하게 은폐하고 비켜가려는 은닉기술과 불리한 부분은 부인으로 일관하는 부정법, 뛰어난 논리와 상대방의 약점을 물고 늘어진 역전의 기술이 거둔 피고인 측 변호사의 직업적 승리였을 뿐 정의와 양심의 승리는 결코 아니었다.

이법위인(以法爲人)이라고? 내가 생각하기엔 결코 사람을 위한 법은 아니었다. 아니 법을 너무 잘 알고 요리조리 미꾸라지처럼 빠져나가는 특정한 사람만을 위한 기술이었다. 사람이 벌을 줄 수 없다면 하늘이라도 대신할 수 있으련만, 천벌이라는 징계는 어릴 적 읽었던 동화에서나 등장하지 않았던가? 수없이 읽었던 그런 옛날 이야기 속에서 나름의 선과 악의 개념을 알았고 죄와 벌의 인과관계도 배웠다.

내가 세상을 잘못 살았고 잘못 알았나? 내 기준으로 세상을 재단하고 내 입맛에 맞게 세상을 해석했나? 하지만 아무리 그래도 하늘이 원망스럽다. 도대체 하느님은 이런 인간 안 잡아가고 뭘 하신단 말인지?

돌아오는 길에 곰곰이 생각해보니 너무 화가 나고 약이 올랐다. 열렬히 응원했던 우리 팀이 상대방에게 아깝게 패배했을 때의 그런 허탈감이랄까. 팀에 대한 애증이 교차하는 가운데에서도 상대편에 대한 미움보다는 그 경기를 편파적으로 진행한 심판이 미울 때가 많았다. 그냥 어떤 꼬투리라도 잡아야 그나마 조금이라도 안위를 얻을 수 있었으니까. 그래서 무죄 판결 순간 득의에 찬 피고인의 표정보다 감히 범접할 수 없을 정도의 근엄한 법복을 입고서 법의 잣대를 저울추에 올려놓고 어느 한쪽으로 기울지 않도록 공평하게 판결한다는 그들이 더

가증스러웠다. 도대체 국민의 보편적인 감정과 내가 생각하기엔 100% 확신할 수 있는 심증이 그들만의 전문 영역인 법 논리와 증거 부족이라는 명제 앞에 이렇게 처참히 무시당할 수 있단 말인가?

▶▶▶

'나는 소설에 대해 좆도 모른다.' 오래전에 읽었던 어느 자전적 소설의 첫 장에 이런 대목이 나온 걸 기억한다. 그 표현을 빌리자면 나도 법에 대해선 좆도 모른다. '좆'이라는 신체 특정부위를 일컫는 비속어를 써서 나 자신에게도 미안하지만 말이다.

이웃집 녀석이 어릴 적에 말끝마다 '좆' 자를 쓴 적이 있었다. 이를테면, '좆도 어렵네. 좆 나게 짜증나……'

"에끼, 이 녀석! 너 좆도가 뭔 지나 알고 좆도, 좆도 하는 거야?"

"왜요? 그거 '되게'라는 뜻이에요."

뭐가 잘못됐느냐는 식으로 빤히 나를 바라보면서 당당히 반문했다. "되게?"

허, 그러고 보니 말이 됐다. '되게 어렵네, 되게 짜증나……'

하기야 요즘은 젊은 여성들도 스스럼 없이 '좆나 짜증나' 하면서 그런 말을 쓰고 있으니, 언어는 사회성이 있어 발전하는 게 맞는 모양이다. 하지만 그 언어를 쓰는 사람의 품위에는 분명히 영향을 미친다. 언어에도 품격이 있는 것이다.

엄밀히 따지자면 법에 대해서 아무것도 모른다면 조금은 거짓인 듯싶다. 대학 1학년 때 교양과목으로 한 학기 동안 법학개론을 수강하긴했었으니까. 자신을 헌법학자라고 소개한 그 교수의 강의 시간은 한마디로 생지옥이었다. 연강으로 진행되는 두 시간 동안 거의 모든 학생이 졸음과의 힘겨운 싸움을 했으니 세상에 지옥이 따로 없었다. 다 포기하고 두 시간 동안 푹 잠이라도 잤으면 차라리 그 시간이 천국이었겠지만 그 교수는 진짜 재미 없이, 자장가 같이 조용하고 줄기차게 같은 템포로 강의를 하면서도 우리가 조는 꼴은 죽어도 못 봤다. 그래서 어쩌잔 말인가? 졸지 않게 재미있게 강의를 하든가, 우리가 잘 알아듣게 조리 있고 쉽게 풀어서 얘기를 하든가, 크게라도 하든가, 아니면 졸게 내버려두든가, 정말 이것도 아니고 저것도 아닌 그 상태의 강의를 한 학기 동안 들었지만 남는 건 하나도 없었다. 학점도 형편 없었으니 진짜 되게 재미 없었다. 그래서 법에 대해선 쥐뿔도 모른다는 표현이 맞을 듯했다.

어쨌든 그 어려운 법 얘기를 하겠다는 것은 아니지만 중학교 때 배운 '8조금법'이라는 게 너무도 간절해졌다. 내가 알기론 8조의 법은 선과 악의 개념에서 그에 상응하는 보복으로 되갚아주는 응보주의(應報主義)형 원시법이었다. 사람을 죽인 자는 사형, 상해를 입힌 자는 곡물로써 변상하고 물건을 훔친 자는 노비가 됐다나? 당시의 내 생각으로는 너무도 당연한 형벌이었고 속이 다 시원했다. 복잡하게 생각할 것도 없고 뭘 따질 것도 없었다. 그대로 되갚아주면 됐으니까……

지구촌 어느 나라에서는 지금도 돌팔매질 사형이 행해지기도 하고 또 어떤 나라에서는 피해자에게 배상을 원하는지 복수를 원하는지 물어봐서 복수를 원할 경우엔 정말 똑같이 해주는 나라도 있는 걸로 알고 있다. 이빨을 부러뜨리면 그 가해자도 똑같이 이빨을 부러뜨리라고 판결을 하는데, 언젠가는 폭행으로 상대방의 척수를 마비시킨 가해자에게 똑같이 척수마비형을 선고하기 위해 의술로써 척수를 마비시킬 수 있는지 각 병원에 자문을 구했다는 기사도 읽었다. 염산 테러를 가한 가해자에게 똑같이 얼굴에 염산 세례를 퍼부은 일도 있었으니, 그런 형벌의 좋고 나쁨을 떠나 복수에 대한 사람들의 집념은 대단한 것 같다. 언론에서 떠들 정도로 특이한 형벌이었지만 그들은 꾸르안(코란)의 '키사스(Qisas)'라는 그들만의 율법에 따라 줏대 있게 법을 집행하고 있는 것이다.

아, 또 기억나는 것은 고조선 때에도 벌금이라는 게 있었다. 죄를 면하려면 얼마인지는 모르겠지만 많은 돈을 내야 한다고 했다. 그때나 지금이나 가진 자에게는 도망갈 구멍을 만들어주었던 게 법인 것 같다.

그런데 참 대단한 건 남을 때려 노동력을 상실케 할 경우 손목을 자르지 않고 피해자의 생계를 책임지게 했다는 것이다. 단순히 그 범죄에 대한 보복이라면 당연히 상해의 도구인 손모가지나 발모가지를 잘라야 했지만, 그렇게 되면 속은 시원할망정 피해자는 굶어 죽어야 했으니 다른 대안으로 곡물로써 변상하게 한 것이다. 고조선 때에도 선(善) 쪽에 서 있는 백성을 생각하는 마음은 참으로 가상했다.

이날의 판결은 그래서 불만이었다. 그들의 머릿속에만 있고 국민의 마음속에 있지 않은 법은 법으로서의 존엄성을 잃었다는 게 나의 지론이다.

법원에서 돌아와보니 신문 한쪽엔 사형제 폐지에 대한 인권단체의 주장이 장황하게 전개돼 있었다. 우리나라는 이미 10년 이상 사형 집행 실적이 없어 실질적인 사형폐지국가란다. 사형은 법을 빙자한 또 하나의 살인이라고도 했다. 국민의 생명을 보호해야 하는 국가가 제도를 통해 사형을 집행한다면 국가의 기본적인 기능을 상실한다고 하면서 국가의 기본적인 기능이 뭔지는 언급하지 않았다. 주장하는 이에 따라 다르겠지만 어떤 사람은 국가의 기본적인 기능 중 가장 중요한 것으로 사회 질서 유지 및 국가의 안전을 확보하는 것이라고 힘주어 얘기하던데, 사형 집행을 하면 사회 질서가 무너지고 국가 안전이 위협을 받는다는 것인지 도무지 이해가 되지 않았다.

인권단체는 또한 사형은 헌법상 보장된 기본인권을 침해한다고도 했다. 오판의 가능성도 있고 범죄 감소에도 사형이 도움이 되지 않는단다.

살인자에게도 인권이 있다나? 정말 개 풀 뜯어먹는 소리를 하고 있군. 그간 사형 집행을 안 한 것이 사형에 대한 최종 결정권을 갖고 있는 법무부장관이나 통치권자의 종교적 양심 또는 개인의 가치관과 신념에서 비롯될 수도 있겠지만, 사형에 대한 찬반 양론이 대립되고 있는 상황에서 굳이 정치적 점수를 까먹으면서까지 무리수를 두며 사형 집행을 강행할 지도자가 얼마나 있겠는가?

노벨이라는 죽은 자의 영광을 추구하기도 해 결국 그의 이름을 빌린 평화상도 탔는데 사형 집행이라니 가당치도 않다. 한때 대통령 못 해먹겠다고 했던 지도자에게 어찌 그런 어려운 과제에 대해 결단을 바라겠는가? 어디 유명한 교회의 장로 출신 대통령도 임기 초반엔 곧 사형 집행을 할 것 같이 기세를 떨어 기결수들이 벌벌 떨었다지만 이 또한 찻잔 속의 미풍으로 끝나버렸다. 임기제의 지도자는 임기만 무사히 마치면 성군으로 후세에 기록될 수도 있다는 생각을 갖고 있는지는 모르겠지만 왜 자기들 손에 피를 묻히겠는가 말이다. 임기 중에 사형 집행을 하지 않았다고 그럼 이 분야에서 성군으로 기록될까? 위의 대통령들에 앞서 어떤 대통령은 본인의 임기 말에 한꺼번에 많은 수의 사형수를 처형했는데, 사형을 집행했다고 폭군으로 거론되지 않는 걸 보면 사형 집행 여부가 통치자의 치적과는 아무런 관계가 없다는 생각이 든다.

법을 빙자한 살인이라고? 자다가 벌떡 일어나 포복절도(抱腹絶倒)할 일이다. 배꼽을 쥐고 나뒹굴 정도의 웃음이 포복절도이던데, 이것만큼 웃음의 강도가 더한 것은 없는 듯했다. 손뼉을 치며 웃는 박장대소(拍掌大笑)나 얼굴의 표정이 즐겁게 바뀌며 웃는 파안대소(破顔大笑), 껄껄거리며 한바탕 웃는다는 가가대소(呵呵大笑), 모두 다 흡족해서 웃는 만당홍소(滿堂哄笑) 등은 포복절도에 한참이나 미치지 못하는 것 같다. 법을 빙자한 살인이라는 말에 정말 땅바닥에 넘어져 데굴데굴 구르며 웃고 싶었다. 그간 법을 빙자해 수없이 형장의 이슬로 사라진 이들이 무릇 기하인가? 있는 법도 무시해가면서 무수한 양민을 학살한 것은 또 무엇인가? 법의 심판도 못 받고 잘못된 국가의 권력에 의해 무참히 스러져간 이들이 무릇 기하인가 말이다. 지금도 세계 곳곳에서 벌어지고 있는 국가와 종교 간의 총 싸움은 합법적 살인이라고 힘주어 말하고 있는가?

　국민의 생명 보호? 좋아하시네! 그럼 왜 온갖 흉악한 범죄의 표적이 되어, 왜 예고 없이 찾아오는 재난의 대상이 되어, 왜 부주의한 사고의 피해자가 되어 수많은 사람이 국가의 보호를 받지 못하고 있는지? 그들이 억울하고 가엾이 죽음을 맞이할 때 과연 국가는 뭘 하고 있었는지? 국민의 생명을 보호한다는 것은 국가가 필요할 때만 편리하게 써먹는 하나의 장신구가 아닐까? 궁지에 몰리거나 외면하고자 할 땐 장식했던 액세서리를 떼어버리면 될 테니까.

　사형 집행이 현격한 범죄 감소에 도움이 되지 않는다며 아전인수 식 통계를 들먹이고 있는가? 통계라는 건 어떤 기준으로 조사하고 해석하느냐에 따라 포장이 달라진다. 결론을 미리 정하고 그렇게 결과가 나오게끔 얼마든지 유도할 수도 있다. 정확히 그런 경험통계를 얻으려면 일단 사형을 집행해놓고서 부활을 시키든 다시 살아나게 한 다음, 또

범죄를 저지르는지 살펴보지 않고선 어떤 통계도 피부에 와 닿지 않는 다는 것이다. 더구나 통계적인 의미가 있도록 많은 수의 사형수들을 그렇게 해봐야 정답이 나올 듯하다.

살인자에게도 인권이 있고 그들의 인권을 보호하는 게 헌법상 보장 된 기본권리란 말이지?

아, 이 대목에선 더 열이 받는다. 범죄 피해자의 인권은 어떤 이도 지켜주지 않지만 가해자의 권리는 참으로 잘도 지켜낸다. 정말 피눈물 이 다 나오려고 한다. 도대체 인권이란 무엇인가? 정부의 일방적 권력 남용과 억압에 대항하여 그 부당함을 요구할 수 있고, 기본적인 보호 와 보장을 받을 수 있는 보편적 권리를 인권이라고 정의했던데, 사람이 사람답게 존엄한 생활을 영위할 수 있는 권리가 인권인 것이다.

그렇다면 살인자에게 정부가 일방적으로 어떤 권력을 남용하거나 억 압했는가? 살인자에게 어떤 보호나 보장을 하지 않았는가? 주권국가 에서 당연히 살인자에게도 법에 따라 재판을 받을 기회를 주고, 그들 도 제반 절차에 따라 부당한 권력과 불법으로부터 보호를 받으며, 그 들에게 주어진 범주 내에서 권리도 분명히 행사할 수 있는데, 죄형법정 주의의 법치국가에서 법에 따라 형을 집행하는 것을 무슨 인권 운운 하는 것인지 참 이해할 수 없었다.

더구나 사람답게 존엄한 생활을 영위할 인권을 가진 자가 '인권체' 인 사람을 죽였으니 당연히 그 지위는 박탈하는 게 맞다. 반칙을 범하 면 파울을 받고 정도가 지나치면 퇴장을 명하는 운동 경기처럼 인생 의 퇴장도 국가는 명할 줄 알아야 한다. 불변의 진리 같은 그런 인권 도 전시 같은 비상사태에서는 제한이 되거나 축소된다고 했던데, 그렇 게 고무줄처럼 늘렸다 줄였다 하는 게 인권이라면 더 이상 논하고 싶 지 않다.

젠장, 더 이상 말하고 싶지 않다. 생각할수록 더 화가 치미니까. 내 건강을 위해선 더 이상 생각하지 말자. 의사가 쓸 데 없는 것에 스트레스 받지 말라고 하지 않았던가? 혈압 올라 간다고……

▶▶▶

끔찍이 사랑하는 아내가 어느 날 괴한의 흉기에 살해되었다. 아내가 죽어가는 모습을 보면서 괴한과 격투를 벌였지만 남편은 오히려 아내를 살해한 누명을 쓰고 1급 살인범으로 체포됐다.

참 재미있게 봤던 미국 영화 얘기다. 영화의 구성도 잘돼 있었고 쫓기는 자와 쫓는 자의 연기도 정말 압권이었다. 아내의 살인범을 반드시 찾고야 말겠다는 주인공의 집념도 그렇지만 평온했던 인생 전체가 범죄의 피해자로 전락해 어느 한순간에 처참히 무너져버렸어도 국가는 결코 국민의 생명을 보호해줄 수 없다는 냉엄한 현실이 나를 슬프게 했었다. 영화 전개과정에서 극중 주인공이 누명을 썼다는 것은 너무나 명백했다. 왜냐하면 어디까지나 나는 관객이라는 제3자의 입장에서 바라볼 수 있었기 때문이다. 사실 그렇지 않았다면 영화는 재미가 없었을 것이고, 당연히 스토리의 전개가 그렇게 되리라고 짐작하고 있는 관객은 감독의 연출 의도를 전혀 믿어 의심치 않았을 것이다. 그래야 관객의 마음이 편안하다. 그런데도 전혀 엉뚱하게 결말이 지어지는 어떤 소설이나 영화를 보면 관객이나 독자들은 혼란에 빠지게 된다. 물론 그런 걸 역으로 노린 작품의 의도가 있을 수 있겠지만 말이다.

이번의 판결 또한 그랬다. 제3자의 시선으로 바라본 면이나 범죄의 구성으로 봤을 때나 당연히 이것은 상식 안에서 매듭이 지어져야지,

그렇지 않고 우리의 사고 영역이라는 금 밖으로 발을 내디딘다면 엄청난 충격과 혼란에 빠지게 될 것은 자명한 일이었다.

파생금융상품 중에 특정 주가나 지수에 연계해 수익률이 결정되는 ELS(주가연계증권)라는 것이 있다. 그것은 금융회사와 상품 종류에 따라 다르겠지만, 위 아래로 금을 쭉 그어놓고선 그 금 밖으로 한 번이라도 발을 내디딘다면 엄청 손해를 보게 돼 있는 것도 있다. 주가나 지수가 얌전히 정해놓은 금 안에서 놀아야지, 그렇지 않으면 '맛 좀 봐라' 하는 셈이다.

모난 돌이 정 맞는다고, '맛 좀 봐라'며 삐죽 불거져 나온 이 예상치 못한 판결 덕분에 내 머리가 떵했으니, 이 판결의 최대 피해자는 다름 아닌 나라면 지나친 논리의 비약일까?

대뇌가 작용하지 않고 반응하는 것을 무조건반사라고 했던가? 뇌가 관여하지 않음으로써 의식적으로 제어할 수 없고 그렇기 때문에 빠른 속도로 본능적으로 반응해야 생물이 생존할 수 있는 게 무조건반사이다.

나는 그렇게 배웠다. CEO가 됐든, 직속 상사가 됐든 업무 지시를 받으면 무조건반사 식으로 용수철처럼 튀어 오르며 곧바로 행동화하는 게 당연한 일 처리의 개념이었다. 죽이 되든 밥이 되든 일단 후다닥 실천에 옮겨야지, 그렇지 않고 세월아 네월아 하며 시간을 죽이다간 어느 순간 불벼락을 맞게 된다. 그게 조직의 생리이고 또한 회사의 일이니까.

일의 개념을 떠나 높은 사람들은 대개 성질이 불같이 급한 것이 현실이다. 그들이 직위가 올라갈수록 성질이 급해지는 건 보는 시야가 넓어짐으로써 해야 할 일이 많아지고, 당연히 그에 따른 책임이 뒤따르게 되며, 세월이 여유 있게 기다려주지 않고 수시로 의사결정을 해야 하기 때문이다. 대개 성질이 급한 사람들이 일도 잘하는 게 보편적이다. 내 생각엔 장수의 분류 중 지장(智將), 덕장(德將), 용장(勇將)에다가 급장(急將)을 추가하는 게 옳을 것 같다. 스피드가 생명인 이 시대에서 가장 어울리는 장수가 아닐까?

우리 딸아이가 그런 면이 없지 않아 있었다. 아빠인 내가 뭔가를 얘기하면 건성으로 대답하고선 도무지 움직일 기미가 없었다. 답답한 마음에 잔소리를 늘어놓으면, "알았어, 조금 있다 할게." 하고선 오리무중이었다.

'에고, 저 웬수! 언제나 철이 들까?'

속에서 부글부글 끓어올랐지만 어떨 땐 포기하고 내가 직접 해버리는 게 차라리 속이 편할 때가 많았다. 어쨌든 상사가 지시를 했는데도 액션이 뒤따르지 않는다면 그 인생은 볼 장 다 봤다고 감히 주장하고 싶다.

'세월이 약이겠지요……' 오래전 유행가 가사에 그런 게 있었다. 세월이 흐르면 사랑의 상처도 잊을 테니까 이제 그만 울라는 그런 가사로 기억된다. 그러고 보면 시간이라는 녀석은 참 용한 데가 많다. 금방이라도 실연의 상처에 죽을 것 같았던 마음의 아픔도 시간이 한참 흐르면 언제 그랬냐는 식으로 치유가 돼 다른 사람과 열렬히 사랑에 빠진다. 구멍 난 육신의 상처에도 새살이 돋고, 기억하기조차도 두려운 두뇌의 상처도 세월이 가면 망각하는 걸 보면 시간은 만병통치약인 게 분명한 듯하다. 온 나라가 금방 난리가 날 것처럼 세상을 떠들썩하게 했던 사건들도 세월이 가면 사람들의 기억 속에서 꼬리를 감춘다. 그들의 분노도, 그들의 증오도, 세월의 흐름과 함께 무디어져 버리니, 이런 경우도 세월을 약으로 봐야 할까? 오죽했으면 중국의 고사에서는 가시 섶 위에서 잠을 자고 쓰디쓴 쓸개즙을 마시며 세월에 대항하며 복수심을 키웠겠는가?

재판 일정도 그렇다. 우리 성질로는 도저히 이해할 수 없는 게 그들의 시간 관념이다. 보통 민사재판은 긴 것은 십여 년이 걸리기도 하고 어떤 나라에서는 수십 년 넘게 진행되고 있다는 것도 언젠가 본 적이 있다. 도대체 그렇게 길게 진행해야 하는 이유를 나는 모르겠다. 한 치의 오차도 없이 정확하게 판결하기 위해서 꼼꼼하게 검토해야 하고 관련된 사항을 조사해야 하기 때문에 시간이 그렇게 필요하다고 강변한다면 할 말은 없다. 하지만 너무 많은 사건사고에 담당하는 인력이 한계가 있어서라는 상투적인 얘기는 듣고 싶지 않다. 어떤 합당한 이유가 있다 한들 솔직히 듣고 싶지 않다. 그럴 수밖에 없다면 그렇지 않게끔 시도라도 해본 적이 있던가?

사건의 매듭이라는 것은 내가 생각하기엔 감정의 매듭도 같이 지어져야 한다는 것이다. 그러기 위해선 감정의 흐름도 초지일관하게끔 해줘야 하지 않을까? 세월이 흐른다고 사건이 변질되지 않듯이 시간이 흐른다고 감정도 변해서는 안 된다는 논리다. 하지만 불행하게도 시간은 늘 감정과 반비례하지 않던가? 물론 법관은 사건만 바라보기 때문에 감정 따위와 관계 없다고 항변할 수도 있고, 또한 사실 그렇게 해야 한다.

법관의 고객은 누구인가? 법의 울타리를 넘어버린 한정된 사람이 고객의 전부가 아니라 법치주의를 표방한 국가의 전 국민이 고객이 아니던가? 그렇기 때문에 세금을 꼬박꼬박 내고 있지 않은…….

식품에만 유효기간이 있는 게 아니다. 국민의 감정이 무디어지기 전에, 국민이라는 고객이 사건의 본질을 망각하기 전에, 마음의 농도가 변질되기 전에, 즉 감정의 유효기간 내에 사건사고는 처리되어야 한다는 게 내 얇은 소신인 것이다. 그렇지 않고 엄청 세월이 흐른 뒤에 최종 판결이 이루어지고 형량이 최종 결정된다 한들 사람들이 그 판결에 대한 가치 척도를 과연 얼마나 정확히 잴 수나 있겠느냐 말이다. 범죄를 저지르고 일정 기간만 잘 숨어 지내면 면죄부를 주는 공소시효와는 달리, 시간은 결코 우리 마음에 우호적이지 않은 것이다.

딸아이가 어릴 적에 이런 얘기를 한 적이 있다.

"아빠야! 저 사람들은 왜 사형 안 시켜?"

텔레비전의 뉴스를 보면서 하는 말이었다. 어린 딸의 사고로는 철저히 착한 놈과 나쁜 놈이라는 이분법으로 뭇 인간들을 나눠놓고 있었고, 나쁜 놈에게는 의당 사형이라는 합당한 벌이 주어져야 착한 놈의 입장에서 생각하는 승리 방정식이었을 게다.

언젠간 노모가 한 말도 있었다.

"저 썩을 놈들, 왜 모자를 쓰고 있어? 주둥이는 왜 또 가렸지? 저것들 낯짝 한 번 봤으면 쓰겠다."

모자를 깊게 눌러쓰고 마스크까지 한 채 현장검증에 나선 소위 흉악범을 두고 하는 말이었는데, 모친은 본인들이 그렇게 하고 싶어서 가리고 나온 줄 알고 있었지만, 이 대목에선 정말 한마디 하고 넘어가야 할 것 같다.

그간 흉악범들에 대한 얼굴 공개는 국민의 알 권리 차원에서 자연스럽게 이루어져 왔지만, 언제부터인지 경찰청 무슨 훈령인가에 의해 초상권 침해금지 규정을 적용, 철저히 범죄인의 초상을 잘도 보호해줬다. 아이러니한 것은 현상수배 등 공개 수사를 통해 그들의 얼굴을 사진-어떤 때는 텔레비전 공개 수배 프로그램을 통해 동영상으로도 보여줬다-으로 만천하에 공개해놓고서도, 정작 검거한 이후에는 모자와 마스크로 그들을 보호하는 행태다. 참 우스운 현상이다.

노모는 또 이런 얘기도 했었다.

"저것들, 백날 이래 봐야 소용 없어. 날이면 날마다 저 썩은 물 한 그릇씩만 쭉 들이키게 하면 그런 짓거리 다신 못하지, 암!"

장마철 폐수 무단 방류 사건을 두고 하는 말이었는데 언제나 노모가 한마디씩 하는 말은 내 정곡을 찌르곤 했다. 딸아이나 모친도 따지고 보면 전형적인 응보주의형 사고를 지닌 것이었으니, 이런 생각이 비단 우리 가족에게만 한정돼 있을 것 같지는 않고 국민의 보편적인 심리가 아닐까 싶다.

90년대 초에 미국 청소년 하나가 싱가포르에서 나쁜 짓을 한 적이 있었다. 나쁜 짓이라고 해야 그냥 애교로 넘길 수 있는 그런 것들이었지만 이를테면, 자동차에 스프레이로 낙서를 한다거나, 자동차 타이어를 펑크 내는 일 따위로 그 주인공은 순전히 장난 삼아서 했다고 진술했다 그 나라는 악의적이고 고의적인 비행청소년의 범죄라며 4개월간의 징역과 함께 태형(笞刑) 6대를 선고했다. 초강대국 미국의 온갖 압력과 회유에도 보기 좋게 태형을 집행했던 아주 원칙주의적 국가가 바로 싱가포르였다.

노모가 그 소식을 듣더니 얼마나 좋아했는지 몰랐다.

"그것 참, 속이 다 후련하다. 우리나라는 왜 저런 게 없는가 몰라. 잡것들! 죄진 것들은 다 잡아다가 저렇게 곤장 맛을 보게 해야 한다니까."

싱가포르의 태형제도에 대해 감 놔라 배 놔라 하고 싶진 않다. 분명한 것은 그 태형을 어떤 형벌보다 두려워한다는 것이다. 선생님한테 손바닥이나 종아리, 심할 때는 엉덩이를 맞을 때 쭉 줄 서서 기다리다 보면 먼저 맞은 친구들이 그렇게 부러울 수 없었다. 바라보는 것 자체만으로도 공포감에 휩싸여 있었는데 그런 태형제도를 당연히 두려워할 것이다.

보통 싱가포르의 태형집행은 예고 없이 교도소의 옥상으로 죄인을 불러내며 시작된다고 했다. 그 집행시기를 알려주지 않는 것은 사형수가 자신의 사형 집행 일을 모르는 것처럼, 언제가 될지 모르는 자신의 곤장 세례에 대해 무지무지한 불안감과 공포감을 갖고 기다리게 함으로써 형벌의 효과를 한층 더 높일 수 있다는 데에 있다고 들었다. 혹시나 있을 수 있는 장파열에 대비해 옷을 모두 벗기고서 형틀에 묶인 죄인의 허리에 두터운 벨트를 채운 뒤 손 발을 묶고 다리를 벌려 엉덩이를 들게 해 곤장 수용 태세를 갖추는 것이다.

내가 지금까지 알고 있던 지식으로는 특수 제작된 고무 회초리인 줄 알았는데 길이가 1.2미터이고 두께가 3센티미터인 등나무 회초리가 죄수의 엉덩이를 사정 없이 갈겨줄 도구란다. 보통 1분에 한 대씩 온 체중을 실어 내리치는 형리(刑吏)의 매질에 살집이 흩어지고, 피가 나면 참석한 간호사가 약을 발라 피를 멈추게 한 후 다시 매질을 계속한다. 그 곤장 효과가 얼마나 대단한가 하면, 보통 두세 대 맞으면 병원에 입원해야 하는 것은 물론이고 육체적·정신적 충격 때문에 남자의 경우는 심할 경우 발기부전, 여자의 경우는 임신을 하지 못할 정도라 하니, 얼마나 지독한 형벌인지는 미루어 짐작하기 바란다.

아무튼 싱가포르 독립 이전부터 있어온 이 제도로 인해 다른 나라에 비해 범죄 발생률이 현저히 줄었고, 더 중요한 것은 미국 청소년 태형 집행 이후 그 나라에 주둔하고 있는 미군 범죄가 거의 없어졌다는 점이다. 다른 나라에선 주둔군 지위협정을 이유로 온갖 만행을 저지르고 있는 그들도 매 앞에선 장사가 없는지 그 곤장 제도는 참 매력 있어 보였다.

그런 싱가포르를 미개인 취급하거나 후진국이라고 손가락질 하는 걸 보지 못했으니 법도 확실히 줏대가 필요한 것 같았다.

싱가포르를 두어 번 다녀온 적이 있다. 오래전, 해외여행이 본격화되기 전 처음 방문했을 때 현지 관광 가이드가 어찌나 겁을 주던지, 좋아하는 껌도 못 씹었고 담배도 조심스럽게 눈치 보며 피웠다. 잘못하면 엄청난 벌금에다 곤장 세례까지 당할지 모른다는 막연한 불안감을 조성했기 때문이었다. 그래서인지 모르겠지만 싱가포르에 대한 첫인상은 아주 깨끗하고 조용한 나라였다. 그런 나라가 나의 모친 가슴을 시원하게 해줬으니 어찌됐든 참 감사를 표해야 할 것 같았다.

법을 제일 잘 아는 사람은 누굴까? 당연히 법을 전공하고 법으로 밥 먹고 사람일 게다. 그렇다면 두 번째 잘 아는 사람은?

흔히들 건강을 과신하는 사람들은 말끝마다 이렇게 얘기를 하곤 했다.

"나요? 지금까지 병원 문턱에도 안 가본 사람입니다."

이런, 쯧쯧! 그게 자랑일 수는 없다. 평소 잔병치레 많은 사람이 큰 병 없이 장수하는 사례가 많으니까. 그런 사람들은 수없이 병원을 들락거리는 가운데 큰 병을 미리 찾아낼 수 있기 때문이다. 웬만한 질병에 대해선 거의 전문의 수준으로 해박하기도 하다.

반면 한 번도 그러지 못한 사람들은 병을 크게 키운 다음에서야 마지막으로 병원을 찾게 돼 있다. 내 주위에서도 그런 사람을 봤다. 어디 몸이 안 좋으면 약국에서 약 하나 사 먹고 만다. '이러다 낫겠지……' 하면서. 그러다 견딜 수 없어 병원에 가보면 무슨 말기 암이네 하며 사형선고를 받게 되는 경우다.

예부터 병은 자랑하라고 했는데 그런 사람일수록 자신의 증상을 꼭꼭 숨긴다. 건강에 대해선 과신을 넘어 맹신까지 하고 있을 테니까.

더 중요한 사실은, 사람들은 자기중심적 사고를 갖고 있기 때문에 자신에게는 절대로 그런 불행한 일이 닥쳐오리라고 전혀 생각하지 않는다는 점이다. 어떤 사고를 당하더라도 자신만은 구사일생으로 살아날 거라고 굳게 믿어 의심치 않고 있고, 그런 불행은 다른 사람 일이라는 아주 그럴 듯한 자기 위안적 생각을 갖고 있다는 게 사람들의 공통된 심리이기 때문이다.

앞의 질문으로 되돌아 가보자. 법에 대해 두 번째 전문가?

다름 아니라 경찰서든 감옥이든 뻔질나게 드나들었던 사람들이다. 어떻게 하면 요리조리 법망을 피해갈 수 있는지, 어떻게 하면 걸렸다 하더라도 형량을 적게 받게 되는지, 자신에게 적용될 죄목이 뭐며, 조서와 신문에도 요령 있게 잘도 대처한다. 드나들었던 감옥생활에도 탁월한 적응능력을 발휘한다. 이쯤 되면 두 번째 전문가라고 해도 절대 서운한 말은 아닐 듯싶다.

그런데 문제는 그런 두 번째 전문가들이 모여 있는 감옥에서 서로의 경험과 노하우를 공유한다는 것이다. 아예 날개를 달아주고 시너지를 발휘하게끔 기회의 장을 마련해주는 꼴이다. 자기의 약점은 뭔지, 개선해야 할 부분은 뭐며, 앞으로의 진로까지 철저히 타인의 경험을 통해 학습하게 되니까 말이다. 그러니 한동안 단절됐던 사회가 그들을 포근하게 감싸주지 못하고, 그들의 재활을 돕지 못하고 있는 상황에서 두 번째 전문가로서의 전문성을 아마 썩혀 두기가 쉽지 않을 것이다. 말 그대로 '배운 도둑질'에 대한 잠재성의 유혹인 것이다.

어쨌든 한때 '유전무죄(有錢無罪), 무전유죄'라는 말이 희화적으로 인구에 회자된 적이 있었다. 오래전 실화를 바탕으로 탈옥수의 인질극을 그린 영화에서 그들이 세상을 향해 절규했던 말이기도 하다. 그들의 주장에 동조하고 싶은 마음은 없지만 그들의 과정을 종합해 보면 우리 사회가 그들을 올바르게 키우지 못했던지, 잘못을 저지른 후 판결에 잘못이 있었던지, 감옥에서의 교화에 실패했던지, 언론이 미화를 했던지, 그것도 아니면 감시가 소홀했던지 분명 문제는 존재했다고 본다. 더구나 당시 많은 사람이 그들의 주장에도 일리가 있다고 동정적 여론을 형성하지 않았던가? 그런 게 무서운 것이다. 민심의 이반이야말로 신뢰성에 상처를 주게 되니까.

음울하고 비열한 범죄는 생각하지 않고 이런 촌철살인의 말 한마디에 한순간 영웅이 되기도 하고 많은 사람을 자신들의 우군으로 만들수도 있다. 사람들은 그들을 통해 대리만족을 느끼기도 하고 그들을 우상화하기도 한다.

몇 년 전인가, 세간을 떠들썩하게 만들었던 신출귀몰했던 어느 탈옥수가 생각났다. 삼엄하기 이를 데 없는 감옥을 극적으로 탈옥했다는 것도 뉴스거리였지만, 근 1년 정도를 잡히지 않고 기가 막히게 도피 행각을 벌일 수 있었던 게 다름 아닌 민심을 교묘히 얻을 수 있었다는 것이다. 헛소문인지는 모르지만 그 친구, 밤일 능력도 아주 뛰어나 여자들에게 특히 인기가 많았다지? 그러니까 사냥꾼에 쫓기던 사슴처럼 손쉽게 여인의 품에 숨을 수 있었겠지.

나 또한 그 친구가 잡혔을 때 아쉬운 면도 없지 않아 있었다.

내일의 스토리를 기다리는 TV 연속극처럼 다음 행보가 기대됐으니까. 그런데 그 막이 내려버렸으니 다른 사람들도 서운해 할 만했었을 게다.

결론은 어떻게 민심을 얻는가에 있는 것이다. 아니, 민심을 얻지 못할 바에는 적어도 민심을 잃어서는 안 된다는 것이다.

# 제2장

# 망각 속에 존재하고 기억 속에서 망각된다

경기가 좋지 않다 보니 부동산 거래도 뜸했다. 찾아오는 손님도 드물었고 전화 문의도 예전에 비해 현저하게 줄어들었다. 이사철 특수도 없어진 것 같았다. 겨우 나 하나 목에 풀칠 정도나 한다면 경기 상황을 제대로 표현한 것이 아닐까 싶지만 그나마 나는 주변 사무실에 비해 나은 편이었다. 예전엔 이 업종에서 큰 돈을 만져본 사람이 많았다지만 지금은 모두 다 근근이 사무실 운영 경비 정도나 건질 정도니, 경기를 운운하기에 앞서 부동산에 대한 사람들의 인식이 많이 변해가고 있는 것은 틀림 없는 것 같다.

예전에 집 없는 설움을 많이 겪었던 우리나라 사람들은 거의 자신의 전 재산을 집에 묶어둔다. 서울에서 집 한 채 갖고 있으면 마음은 부자인 셈이다. 실제로도 부자지만……. 미국의 어떤 베스트셀러 저자는 이런 걸 참 바보 같다고 여겼다. 수억 원이라는 돈이 그냥 묶여 있는 것이다. 그 돈을 다른 데 투자했다면 엄청난 수익을 거둘 수 있음에도 말이다.

경제학에서는 그걸 '기회비용'이라고 하는데, 수익을 포기하는 대신 대부분의 사람들은 심리적 안정을 찾고 있는 것이다. 물론 미국이라는 나라와 우리나라의 정서와 문화의 차이, 생활방식의 차이 등 여러 요인들이 있어 똑같이 단순 비교할 수는 없겠지만, 이 일을 하고 있어서가 아니라 나 또한 그의 주장에 많이 동감하고 있는 것은 사실이다. 한편 어떻게 보면 몇 푼의 수익보다 심리적 안정이 더 중요할 수도 있긴 하다. 잘못된 투자로 인해 그나마 갖고 있었던 전 재산을 날리거나 큰 손실을 입는다면 아마 땅을 치면서 후회할지도 모르니까.

어쨌든 부동산을 소유의 개념으로 보지 않고 거주의 개념으로 접근하는 인식의 변환이 필요하다고 본다. 집을 소유가 아니라 투자의 개념으로 갖고 있다면 할 말은 없다. 그 사람들의 투자 안목을 존중할 수밖에 없으니까. 분명한 것은 예전처럼 부동산으로 떼돈을 버는 시기는 앞으로 그 기회가 많지 않을 것이라는 것이다. 그 얘기는 내 밥줄이 중대한 영향을 받을 수밖에 없다는 걸로, 그런 현상이 나 개인한테는 밥벌이 측면에서 결코 좋은 방향은 아니지만 시대의 대세를 꺾을 수는 없을 것이다.

더구나 그간 부동산시장에서의 큰 수요층이었던 소위 베이비붐 세대의 은퇴와 전체 인구의 감소, 그리고 공급과잉이 빚은 여러 현상은 앞으로의 시장을 더 어둡게 만들고 있다. 확실히 과거에 비해 부동산에 대한 패러다임이 변하고 있는 것은 확실한 것 같았다. 수익형 부동산이 대세라며 여기저기서 떠들고 있고 실제 오피스텔이나 원룸주택 등에 대한 투자 문의도 부쩍 늘고 있는 것이 이를 반증하고 있으니 말이다.

오후의 나른한 침묵을 깨고 삐걱하고 문이 열렸다. 손님이겠거니 하고 반사적으로 몸을 움직여 인사를 건네려고 봤더니 재호였다.

"형님, 결정했죠? 오늘은 형님 결정을 들어야겠어요."

재호의 일성이었다. 날씨가 좋다거나, 뭐하고 있느냐, 식사는 했느냐 뭐 이런 식의 한마디가 보통 사람의 첫 인사거늘 재호는 그런 것에 아랑곳하지 않는 사람이었다. 소파에 앉아 이런저런 생각을 하면서 망중한을 즐기고 있었는데, 예고도 없이 내 가게를 찾아온 재호가 주위에 사람이 없는 것을 확인하고서는 빚쟁이처럼 나를 몰아붙였다. 불쑥 찾아온 거야 항상 손님을 맞이하는 내 입장에서 딱히 결례되는 것은 아니었지만 다른 목적으로 찾아와서 답을 달라고 졸랐던 것이다.

재호가 이렇게 마감 시한을 갖고 내게 선택을 강요하는 걸 보면 비로소 출전 채비를 다 갖췄다는 뜻일 게다. 그간 겪어봤던 재호의 됨됨이를 봤을 때 절대 허튼 소리는 안 할 사람이었고, 더구나 자신이 100퍼센트 확신하기 전에는 섣불리 시도를 해본 적이 없는 완벽주의 형 사람이기 때문이었다.

사실 재호의 그런 성향을 높이 샀기 때문에 이 일에 대해 제안을 받았을 때 처음부터 극명하게 반대를 하거나 크게 의심하지는 않았다. 물론 이 프로젝트에 대해 여기까지 진도를 나갈 정도라면 서로를 많이 탐구해서, 적어도 뒤에서 느닷없이 칼을 꽂아 버리는 그런 야비한 적군이 아니라는 것을 확신할 정도로 서로에 대한 신뢰가 뒷받침돼야 했다. 많은 고민 끝에 아주 조심스럽게 얘기를 꺼낸 거겠지만 그 제의를 수락하기까지 나의 숙고 기간이 짧았다고 하면 거짓말이었을 것이다.

처음 재호가 그런 제안을 했을 때 나는 귀를 의심했다. 세상에 나하고 똑같은 생각을 갖고 있는 사람도 있었구나 하고. 그래서 꼭 그 일을 시작하기보다는 그런 마음을 공유하고 있는 재호와 친하게 지낼 수 있다는 것에 만족했다. 이를테면 래포(rapport)가 형성된 관계였다. 당연히 서로에 대한 믿음이 전제됐기 때문에 래포 형성이 가능했을 것이다. 래포는 신뢰 없이는 가능하지 않기 때문이었다.

그렇지만 아무리 신뢰관계의 우리 사이라 하더라도 선뜻 그 제의를 흔쾌히 수락할 수는 없었다. 마음으로만 간직하고 있던 걸 행동으로 표출하는 실행은 책임과 위험이 뒤따르고, 경우에 따라서는 각자의 인생 전체를 내놓을 수도 있었다. 그리고 생각을 행동화하는 것에 대한 막연한 두려움과 성공에 대한 확신의 부재도 그 이유였다. 가장 중요한 것은 우리 나이가 그런 공명심이나 의협심으로 세상을 놀라게 할 정도의 철부지가 아니었던 것이다.

"재호야! 우리가 뭔가를 새로 시작하기에는 나이를 너무 많이 먹었어. 그냥 우리 그런 마음으로만 세상을 지켜보면서 살자. 나는 그냥 재호 네 존재 하나만으로도 많은 위안을 삼고 산다. 너도 그랬으면 좋겠다."

그래서 정중히 거절을 했다. 물론 내 답변 이후로도 여러 반론과 끊임 없는 설득이 이어졌다. 십벌지목(十伐之木)이 그의 인생관이라도 되듯이 내 생각을 바꾸기 위해서 재호는 포기하지 않고 나를 찾았다. 보험 영업을 하면 참 잘할 것 같은 생각도 들었다. 그렇게 거절을 했는데도 집요하게 설득하는 걸 보면 끈기가 대단해 보였으나 언제나 내 대답은 'No'였다. 한동안 나를 찾아오지 않아 그 문제를 잊고 있었는데, 두어 달이 지난 어느 날 느닷없이 사생결단의 자세로 나를 코너로 몰고 있었던 것이다.

재호는 온다 간다 하며 특별히 전화하는 걸 잘 안 하는 스타일이었다. 그냥 옆집에 오듯이 툭 한 번 들렀다가 손님과 얘기하다 보면 인사도 없이 금세 사라지곤 했다.

"재호야! 너 진짜 하려고 그래? 정말 할 거야?"

"네, 형님! 저 꼭 합니다. 꼭 해야겠어요. 몇 번이나 똑같은 말씀을 드렸지만 저도 꼭 이런 방법이어야만 하는가 많이 고민했죠. 형님도 내 성격 알잖아요? 저, 예전에 그렇게 하늘이 무너져 내렸어도 제대로 소리 내서 울어보지도 못했던 놈이에요. 모든 게 내 잘못 같았고 다 내 운명처럼 받아들였던 놈이었으니까요."

재호답지 않게 묻혀 있던 감정이 되살아날 기미가 보이자 내가 말을 가로챘다.

"또 그 소리 한다. 우리 옛날 얘기 하지 않기로 했잖아?"

재호가 마음 약한 소리를 하면 마음 약한 나는 더 영향을 받는다. 억지로라도 지난 일을 기억에서 지우고 싶은데 그런 소리를 들으면 자꾸 감정이 꿈틀꿈틀 살아나려고 하기 때문이다. 그래서 나 자신을 보호하기 위해 먼저 차단벽을 쳐야 했다.

언제부터인지 기억나진 않지만 서로의 사정을 다 털어놓고부턴 과거 얘기를 꺼내는 것은 우리 사이에서 금기시돼온 하나의 불문율이었다. 하지만 솔직히 그런 얘기를 듣고 있다 보면 재호보다는 감성이 조금 발달한 내가 치명타를 입었는데, 이 친구는 잊을 만하면 한 번씩 그런 얘기를 꺼내 수면 하에 있는 나를 막 흔들어 깨우곤 했다. 그래서 재호의 말을 막은 것은 어떻게 보면 내 감정의 문을 닫아야 할 필요성이 있기 때문이라고 봐야 한다. 이런 문제는 감정에 휩쓸려서 결정해서는 안 되기 때문이었다.

"죄송해요, 형님! 그렇지만 세상은 우리 생각하고는 전혀 다른 곳으로 가고 있잖아요? 얼마나 더 지켜보라고요? 더 이상 이대로 내버려둘 수는 없잖아요?"

"내버려두지 않으면? 그리고 우리 뜻과 세상의 뜻이 같지 않다는 걸 뭐 이제 알았어? 새삼스럽게 울분을 터뜨리긴……. 그리고 설사 시작을 했다고 쳐요. 그럼 이 일이 뜻대로 순풍에 돛을 달고 잘되리라고 보는 거야?"

"아니, 그렇게 쉽게 되진 않겠죠."

"그렇게 자신도 하지 못하면서 왜 이 일을 시작하려고 해? 그리고 그렇게 해서 우리가 얻는 게 뭐지? 세상이 하루 아침에 확 달라질까? 우리가 구원이라도 받을 수 있을까?"

꼭 궁금해서 물어보는 것이 아니라 재호의 의지의 깊이를 가늠해보고자 했던 것인데 사실 우문에 불과했고 군더더기 같은 질문이었다.

"물론 하루 아침에 세상을 바꿀 수는 없겠죠. 하지만 교묘히 법망을 빠져나가 대로를 활보하고 있는 꼴은 죽어도 못 보잖아요? 우리가 이렇게 시퍼렇게 살아 있는데 어떻게 그걸 무기력하게 지켜만 봐요? 이대로 놔둘 수는 없어요. 저 혼자서는 엄두가 나지 않으니 꼭 형님이 있어야 그 뜻을 펼칠 수 있어요."

그 대답에 한참을 침묵으로 일관했던 나였다.

이 일을 꼭 해야만 하나? 이 일을 하면 과거가 다 묻혀지나? 아니, 과거가 없던 일로 되거나 그것도 아니라면 송두리째 다 잊혀지기라도 하나? 내가 과연 이 일에 적합한 인물일까? 내가 가진 건 뭐지? 내가 잘하는 건 또 뭐고? 이 일에 꼭 내가 필요한 걸까? 재호는 내가 꼭 있어야 한다고 했는데……. 그리고 꼭 이런 식으로 해야 하는 걸까?

머릿속이 복잡했다. 사실 난 모든 걸 잃고 난 후 세상을 바라보는 시각이 많이 바뀌었다.

그간의 생활이 행복했다는 것을 바보같이 예전엔 몰랐다. 그저 식구들끼리 따뜻한 밥 세 끼 같이 먹고 살 부딪히며 사는 지극히 평범한 일상들이 행복인 것을 지금에서야 알게 됐으니 말이다. 늘 그렇겠지만 동전의 양면처럼 어둡고 음습하며 비열하고 또한 추악하기도 한 사회의 또 다른 면이 이렇게 엄연히 존재한다는 사실 자체를 예전엔 상상조차 할 수 없었다.

사람이 변할 수 있다는 것, 지독하게 마음을 고쳐 먹고 스스로 달라질 수만 있다면 대단한 변화라고 칭송을 아끼지 않겠다. 말썽만 부리던 사람이 갑자기 변해서 공부를 열심히 하든가, 일을 열심히 하거나, 가정을 잘 돌보기도 한다. 그런 사람들에게 어른들은 '속 차렸다'고 얘기를 했다. 작심삼일이 될 수도 있겠지만, 어떻든 스스로 변하기란 말처럼 그리 쉽지는 않은 것이 사실이고, 대부분의 사람들은 어떤 극한 상황이나 모티브에 의해 타율적으로 변하기 십상이다.

문제는 변화의 양상이 속을 차리는 순기능적으로 되는 게 아니라 더 나빠지는 역기능적인 변화라는 데 있다. 법 없이도 살던 순진한 사람이 어떤 계기로 인해 악질로 바뀔 수도 있고, 마누라밖에 몰랐던 사람이 온갖 여자를 섭렵하는 바람둥이로 바뀔 수도 있으며, 겉은 멀쩡하지만 심성이 아주 고약하게 부정적으로 바뀌기도 한다. 내 경우가 심성이 아주 부정적으로 바뀐 모델인 것 같았다. 다시는 채울 수 없는 잃음이 이렇게 사회를 바라보는 시각까지 바꾸게 할 줄은 몰랐었다.

차라리 분실이었으면 좋겠다. 언젠가 다시 찾을 수 있는 희망이라도 있으니까. 그렇게 되면 내 본질을 되찾을 수 있을까? 어디 마음을 잠시 맡겨두는 신탁이라도 있으면 좋겠다. 유감스럽게도 사람이 한 번 변하기 시작하면 좀처럼 예전의 그 상태로 되돌리기는 쉽지 않을 것이다. 따라서 평소에는 타고난 심성 그대로 유지하면서 살다가 필요에 따라 잠시 보관을 시킨 후 나중에 되찾아 오도록 말이다.

그런 일련의 내 주장과 내 사고 그리고 내 시각을 재호는 예리하게 간파하고 있는 듯했다. 손 대면 툭 하고 터질 것 같은 심정을 정확하게 재호는 진단하고 있는 것이 확실했다. 이런 상황에서 쉽게 거절할 수도, 그렇다고 흔쾌히 수락할 수도 없는 제안을 재호는 내게 던져놓았던 것이다.

"실패하면 우리는 어떻게 되지?"

염려돼서 한 질문은 아니었다. 신중하고 완벽을 기하는 데 조금 모자라는 나였지만 만일의 경우도 항시 생각하고 대안을 준비하는 것은 나쁘지 않을 게다. 하지만 솔직히 가정을 전제로 한 미래의 일은 상상할 수 없었다. 감당할 수 없는 그런 결과의 예측 자체가 싫었기 때문이다.

"형님! 우리가 여기서 더 이상 잃을 게 뭐죠?"

가만 있자, 내가 진짜 더 이상 잃을 게 없던가? 재호는 참 쉽게도 얘기를 꺼냈다. 더 이상 잃을 게 없다고. 짧은 순간 수많은 인연이 뇌리 속에서 나타났다 사라졌다를 반복하다 어느 인연 앞에서 화면이 뚝 정지한 느낌이 들었다. 나 하나만을 바라보고 사는 모친……. 이 소중한 사람과 과연 맞바꿀 정도로 이 일이 가치가 있는지 잠시 혼란이 왔다.

뚫어지게 쳐다보는 재호의 시선은 나를 옴짝달싹 못하게 하는 신비의 힘이 있었다. 한참을 그렇게 재호의 눈을 쳐다보다 보면 나도 모르게 그의 말에 공감을 하게 되고 한순간 길들여진 말처럼 고분고분해지기도 했다. 어딘지 재호가 낯설게 느껴지지도 않을뿐더러 마치 내 마음속 어딘가에서 끊임없이 나를 움직이고 있는 것 같은 느낌을 자주 받았다. 어떤 때는 '형님!' 하면서 아무 말없이 나를 빤히 쳐다보고만 있어도 온몸에 힘이 쫙 빠지고 마음이 이상하게 편안하기도 했다. 믿기지 않겠지만 가끔씩 재호의 눈빛만 보고 있어도 반대로 힘이 나곤 했다.

어쨌든 이 한마디가 사실상 용의 눈에 점을 찍은 결정타가 됐다. 그래서 나는 재호와 한 팀이 됐다. 한 팀이 됐다고 해서 우리가 특별히 얻을 것은 없었다. 중요한 것은 앞서 얘기했듯이 더 이상 잃을 게 없어서가 정답일 듯싶었다. 적어도 재호와는 이심전심을 통한 의기투합이었으니 이것도 인연이라면 인연이었다.

재호를 처음 만난 건 약 2년 전, 범피모(범죄피해자모임)라는 인터넷 카페를 통해서였다. 고맙게도 시간은 적어도 표면상으로는 많은 걸 잊게 해줬고, 어느 정도 시간이 흐르고 마음이 좀 정리되었을 무렵에는 갑자기 마음속 깊은 곳에 감춰져 있는 나의 내면을 꺼내보고 싶었다. 그간 커다란 빗장을 지른 후 가슴 한 구석에서 웅크리고만 있었던 나의 내면! 비겁하게 내 마음에서만 숨어 있지 말고 당당히 세상 밖으로 나와 부딪혀보기를 마음속에 숨어 있는 나의 내면 세계에게 얘기를 한 것이다. 그러면 좀 나아질까? 그러면 좀 달라질까 해서다. 그래서 내 심정을 카페에 올렸다. 물론 대단한 결심이 필요한 시도였다. 어떤 위선이나 가식도 필요 없는 것이었지만 휙 지나쳐버린 과거의 연애담 같은 가벼운 일이 아니었기 때문이었다.

재호와의 인연은 그렇게 시작된 것이다. 얼마 후 내 글에 대한 느낌과 함께 자신의 심중을 담은 글을 내게 메일로 보내 왔는데, 재호의 글은 한마디 한마디가 비수처럼 내 가슴에 꽂힐 정도로 아팠고, 응어리진 속마음을 시원하게 해준 청량제였으며, 나를 대신해 세상을 향해 절규하는 대변인이었다. 무엇보다도 동병상련의 처지였기에 더 마음이 끌렸는지도 몰랐다.

'나는 최면을 걸 수 없는 최면사입니다.'

편지 제목부터가 특이했다. 처음엔 스팸 메일인 줄 알고 읽어보지도 않고 삭제하려고 했다. 인터넷 카페나 홈페이지 등에 글을 올리면 보통 댓글을 달거나 하는 것이 일반적인 현상인데 직접 이렇게 메일을 보내온 것은 좀 이례적이었다. 어떤 특수한 목적이 있거나 다른 의도를 갖고 접근했다고 볼 수도 있는 행동이었으니까.

재호는 본인도 나 같은 곡절을 갖고 있기에 그 고통을 치유하고자 수없이 자기최면을 시도했고, 심지어는 동료 최면사의 도움을 받아서라도 차라리 기억을 지우고자 몇 번이고 시도했으나, 암시에 대한 반응이 일지 않아 결국은 수포로 돌아갈 수밖에 없었던 사연과 함께 지금도 속 울음을 울고 있다는 그런 내용으로 기억되는 사람이었다.

"최면가요? 우선 자신이 최면에 쉽게 빠져들 정도로 최면감수성이 있어야 하죠. 그래야 다른 사람에게도 최면을 쉽게 걸 수 있어요. 누구에게나 다 최면을 걸 순 없어요."

처음 만났을 때 재호의 직업과 관련해 최면이 화제로 등장했는데 그가 내뱉었던 말이었다. 그러고는 입을 굳게 봉했다. 무슨 심리 연구소에서 일했다며 자신의 과거 직업 얘기를 한 번 했는데 그의 모습이 범상치 않아 보였다. 어딘지 범접할 수 없는 위엄이 느껴졌고 뭔가 얘기하면 거부할 수 없는 그런 카리스마도 풍겨 나왔으니까. 일종의 후광효과(後光效果)였다. 사실 처음 만났을 때 그의 강렬한 눈빛에 한동안 꼼짝할 수 없었다. 마치 포식자 앞에 선 나약한 들짐승처럼 반항할 의지를 결여한 채 블랙홀에 깊숙이 빨려 들어가는 일종의 그런 느낌을 받았다.

사람의 선입견이라는 건 참 대단한 거 같았다. 누가 보면 그냥 평범한 이웃집 아저씨 같은 사람인데도 최면가라는 직업을 대입시키고 나니 그 사람이 엄청 신비스럽고 도사처럼 보이지 않던가. 실상 그런 위엄과 절대적인 카리스마 같은 게 최면술에 도움이 된다고 들었으니까 재호한테는 딱 어울리는 모습이라고 해야 맞을 것 같았다.

최면술 얘기가 나오니까 옛날 생각이 났다. 중학교 1학년 여름방학 때였던가. 표지가 다 닳아 떨어져나간 최면술 관련 책을 우연히 얻게 됐다. 엄청 오래된 기원과 의술의 일환으로 마취제가 개발되기 전 무통(無痛)수술을 위해 최면술이 널리 이용됐다며 최면술을 소개한 책이었는데, 거기서 소개한 단순한 방법들을 친구들을 대상으로 죽어라 열심히 시험해본 적이 있었다. 10원짜리 동전을 친구의 손등에 올려놓고, '점점 손등이 뜨거워진다, 뜨거워진다……'고 몇십 번을 외쳐댔지만 친구의 손등이 뜨거워지기는커녕 비웃음만 실컷 산 적이 있었다.

부모님한테도 야단을 맞은 적이 있었다.

"에끼, 이 녀석! 그런 거 할 시간 있으면 논에 나가 참새떼나 쫓아라. 나락 모가지 참새 새끼들이 다 빨아 먹고 있어 지금 난리다."

도망치듯 논에 나가면서도 그 책은 꼭 끼고 다니면서 열심히 탐독했다. 그러다 얻은 결론은 아무나 할 수 없는 것이 바로 최면술이라는 것이었다. 그렇게 단순 무식하게 처음 접했던 최면술이었지만 이렇게 우리나라에서 몇 째 가라면 서운할 정도-사실 이건 내가 내 기준에 의해서 후하게 점수를 준 것이지만-의 전문가인 재호와 호흡을 함께하고 있었으니 나와 최면술과의 인연이 없지는 않았는가 보다.

메일로 받은 글의 내용에서 심상치 않은 사람임을 직감했지만, 우리 누구나 그렇듯이 함부로 사연을 물어볼 수도 없거니와 또 조심스럽게 물어본다고 해도 섣불리 말해줄 사람도 흔치 않았다. 한마디로 원상 복귀가 어려운 게 우리였다. 누군가 휘저어 놓은 샘물의 흙탕물이 온전한 형태의 맑은 물로 돌아가기 위해선 얼마나 참고 기다려야 했던가! 가슴 속 깊이 묻어놓은 사연들을 다시 꺼내기가 쉽지 않을뿐더러, 한 번 꺼내면 도로 가슴 심연에 갖다 놓기가 더 어렵기 때문이었다.

겁(劫)이라는 시간 단위를 아는지? 세속의 시간으로 4억 3천 2백만

년. 측정할 수 없는 무한의 시간이 겁이다. 사방 15킬로미터(1유순)쯤 되는 공간에 겨자씨를 가득 채우고서 백 년마다 단 한 개씩의 겨자씨를 꺼낸다고 했을 때, 그 겨자씨를 다 꺼낸다 하더라도 끝나지 않는 게 겁이라고 했던가? 또 1유순 크기의 엄청난 바위를 백 년마다 한 번씩 하얀 천으로 닦아 그 바위가 다 닳아 없어진다 해도 끝나지 않는 게 겁이란다. 그런 겁을 몇 곱절 한다 한들 어찌 잊을 수 있겠느냐며 글을 맺은 재호였으니, 그 사무침의 강도가 얼마인 줄은 미루어 짐작하고도 남았다.

▶▶▶

평범한 한 가정 물론 평범하지 않다면 그건 비범한 것이니까, 특별한 경우가 아니면 다 그냥 평범한 가정이겠지만 의 붕괴를 재호가 처음이자 마지막으로 얘기했다. 재호와 관련한 일들은 그 뒤로는 들은 적이 없었으므로 그때 들은 게 재호에 대한 전부라고 해도 과언이 아니었다.

재호는 말 그대로 마른 하늘의 날벼락을 맞은 사람이었다. 어느 날인가 부부가 사소한 일로 말다툼을 하게 됐단다. 아니, 정확히 말해서 어느 날부터인지 말다툼의 빈도가 잦아졌다는 게 정확한 표현일 게다. 서로 다른 개체가 만나 한 이불을 덮고 잔다는 게 보통의 인연은 아닐 터지만 그런 인연이 된 지도 10년이 흘렀으니, 이젠 깊은 곳 어딘가에 감춰 놓았던 선녀의 날개를 내준다 해도 하늘로 올라가지 않을 거라는 나무꾼의 방심 기간이라면 10년의 시간을 잘 설명한 걸까?

자신도 알 수 없는 짜증이 부쩍 늘었고 자신에 대한 아내의 짜증 또한 쌍벽을 이룰 정도로 부딪혔으니, 이른바 권태기의 증상일지도 몰랐다. 하지만 아내에 대한 사랑은 오히려 가볍지 않았다고 했다.

그날도 아주 사소한 일로부터 시작됐단다.

"송이 아빠, 나 오늘 늦어."

아침을 차리면서 대수롭지 않게 아내가 얘기했다.

사실 재호에겐 아이가 없었다. 한 번은 힘들게 아내가 임신을 했는데 어찌된 일인지 유산이 되어버렸고 그 이후엔 영 소식이 없었다. 아내의 임신 소식에 천군만마를 얻은 듯 뛸 듯이 기뻤지만 예기치 않은 유산은 그 몇 배 이상의 상심을 느꼈다고.

그런 경험이 내 친구에게도 있었던 터라 그런 상심은 너무도 공감이 갔다. 수능시험이 끝나 해방감에 젖었던 친구 아들이, 같은 또래 아이들과 처음 마셨던 술에 만취된 상태에서 길을 걷다 중심을 잃고 차도로 넘어져 트럭에 치여 숨지는 끔찍한 사고가 발생했다. 말로 표현하지 못할 고통을 겪은 부부에게 오래지 않아 태기가 있었고 죽은 아들이 다시 돌아왔다며 그렇게 좋아했는데 그들의 간절한 바람과는 달리 유산이 됐다. 오히려 아들이 죽었을 때보다 더 아픔을 느꼈다고 친구가 얘기한 적이 있었다.

유산 이후 아내는 매사에 의욕을 잃고 우울증까지 앓기 시작했다. 하지만 둘은 희망을 버리지 않았고, 언젠가 하늘이 점지해서 태어날 아이를 '송이'로 작명해놓고 둘 사이에 그렇게 불렀다.

"……"

가끔 있어왔던 일이라 건성으로 듣고 조간신문의 활자에서 눈을 떼지 않았다.

"어쩌면 아주 늦을지도 모르는데……."

"……"

독백처럼 되뇌는 아내를 뒤로 하고 식탁에서 일어나 부랴부랴 출근 준비를 서둘렀다. 그날은 토요일이어서 다른 날보다 상담 예약이 많이 잡혀 있던 터라 마음의 여유가 없었다. 막 현관문을 나서는데 아내의 목소리가 뒤통수를 잡아 끌었다.

"아니, 내가 그렇게 얘기하는데 어쩜 그렇게 무심하냐? 당신 내 남편 맞아?"

분명 시비조였다. 재호의 경험에 비추어봤을 때 이런 상황에서는 그냥 넘어가야 했다. 괜히 아침부터 티격태격했다가는 하루 종일 기분 잡칠 게 뻔한 일이었으니까.

"알았다고."

퉁명스럽게 한마디 대답했더니 또 그걸 갖고 말꼬리를 잡을 기세였다.

"매사 이런 식이지? 내가 지금 어떤 일 때문에 고민하고 있고 지금 처한 상황이 무엇인지 궁금하지도 않아?"

하기야 요 며칠 전에도 비슷한 얘길 들은 것 같았다.

소파에 누워 텔레비전 뉴스를 보고 있었는데 아내가 조심스럽게 말을 꺼낸 적이 있었다.

"송이 아빠! 나 요즘 많이 힘들어."

"……"

"당신한테 나 상담 받으러 갈까? 아니 뭐 그럴 것도 없네. 우리 집에서 하지 뭐."

"아니, 이 사람이 지금 무슨 소릴 하고 있는 거야?"

중대한 협정 위반이었다. 주위에서 재호의 직업을 두고 여러 얘기가 있었던 걸 알고부터 일절 집에서는 재호의 직업 얘기는 꺼내지 않기로 했는데 며칠 전 아내가 그걸 위반한 것이다. 적어도 아내만은 고객이 아닌 가족으로 여기고 싶었던 것이다. 재호의 직업에 대한 이런 확고한 태도는 산부인과 의사들이 겪는 괴로움 중의 하나가 아내가 환자로 보인다는 얘기와 무관치 않은 것이었다.

"아니, 그렇다는 거지 누가 꼭 그렇게 한대?"

그냥 그렇게 유야무야 넘어갔는데 그날 아침 아내가 또 얘기를 한 것이다.

"알았어. 오늘 다녀와서 당신과 얘기를 좀 하자고. 됐지?"

그게 아내와의 마지막 대화일 줄은 꿈에도 몰랐다.

아내가 늦을 거라는 얘기를 기억하며 잠자리에 들었지만 아침에 일어나보니 아내가 없었다. 둘 중 하나가 늦게 귀가하면 서로 수면을 방해하지 않기 위해 다른 방에서 잠을 자는 부부의 버릇이 있어, 일요일 아침 늦게 작은 방을 확인하고 나서야 아내가 들어오지 않은 것을 알았던 것이다. 이상한 예감이 들어 아내의 휴대폰으로 전화를 해봤지만 처가에도, 가끔 놀러 가는 처형네에도 빈 전화소리만 공허하게 울렸을 뿐 아내는 그 어디에도 없었다.

아내를 찾은 것은 정확히 열흘 만이었단다.

청평 쪽 북한강 어귀에서 아내는 그를 차갑게 눈을 감고 맞이했다. 나중에 들은 바로는 그날 이후의 일들을 재호는 한동안 기억하지 못했다는 것이다. 자신이 어떻게 청평까지 달려갔으며 어떻게 아내를 수습하고 어떻게 상을 치렀는지 기억상실증 환자나 몽유병 환자처럼 기억이 또렷하지 않았다고 했다. 재호가 아내의 죽음 이후를 기억하게 된 것은 본격적으로 사건 조사를 받기 시작하면서부터라고 했으니, 이를테면 재방송을 보면서 끊겼던 필름을 재생하는 꼴이었다고나 할까?

무엇보다 참을 수 없었던 것은 재호 자신이 피의자 신분으로 온갖 의혹의 대상이 되었다는 점이었다. 몇 달 전부터의 통화기록은 물론 금융거래기록, 아내를 피보험자로 가입한 보험 상황, 집과 사무실의 컴퓨터 압수 수색, 그날 전후의 행적까지 몇 번이고 확인시켜주었는데도 집요하게 물고 늘어지는 수사관들 앞에서 답답하고 억울해서 통곡이라도 하고 싶었단다. 평소 아내와의 잠자리 횟수까지 묻는 건 다반사였고 의심쩍은 아내의 남자 관계까지 미주알고주알 실토하라고 했다니, 재호가 받았던 수난은 이루 말할 수 없었던 모양이다.

재호 자신을 바라보는 처가 사람들의 눈초리도 견딜 수 없었고 더구나 재호의 여자 관계까지 들추어내겠다고 덤벼드는 경찰의 추궁에는 더욱 기가 막혔다. 결혼 10년이 넘었는데도 아이가 없으니까 아내 아닌 다른 여자를 찾게 되고, 그러기 위해선 필연적으로 아내의 존재가 걸림돌이었지 않느냐라는 소설 같은 얘기도 들었단다.

그간 재호에게 상담을 받았던 애꿎은 여성고객들이 수사선상의 리스트에 올랐던 것도 모자라, 가까이 지냈던 재호의 친구들까지 아내를 둘러싸고 의혹의 호된 고통을 당했다니, 재호가 겪었던 심적 고통은 아내의 죽음보다 더 괴롭고 슬펐다고 했다. 한마디로 쑥대밭이 되어 버린 상황이었다. 아내 잃고 친구 잃고 고객 잃고 마음까지 잃었으니…….

재호와 아내와의 관계, 아내와 다른 남자와의 관계 특히 재호 친구와의, 재호와 다른 여자와의 관계 특히 여성 고객과의 등 어떤 방정식으로도 풀 수 없는 복잡하고 미묘한 여러 개의 미지수가 존재했던 모양인데, 그렇게 샅샅이 주변을 이 잡듯이 싹싹 훑었으니 재호의 인간관계가 송두리째 무너진 것은 당연했을 것이다.

재호 아내는 목이 졸려 죽었다. 누군가에 의해 피살된 후 강물에 쓰레기처럼 내던져졌던 것인데, 물살에 의해 떠내려올 수도 있어 살해 장소도 의문투성이였고 살해 시점도 오리무중이었다. 왜 생면부지의 청평 부근에 가게 됐는지, 무슨 이유로 그날 아주 늦을 수 있고 힘들다고 했는지, 아내의 말에 그날 한 번만 귀 기울였다면 이런 일은 일어나지 않았을 수도 있었는데 두고두고 평생을 후회하면서 살 거라고 재호는 얘기했다.

아내의 상을 치르면서도 곡절이 많았다고 했다. 부검으로 만신창이가 된 아내를 다시 꿰맨 후 7일 만에야 상을 치를 수 있었지만 문상객들도 다른 초상집처럼 많지 않았고, 그나마 재호 뒷전에서 수근댄다는 느낌을 받기 일쑤였다. 상주(喪主)도 마땅히 내세울 사람이 없었고 더구나 눈물조차 나오지 않는 자신이 용서가 되지 않았다고 했다.

아내의 유품도 온전하지 않았다. 재호와 자신들을 이을 연줄 하나 없었던 처가 사람들이 아내의 물품들을 태워 없애겠다며 다 정리해 갔기 때문이다. 이미 결혼을 했기에 자신들의 자식이기 전에 재호 본인의 배우자였거늘, 냉정하게 따지고 보면 아주 무례한 행동들이었지만 그냥 모든 걸 멍하니 지켜만 봐야 했다. 재호야 피 한 방울 섞이지 않은 서류상 가족이었지만 그들로서는 피붙이가 아니던가? 처가 사람들은 홍수에 휩쓸려가는 물건처럼 하나도 남김 없이 모든 걸 그렇게 싸 안고 가면서도, 끝내 재호에 대한 의혹의 눈초리는 온전히 남겨놓고 갔다.

아내를 보내고 며칠 후, 여기저기 흩어져 있는 빨랫감들을 세탁하려고 하다가 세탁기 안에서 아내의 체취가 묻은 양말을 발견하고선 대성통곡을 했단다. 정작 아내와 영원히 헤어질 때에도 나오지 않았던 눈물이 주체할 수 없을 정도로 펑펑 쏟아졌고, 양말을 손에 쥐고서 시작한 울음도 목이 쉴 때까지 계속됐다고 했다. 처음 아내의 시신이 발견됐을 때 양말 한쪽이 벗겨진 채였다는데, 아마 그 영향이었는지 벗어놓은 양말을 보는 순간 울컥해지면서 울음이 시작된 건 아닌지 몰랐다.

한바탕 실컷 울고 나니까 마음이 한결 나아졌다. 이젠 재호도 어쩔 수 없이 현실로 돌아와야 할 시간이었다. 하지만 재호의 직장은 순탄하지 못했다. 주인 없는 직장이 순항할 리도 없었고, 그나마 관리해왔던 고객들조차 뜨거운 꼴을 당하고부턴 아예 전화조차 주질 않았다. 한동안 개점휴업 상태를 유지하다가 재호는 일을 접게 됐고, 아내의 마음조차 들여다보지 못한 자신이 무슨 남의 마음을 다스리게 할 수 있느냐며 깊은 자책과 함께 최면 상담사라는 직업과도 결별하게 됐던 것이다.

재호는 마땅한 직업이 없이 놀고 먹는다고 했다. 놀고 먹는다는 말처럼 부러움의 대상은 없는 것 같았다. 소위 '팔자 좋다'라는 말로 비유를 하지만 평생 밭을 갈 운명으로 태어난 남자의 팔자 치고는 참 상팔자인 셈이었다. 재호가 어떻게 그리 장기간 수입이 없어도 생활이 가능한지는 모르겠다. 그간 벌어놓은 돈이 많았든지, 부모한테 물려받은 것이 있든지, 아니면 아내의 죽음으로 생긴 사망보험금 덕분인지 아마 그중의 하나가 아니었을까?

모르긴 몰라도 재호의 치밀한 성격을 감안한다면 아내에 대한 보험도 미리 준비해놓았을 것은 분명했다. 보험금을 노린 고의적 살인 가능성에 무게를 두고 처음에 수사를 받았다고 했으니까 그 금액은 결코 적지 않을 것으로 생각이 들었다.

재호 아내 사건은 5년이 지난 지금까지 해결되지 않았다고 했다. 재호의 말에 따르면, 당시 경찰은 삶에 대한 어떤 회의와 결혼 생활에 대한 무력감으로 청평으로 바람을 쐬러 나왔다가 누군가에 의해 성폭행을 당한 후 살해됐을 거라고 추측했다. 경찰의 수사가 미궁으로 빠져

들었고 영구 미제로 남겨지는 게 아니냐는 세간의 우려가 있었다고 했지만 그것도 잠시뿐, 사람들의 망각 속에 재호 아내는 희미하게 존재했고 사람들의 기억 속에 재호 아내는 망각 중이었을 것이다.

아내의 존재! 누군가 그랬다지, 이혼과 사별의 차이는 감정의 차이라고. 감정이 말끔히 다 정리된 상태에서 결별하는 이혼과는 달리, 사별은 감정이 갑자기 그 상태에서 뚝 끊기는 거라고. 그래서 사별이 견딜 수 없이 힘든 거라고. 사별은 남은 한 사람이 죽을 때까지 그 매듭을 풀 수 없는 것이라고…….

재호가 이런 말을 했다.

"형님, 정말 참을 수 없는 게 뭔지 아세요?"

"……"

"말을 못하게 됐을 때요. 난 아내에게 할 말이 너무 많거든요.

'왜, 무슨 일 있었어? 당신이 그렇게 힘들어하는 게 뭔데? 나한테 다 얘기해봐. 내가 당신 힘이 되어줄게. 그간 당신 얘기 못 들어줘서 미안해.' 이렇게 지금 당장이라도 얘기해야 되는데, 들어줄 아내가 없어요, 아내가……. 나, 할 말이 너무 많은데……"

재호가 자문자답하는 동안 난 눈을 마주치지 않았다. 평소 버릇대로 시선은 초점 잃은 상태로 먼 곳에 두고 있었으니까. 그렇게 얘기할 때면 나 또한 아내가 생각났다.

담배를 피워 물었다. 이럴 때의 담배 맛은 입이 아닌 가슴으로 느껴졌다. 그래서 사람들은 속상하고 괴롭거나 마음이 아플 때 담배를 더 피우는가 보다. 담배 연기를 누가 공해라고 했던가? 연초를 태우는 게 아니라 쓰린 마음을 태우고 아픈 마음을 사르는데 누가 연기를 공해라고 한단 말인가. 자동차의 기화기처럼 폐를 순회한 후 기도를 통해 토해내는 이 연기야말로 삶의 진정제라고 해도 과언이 아닐 듯싶다. 마음이 정제되니까. 마음을 진정시킬 수 있으니까.

이런 순기능적인 담배도 사실 어떤 특정한 날이면 담배와의 전쟁을 시도한 적도 많았는데, 내겐 참 희한한 버릇이 하나 있다. 해마다 연초만 되면 습관처럼 시작하는 휴연(休煙)과의 싸움이 그것이다. 재떨이를 입 속에 갖고 다니는 세상의 뭇 인간이 새해엔 비장한 각오로 일전(一戰)을 다지곤 하기 때문에 비단 나 혼자만의 외로운 투쟁은 아닐 터. 하지만 그러다가 어느 순간 맥없이 무너지는 결연함이여! 작심삼일(作心三日)이었던 것이다.

난 적어도 금연이라는 말은 쓰지 않았다. 지금껏 다람쥐 쳇바퀴 돌리듯 반복해온 도전과 응전의 금연 역사에서 나는 철저히 패자였으니까. 그래서 경건하게 휴연이라는 말을 썼다. 휴연이라고 쓰면 경건한 건가? 이 언어의 부조리여!

어쨌든 지난 히스토리를 돌이켜보면 최장 2년이라는 세월 동안 연기로부터 멀어져 있었던 적도 있었으니, 나도 참 독한 면이 없지 않아 있었던 것 같다.

"담배 끊는 사람은 독종이니까 상종을 하지 말라고 누군가 얘기하던데, 당신도 그래요?"

아내가 그렇게 나를 놀렸다.

"이런, 중요한 사실을 당신은 모르고 있군. 담배 끊는 사람이 독종인 거 맞아. 그런데 있잖아? 담배 끊는 사람하고 사는 사람은 더 독종이래. 당신도 그래요?"

'당신도 그래요' 이 부분은 아내의 말투를 그대로 흉내 냈고 둘은 한참을 웃었다.

사실 아편보다 더 떨치기 어려운 담배를 끊는다는 것은 대단한 결심과 인내가 아니면 성공하기란 그리 쉽지 않은 것은 맞다. 독종이어야 성공할 확률이 있는 것이다. 아무튼 짧은 성공 경험을 갖고 있는 내게 누군가 담배로부터 자유로울 수 있는 방법을 물어본다면 난 세 가지 방법밖에 없다고 생각한다. 이 방법은 비록 성공과 실패를 거듭했지만 그간의 체험과 경험으로 얻은 확실한 방법이었으니까 말이다.

첫째 방법은, '지그시 참는다'이다.

그래도 못 참겠다면? '그래도 참는다'가 두 번째 정답이다.

정말이지 죽을 것처럼 참을 수 없다면? '그럼 죽어도 참는다'가 그 마지막 방법이다.

솔직히 국가가 마음만 먹으면 대부분의 애연가 국민을 금연하게 만들 수 있다고 생각하는데, 그 방법은 바로 담뱃값을 한꺼번에 몽땅 인상하는 것이다. 지금까지는 담뱃값을 인상할 때마다 국민의 건강을 생각한다면서도 물가에 미치는 영향을 최소화하겠다며 찔끔찔끔 올렸다. 내 장담하건대, 그렇게 해서는 절대 끊게 만들 수 없다. 물론 국가는 국민 대다수가 담배를 끊는 걸 원하지 않을 수도 있을 것이다. 바로 세수(稅收)의 감소로 이어지기 때문이다. 그렇기 때문에 세수 감소 걱정도 덜고 국민의 건강도 챙길 수 있는 그 방법이 바로 하루 아침에 담뱃값(세금)을 10배 정도 인상하는 것이다. 담뱃값이 아무리 오르더라도 절대로 끊을 수 없는, 이른바 '절대 골초'가 흡연가의 10% 정도를 차지한다고 가정했을 때, 이들은 정부를 틈만 나면 신랄하게 욕을 해대면서도 담배를 계속 피워댈 수밖에 없다. 의지의 한국인들인 이들이 금연으로 인한 세수 감소를 채워나가게 된다. 대신 나머지 90%는 엄청난 가격 충격으로 어떤 형태로든 끊을 수밖에 없을 것이니 이 얼마나 좋은 방법인가? 물론 그렇게 되면 밀수 담배가 성행할 것이지만, 그것은 우리나라의 공항과 항만을 어떻게 철저히 문단속 하느냐의 문제인 것이다. 유감스럽지만 앞으로도 절대 대다수 애연가들이 담배를 끊을 수 없도록 조금씩 조금씩 담뱃값을 인상할 것이다.

실험실의 개구리! 조금씩 아주 천천히 물 온도를 올리면 개구리는 충분히 뛰어넘을 수 있는 높이임에도 냄비 안에서 익어 죽게 되지만, 갑자기 뜨거운 물에 담그면 펄쩍 뛰어 탈출한다는 것은 초등학생도 다 아는 이치 아니던가? 개구리의 점프 실력이 얼마나 대단한데……. 결국은 담배에 있어서는 정부가 국민을 그렇게 천천히 삶아 죽이고 있는 꼴이라고 봐야 하지 않을까? 애연가들은 불행하게도 실험실의 개구리인 셈이다. 아무튼 나는 담배를 허파로 피우는 게 아니라 심장으로 피우고 있었던 것이다.

"증오요? 대상이 있어야 죽이든 살리든 하죠. 아니, 살려줄 테니까 제발 누군지 알았으면 좋겠어요. 정 어려우면 꿈에서라도 나타나줬으면 좋겠는데……"

재호가 지금도 힘들어하는 이유는 바로 아내를 죽인 범인을 찾지 못했다는 데에 있다고 했다. 재호의 말대로 대상이 있어야 제 풀에 지칠 때까지 미친 듯이 한을 뿜어내고 용서라도 하련만 그 대상이 없는 것이다. 그 대상을 찾아야 5년 동안 품고 있던 아내에 대한 미스터리를 풀고 응어리진 마음의 궤양을 털어낼 수 있는데 그게 쉬울 것 같지 않아 보였다.

내 마음이 무거웠다.

세상에 사라지는 것이 있을까?

유·무형을 떠나 과연 이 세상에서 사라지는 것이 있을까?

정답은 아니, 내가 생각하는 모범답안은 '없다'가 그 답이다. 밤하늘의 별똥별이 긴 꼬리를 남기며 사라졌다고 하더라도, 그걸 누군가 지켜봤다면 그 누군가의 기억 속에서 별똥별은 존재하기 마련이다. 그 누군가가 사람이든 짐승이든 상관없다. 세상에 태어나 엄청난 족적을 남기고 떠나든, 이름 없는 야인(野人)의 생이 지켜보는 이 없이 외롭게 마감되든 누군가 그를 기억하고 있다면 그는 사라진 존재가 아니다. 단지 자리를 비운 존재일 뿐이다. 그래서 기록의 수단도 없었던 태곳적 인류의 문화가 기억의 꼬리를 물고서 지금까지 이어져 오고 있지 않은가?

하물며 피를 나누고 직접 살을 맞댔던 사람과의 흔적이 이렇게 가슴 속에 시퍼렇게 남아 있는데 누가 그걸 과거의 일이라고 잊으라 한단 말인가? 사람의 마음을 지울 수 있는 특수 지우개가 발명된다면 모를까, 뇌 속에서 기억인자를 떼어낼 수 있는 특수 분리제가 개발된다면 모를까, 이것도 저것도 아니라면 아예 그 자체를 까맣게 칠할 수 있는 특수 잉크라도 만들어지면 모를까, 사람이 설령 죽는다 하더라도 무덤에서 한 송이 독버섯으로 피어날망정 결코 잊을 수 없는 것이 있다.

나는 단지 공허한 껍데기일 뿐이었다.

코쿤(cocoon)을 아는지? 속이 텅 빈 누에고치의 영어단어가 바로 코쿤이다. '페이스 팝콘'이라는 미래 컨설턴트는 누에고치처럼 집 안에만 틀어박혀 생활하는 현상을 '코쿠닝 현상'이라고 명명하기도 했다지만, 의당 그 안에 있어야 할 누에나 번데기가 없는 빈 껍데기의 허상이 다름아닌 바로 우리였다.

누에와 번데기!

어릴 적 번데기는 참 맛있었다. 엄마 손을 잡고 따라나선 시골 5일장 어귀에 어김 없이 번데기 장사는 있었다. 시장 입구에서부터 나의 응석과 투정은 시작됐다. 헌 신문지로 만든 종이 봉지 속에서 김이 모락모락 나는 그 뜨거운 번데기 맛을 잊을 수 없다. 참 고소하고 색다른 맛이었다. 그 시절에야 무슨 중국산 번데기가 들어올 리도 없었고 무슨 방부제가 들어갈 리도 없었다. 설령 그랬다 하더라도 배부른 소리였을 것이다. 그런데 모친은 처음부터 사줬으면 고분고분했을 텐데 꼭 당신 일을 다 보고 집에 갈 때쯤 돼서야 번데기를 사줘서 내 속을 다 긁어 놓았다.

초등학교 때 옆 집에서 양잠을 했다. 큰 창고 같은 공간에 겹겹이 선반을 만들어놓고 지게로 날라온 뽕잎을 가지째 던져주면 신기하게도 얼마 후에 엄지손가락 만한 하얀 고치가 됐다. 송충이처럼 형상이 긴 하얀 누에들이 뽕잎을 먹어 치우는 걸 여러 번 봤는데 그 속도가 엄청났다. 하루에도 몇 번씩 누에들의 먹이를 대주느라 정신이 없었던 것으로 기억된다. 뽕나무 열매인 달콤한 오디를 따 먹을 욕심으로 동네 꼬마들이 그 뽕잎 채취 현장에 많이들 쫓아다녔다.

다소 징그러워 보이는 그 꿈틀대는 누에가 내가 그간 맛있게 먹었던 번데기임을 알고부턴 썩 즐겨 먹게 되진 않았지만, 언젠가 인천 연안부두에서 옛날을 생각하며 사먹었던 번데기는 옛날 맛과는 확연히 달랐다. 맛은 그대로인데 내 입맛이 달라져서였을까?

진짜 그런 것 같았다. 비단 번데기뿐만 아니라 어릴 적의 그 맛을 도저히 쫓아갈 수 없는 게 많았다. 형과 함께 허리 아래를 쭉 찢어 불에 구워 먹었던 개구리 뒷다리는 군대에서 고참들이랑 야외 훈련 중에 소대장 몰래 먹었던 그 맛하고는 천지 차이였고, 겨울 밤 아궁이 속에서 맛있게 익었던 군고구마도 마찬가지였다. 그래서 아이들 입맛과 어른의 입맛의 차이가 분명히 존재하는 것 같지만, 알고 보면 세월의 입맛 차이가 아닐까 싶다.

아무튼 우리는 속이 텅 빈 코쿤이었다. 알맹이가 빠져나간 빈 껍데기 속에는 차마 다 표현할 수 없는 애절함과 사무친 회한, 그리고 못다 한 그리움 등으로 가득 차 있었으니, 이걸 어찌 말로 다 그려낼 수 있을까?

애간장을 저민다고 하면? 간(肝)을 저미듯 몹시 고통스러운 것을 '애간장을 저민다'라고 했던데, 솔직히 신체의 한 부분을 칼로 도려내는 이러한 아픔의 표현도 정확하지는 않은 것 같다. 내가 알기론 실상 간(肝)은 자각증세가 없다. 그래서 설령 칼로 저민다 하더라도 통증을 느낄 수 없는 게 간이다.

재미있는 것은 속담에 나오는 간의 무게와 형태이다. 간이 두 근 반세 근 반이 되기도 하고 간덩이가 붓기도 하며 어떨 땐 콩알만해지기도 한다. 배포 큰 사람은 간이 배 밖으로 나오기도 하고 놀랄 땐 간이 떨어지기도 한다. 그래서 이런 경망스러운 간을 빗대어 애간장을 저민다는 표현도 우리에겐 적절치 않은 것 같았다.

일단 우리 프로젝트는 출발을 한 셈이었다. 정당으로 말하면 창당 준비위원회 같은 걸 만들었으니까. 비록 재호와 나 단 둘이 외롭게 시작했지만 우리 일에 많은 인원은 오히려 번잡을 초래하거나 노출의 위험성이 많이 커지는 관계로 불필요할 것이다. 당명이나 정강정책, 당규 같은 어려운 건 하지 않아도 됐다. 우리 일에 대한 당위성과 필요성은 우리 마음속에 이미 존재하고 있기 때문에 누구에게 그걸 문서로 적어서 보여주거나 신고할 필요도 없었다.

그렇다고 우리를 무슨 'KKK'나 나치 추종세력 같은 맹목적이고 극단적인 집단으로 매도하지 말 것을 부탁하고 싶다. 우린 어디까지나

합리적인 판단과 선택에 의해서 국가의 기능을 보완하는 수준으로 프로젝트를 진행할 것이고, 그들처럼 위험한 집단 행세를 하지 않을 것이며, 만인의 지탄을 받는 반사회적인 일은 정녕 사양할 것이다. 그들처럼 떠벌리며 존재의 흔적을 남기지는 않겠지만 우리 일에 대한 정당성은 어떻게든 널리 알리고 싶은 마음은 있었다.

누가 당 대표를 맡아야 한다는 감투 싸움도 할 필요가 없었다. 그냥 자연스런 역할 분담만 차차 하기로 했지만 사실은 모든 키는 재호가 쥐고 있었다고 봐야 한다. 재호와 나이 차이가 네 살이나 위였으나 이런 일이 무슨 연공서열이나 연장자를 우대한다거나 하는 게 아니기 때문에 전혀 신경 쓸 부분이 아니었다. 그것보다는 우선은 일감이 있느냐의 문제였다. 즉 대상자를 누구로 어떻게 할 것인가 하는 가장 중요한 얘기를 꺼냈다.

"형님! 저 오랫동안 준비했어요. 제가 형님한테 이 일을 하자고 얘기를 꺼낼 정도면 어떤상태인지 대충 짐작하시죠? 초대할 주인공들 벌써 몇 사람이나 선정해 두었어요. 때가 무르익으면 그들을 초대하겠지만 우선 형님이 법원에 좀 다녀봐야겠습니다."

재호의 첫 작업지시였다. 다녀오라는 것도 아니고 다녀보란다. 처음엔 법에 관한 공부를 하라고 하는 줄 알았다. 결과적으로는 공부를 한 셈이지만⋯⋯.

"이 사람, 우리 첫 주인공으로 초대할 생각입니다. 다음 재판 일정과 사건 관련 기록이에요. 1심에서 무죄 판결 받은 사람인데 문제가 많은 것 같아요. 먼저 이 자료를 자세히 읽어보시고 재판 과정도 한 번 지켜보시죠. 그러면 우리 프로젝트에 대한 확고한 철학과 믿음이 생길 겁니다."

주로 신문기사와 여성단체 등의 반론과 여론을 모아놓은 자료를 읽고 나니 내가 그간 미처 생각하지 못했던 부분에 대해서도 다른 각도로 사건이 보여졌다. 이 사건은 언론에 많이 보도가 되고 사회적인 이슈가 되어서 나도 익히 알고 있던 것이었지만 언론의 보도 내용은 일부분에 불과했다. 그만큼 자료를 풍부하게 준비했던 것이다. 재호의 치밀함을 엿볼 수 있는 대목이기도 했다.

주인공의 재판과정을 관찰하면서 확실히 내 안목에 많은 변화가 생겼다. 예전엔 우리 가족이라는 좁은 울타리에 갇혀 있던 내 사고가 나무가 아닌 숲 전체를 바라볼 수 있게 됐던 것이다. 그 전까지는 오로지 어떤 사건을 우리 가족과 결부시켰는데, 내 가족의 문제가 아니라 우리 사회 전체의 문제였던 것이다. 어떻게 보면 사회적인 문제는 결국 개인의 피해로 직결된다는 내 나름의 철학을 확인한 계기도 됐다.

그렇지만 동전의 양면처럼 우리 사회와 범죄인에 대한 적개심과 분노가 솔직히 깊어만 갔으니, 그 재판이 내 시각을 바꾼 것은 맞지만 어떤 부분에서는 내 생각을 편협하게 가두어놓은 역할도 한 것 같았다. 나도 어쩔 수 없는 사람이었던 것이다.

"형님! 재판을 지켜보셔서 잘 아시겠지만, 그들은 본인이 그렇게 했다고 절대로 인정하는 법이 없습니다. 무조건 부인으로 일관하죠. 검사가 그걸 조목조목 증거를 통해 뒤집지 못하면 그냥 부인한 게 사실이 되어버리거든요. 앞으로 우리 일이 그럴 겁니다. 그들은 어떤 일이 있어도 자기들 짓이라고 수긍하지 않을 텐데 절대 그들의 이런 수단에 넘어가면 안 됩니다. 형님! 제 말 아셨죠? 무슨 일이 있어도 제 말을 잘 기억해야 돼요. 누가 뭐라고 해도 형님은 저를 믿어야 합니다."

지켜봤던 재판이 끝나고 우리 프로젝트를 시작하기 직전, 재호는 단단히 내게 주의를 환기시켰다. 주의를 길게 하다 보니 꼭 잔소리 같다는 생각도 했지만 나 또한 재호를 그만큼 신뢰하고 있었으니 큰 문제는 없을 것으로 생각했다.

진짜 그런 것 같았다. 금방 들통이 날 것 같은 것도 일단 부인부터 하고 들었다. 어떨 땐 그 뻔뻔함에 치가 떨리기도 했지만 그들은 당연한 듯이 그런 거짓말을 반복적으로 되풀이했다.

하나를 보면 열을 안다고 했는데, 그렇게 하나 둘 거짓으로 일관하고 있는 사람은 아예 송두리째 신뢰할 수 없는 인간으로 낙인을 찍어 버렸으면 좋으련만, 검사가 거짓인 것을 사실로 증명하면 피고인 측은 '아니면 말고' 식으로 그냥 넘어가 버렸다. 그러니 계속 부정을 할 수밖에…….

그런 게 재판을 받는 기술인지는 모르겠으나 그렇게 거짓말을 해서 무죄 판결 받고 승리의 환호를 지르고 싶었을까? 정말 가련한 인간들이었다. 그래서 우리가 그냥 구경만 할 수 없었던 것이다. 방관자의 무기력함에서 벗어나 주도적으로 잘못된 질서를 바로잡고 싶었던 것이다. 더 이상 아무것도 못하면서 뒤에서만 손가락질해대며 쑥덕이는 인생을 살고 싶지는 않았다.

"저만 믿고 어떠한 경우에도 흔들리시면 안 됩니다. 저 잘 아시잖아요? 하나도 틀림 없이 정확히 조사해서 선정한 사람들이니까, 꼭 저를 믿고 합시다."

다시 한 번 확인 사살까지 하며 재호는 나를 독려했다.

# 제3장

# 마르만을
# 자르는 소리

"피고! 국가가 무죄라는 이름으로 방생한 당신을 정의와 양심의 이름으로 재판을 다시 시작하겠습니다."

무죄라는 이름으로 방생한⋯⋯. 얼마나 멋지고 당찬 표현인가?

지방 어느 저수지에서 새벽 일찍부터 한참 재미있게 낚시를 하고 있었다. 소위 '포인트'를 잡느라 사람의 접근이 어려운 가파른 곳에 터를 잡고 있었는데, 그날따라 고기도 잘 잡혀서 꽤 괜찮은 성과를 내고 있었다.

점심 때쯤 되자 저수지 건너편 민가 쪽에서 사람들이 우르르 몰려나왔다. 무슨 일인가 유심히 살펴봤더니 뭔가를 사람들이 저수지에다 던져놓고 있었다. 물고기 방생이었다. 그리고 그날은 부처님 오신 날이었고……. 아마 그 방생 행사가 석가탄신일 며칠 전부터 쭉 있었던 모양이었다. 그래서 고기가 잘 잡혔는가 보다. 한쪽에서는 생명을 놓아주고 있었는데 나는 다른 쪽에서 그 방생한 생명을 체포하고는 희희낙락하고 있었으니, 얼마나 나 자신이 한심하고 창피했던지 부랴부랴 낚싯대를 거둬서 철수했다.

살생을 하지 않는 것 자체는 소극적 선행이지만, 방생은 적극적으로 선을 행하는 것이라고 불가에서 권장하는 만큼 사심 없이 놓아주는 것이야말로 칭찬받아 마땅한 일이었으나, 그 칭찬은 주인공을 방생한 국가가 당연히 받아야 할 일이기에 국가에게 그 공을 겸손히 넘겨야 했다.

칠종칠금(七縱七擒)! 맹획이라는 인물은 제갈량에 의해 일곱 번이나 잡혔다 풀려나는 것을 반복한 후 비로소 마음으로부터 우러나오는 복종심을 발휘했다지만, 국가가 잡았다가 풀어준 주인공을 다시 우리가 잡는다 해서 그에게 맹획처럼 복종심을 바라지는 않을 것이다. 하지만 바보같이 일곱 번이나 놓아줄 아량은 우리에겐 전혀 없다는 것을 분명히 밝혀둬야겠다.

우리의 프로젝트를 본격적으로 처음 시작한 것은 의기를 투합한 지 거의 6개월 정도 지났을 때였다. 물론 그간 몇 번의 회합이 있었고 나름대로 우리만의 시뮬레이션도 거쳤다. 첫 주인공은 국민의 여론을 거슬러 무죄 판결을 받음으로써 결국은 법망을 교묘히 피해간 이 사람을 초대하기로 이미 합의를 봤다.

우리의 첫 사업인 만큼 신경도 많이 쓰였다. 시행착오를 겪지 않기 위해선 만반의 준비를 했다는 뜻이고, 다른 거와 달리 시행 중에 착오가 발생한다는 것은 사업의 영속성에 중대한 차질이 발생한다는 거여서 사건 기록에서부터 그를 초대하는 과정까지 아주 세심하게 신경을 썼다.

재호가 선정한 첫 주인공으로서 그가 무죄 판결 날 때까지 재판과정을 처음부터 끝까지 지켜본 내가 근엄하게 개정을 알렸던 것이다. 목소리에 조금 긴장감이 묻어 나왔던 것 같았다. 개정을 알리기 전 헛기침을 몇 번이나 하고서야 겨우 개시 멘트를 읽을 수 있었으니까.

런칭(Launching)! 사전적 의미로는 '조직적인 일을 새로 시작하다, 상품을 출시하다, 배를 진수시키다'라는 뜻의 단어지만 우리 일에 딱 맞는 표현 같았다. 비록 돼지머리도 없었고 고사떡도 없었으며 정중히 절도 하지 않았지만, 신나는 브라스밴드의 행진곡과 아찔한 내레이션 모델도 없었지만, 화려한 오색 풍선도 없었고 많은 카메라 플래시의 섬광 속에서 구령에 맞춰 테이프 커팅도 하지 않았지만, 우린 떨리는 심정으로 첫 사업의 뱃고동을 힘차게 울리며 정의의 바다를 향해 런칭을 했던 것이다.

"정말 왜 이러세요? 당신들이 뭔데 도대체 이러는 겁니까, 예? 나는 이미 법의 심판을 정당하게 다 받은 사람이란 말이에요. 정말 환장하겠네."

장이 뒤집히는 걸 환장(換腸)이라고 한다. 본인이야 장이 뒤집힌다지만 생과 사가 뒤집히고 운명이 뒤집힌 사람도 있다. 당연히 그렇게 반응이 나와야 했다. 그래야 우리의 존재와 가치가 빛나 보이는 법이니까. 모처럼 마음을 먹고 스스로 청소를 하려는 마당쇠에게 '마당을 좀 쓸어라'고 하는 주인의 명령이 떨어진다면 쓸고 싶은 마음이 순식간에 확 달아나버리는 게 사람의 심리일 터, 이렇게 작용과 반작용이 있어야 일의 성취감과 사명의식이 돋보일 것이다.

자신의 잘못된 행위에 대해 뼈저리게 반성하고 뉘우치는 사람에게는 과연 더 이상의 형벌은 필요하지 않을까? 참회하는 것만으로는 형 집행을 중단하거나 완료할 수는 없다. 마땅히 그에 상응하는 죗값을 치러야 하는 게 형벌이다. 더구나 우리의 첫 주인공의 싹수를 봤을 때 반성이나 참회를 기대한다는 것은 가당치도 않을 것 같았다.

국가라는 법 집행 기관에서 행한 양형 기준이 우리의 기준에 미치지 못할 경우엔 우리가 부족한 부분만큼을 채워야 한다. 국민은 국가의 일원이므로. 어떻게 다 국가가 다 해주길 바랄 수 있는가 말이다.

예상은 했지만 첫 재판부터 진행이 순조롭지 못했다. 이 자리에 초대된 순간부터 한시도 입을 다물지 않고 본인의 결백과 무죄 판결 사실 및 억울함을 읍소하고 있었다. 때론 고함도 지르고 악도 썼으며 통사정도 하고 누구와 통화를 하고 싶다고도 했고, 여기가 법정이라면 왜 변호사는 없느냐며 당장 자신의 변호사를 불러달라고 했다.

"피고! 당신의 범죄가 유능한 변호사에 의해 잠시 진실이 감춰졌을 뿐이지 사건 자체가 무죄 판결로 없어진 게 아니라는 사실을 명심했으면 합니다. 그래서 이 법정은 변호인이 입회할 수 없습니다. 세 치 혀로 또 사건을 은폐하고 진실을 왜곡시키기 때문입니다. 굳이 변론이 필요하다면 피고 스스로 하시기 바랍니다."

비록 존대어를 쓰고 있지만 나의 말투는 절대 우호적이지 않았다. 나의 냉혹한 충고 앞에 주인공은 묵묵부답이었다.

"한 가지 피고가 알아야 할 사항이 있습니다. 이미 피고의 범죄 현황은 재판과정에서 만 천하에 다 공개된 사실이기 때문에 묵비권이라는 침묵의 무기로 대항한다 하더라도, 또 설사 그걸 부인한다 하더라도 여기서는 그 사실이 채택되지 않는다는 것입니다. 그렇기 때문에 피고가 이미 법원으로부터 무죄 판결을 받았음에도 우리는 그걸 인정치 않을 것이며, 피고가 저지른 범죄에 대한 형량의 적정성을 심판하고 그에 따라 판결할 뿐이라는 사실을 알아두시기 바랍니다."

초췌한 우리의 주인공은 눈이 가려진 채로 여전히 말이 없었다. 가려진 눈빛은 그런 순간엔 어떤 모양일까? 한번 그 표정을 보고 싶다는 생각도 들었지만 일의 원칙을 깨뜨리는 그런 짓은 할 수 없었다. 노끈으로 결박된 두 손 때문에 우리의 주인공은 제스처도 없었다.

"지랄들 하고 자빠졌네. 너희들이 뭔데 그래?"

애원이 통할 것 같지 않자 주인공이 마각을 드러내고 있었다.

"이런, 이 새끼가 죽으려고 아예 빽을 쓰고 자빠졌네!"

길수의 등장을 알리는 팡파르였다. 참을 수 없는 분노와 함께 우리의 형리(刑吏)가 '짠!' 하고 등장한 것이다.

"네 이놈, 무엄한지고? 감히 여기가 어느 안전이라고 함부로 주둥이를 놀려대는 것이냐?"

대학 1학년 때 '전하'라는 사극에 병사로 출연했다. 대사라고는 한마디도 없는 단역. 시종일관 세조의 곁을 지키는 충실한 무관이자 보디가드였다. 성삼문과 세조 간에 정권의 정통성에 대한 설전이 신랄하게 이어지고, 감히 하늘 같은 우리의 주군에게 '전하'나 '폐하'도 아닌, 동네 양반들한테나 아랫것들이 부르는 '나리'라며 불충을 저지르는 성삼문의 태도에 참을 수 없는 분기를 느낀 병사가 벼락같이 어전에 등장하면서 일갈한 말이 "네 이놈, 무엄한지고……"였다.

주군을 농락한 성삼문의 목을 금방이라도 댕강 벨 듯이 병사의 서슬 퍼런 기세는 하늘을 찔렀고 객석은 이 일촉즉발의 긴장감을 만끽하고 있었다. 물론 대본에도 없었고 리허설에서도 전혀 없던 돌발 상황이었다.

당황한 세조와 성삼문, 그리고 무대 뒤의 연출. 다행히 "그만 물러가 있거라" 하는 세조의 기지로 위기를 넘겼지만 그날 난 선배들한테 엉덩이를 마음껏 바쳐야 했다. 엉덩이가 얼얼할 만큼 소위 '빠따 세례'를 신나게 받았고, 이런 에피소드는 오랜 세월이 흐른 뒤에도 후배들에게 전설처럼 전해지고 있다고 들었다.

연극의 과정을 모르고 그렇게 행동한 것은 당연히 아니었을 것이다. 대사 한마디 없는 엑스트라 수준의 단역이어서 내 존재를 나타내려고 했던 것은 더욱 아니었다. 연습 때에는 없던 많은 관객이 들어서자 신바람이 난 병사는 자신의 임무와 역할에 아주 충실하고 상황에 몰입해 있었던 것이다. 그게 나였다. 길수 또한 그의 역할에 너무도 충실히 몰입해 있다는 생각이 들었다.

"피고! 아직 우리의 심판을 받을 준비가 안 돼 있는 것 같습니다. 피고의 수용태세가 갖춰질 때까지 잠시 휴정하겠습니다."

형리의 손에 이끌려 발악을 하며 우리의 주인공이 무대 뒤로 사라졌다. 어떻게 보면 굶주린 늑대에게 먹이를 던져주는 것처럼 길수에게 사냥감을 내준 것이다. 손발을 적기에 제대로 맞췄던 것이다.

"너희들, 지금 무슨 짓거리들 하고 있는 줄이나 알아? 네놈들이 뭔데 지금 나를 판결하겠다는 거야? 이것들 아주 정신병자들 아니야, 이거?"

둔탁한 소리와 함께 사람 살리라는 비명과 고함이 흘러나왔고 애원과 절규하는 목소리도 함께 섞여 나왔다. 이런 법정은 처음이었을 것이다. 멋모르고 날뛰다가 주인공이 뜨거운 꼴을 당하고 있었으니 자승자박이자 자업자득이었다.

10여 분 뒤, 축 늘어진 우리의 주인공이 형리의 부축을 받고 다시 등장했다. 나의 준엄한 논조와 주인공의 격렬한 반발이 또 이어졌고 형리의 곤장질은 그 강도를 더해갔다. 주인공은 매번 매를 벌고 있었다. 그 과정을 몇 번 반복한 결과 우리의 주인공은 아주 온순한 한 마리의 양이 되었으니 형리는 역시 최고의 조련사였다. 피 한 방울, 상처

하나 없이 이렇게 야생마를 길들였으니까 말이다.

야생마를 길들이는 걸 본 적이 있다. 평생 사람을 태워본 적이 없는 야생마들은 마치 진드기처럼 자기 등에 착 달라붙은 불청객을 떨어뜨리기 위해 온갖 몸부림을 치고 기력이 다 할 때까지 죽을 힘을 다해 달리고 달린다. 결국은 지쳐서 저항을 포기하는 것이다.

그날 우리의 주인공이 저항을 포기하면서 자백을 한 것을 토대로 내가 판결한 형량은 귀두 절단이었다. 우리 셋의 전원 합의에 의해 판결이 내려졌지만 사실은 이미 주인공을 섭외할 때부터 그의 형량이 정해져 있었다고 해야 정확한 얘기였다. 그러니까 이것은 일종의 통과의례인 셈이었다. 결론이 이미 명확하게 나 있는 이런 의례적인 통과절차 과정에서 우리 주인공이 자꾸 우리 의도를 알아채지 못하고 다른 길로 접어들려고 하고 있으니 마찰이 생기는 것이었다.

귀두 절단! 세상에 이런 형벌도 있었느냐고?

죄형법정주의에 어긋난다고?

우리 마음대로 형벌을 정하고 시행하는 만큼 죄형전단주의라고 비난하는가?

웃기지 마시라. 제도권 법이 못하는 것을 보완하는 만큼 상은 못줄망정 시비는 걸지 마시라. 국가에 합당한 보수를 바라지도 않고 무료로 정의를 구현하고 있는 사람이니 만큼 그저 지켜만 봐달라.

우리의 주인공이 받은 국가로부터의 형량은 증거 불충분을 이유로 무죄 선고였다. 물론 그렇게 되기까지는 이 글의 첫머리에서 언급한 것처럼 변호사의 탁월한 직업적 승리가 결정적이었지만 말이다. 하지만 대다수 국민의 감정을 대변하는 우리의 법 정서로서는 도저히 받아들일 수 없는 판결이었다. 오죽했으면 우리가 이렇게 팔을 걷어붙이고 나섰겠는가?

세상에 그 물건을 놀릴 데가 없어서 하굣길의 어린 여학생한테 썼느냐 말이다. 초등학교 2학년짜리한테 시퍼런 흉기가 뭐며, 말 안 들으면 죽인다는 살해 위협은 또 뭐고, 한 번으로도 모자라 같은 짓을 두 번이나 했던 인간 말종에게 무죄라니, 이거 해도 너무 한 것 아니냐 이거다.

그 어린 여자아이는 성기가 다 망가져버렸다. 가녀린 소녀는 성기와 항문이 만신창이가 되어 평생 성생활은 물론 배변 장애를 안고 살아야 한단다. 어린 생명이 한 평생을 세상을 원망하며 비극 속에서 살아야 할 것을 생각하니 정말 남의 일 같지가 않았다. 어떤 큰 병원에서는 끝까지 치료비도 받지 않고 완치될 때까지 최선을 다하겠다고 해서 그나마 사회의 훈훈한 면도 봤지만, 설령 신체가 완치된다 하더라도 정신적 장애는 영원히 남아 있을 것이니 너무나 가엾은 소녀의 인생이었다.

무심한 빗자루 질에 걸혀버린 허망한 거미줄인 셈이다. 거미줄을 유심히 관찰해본 적이 있는가? 거미는 심혈을 기울여 자신의 꽁무니에서 거미줄 한 올 한 올을 정성껏 빼서 긴 시간에 걸쳐 펜타곤 같은 집을 짓는다. 대개는 곤충의 왕래가 잦을 것 같은 그런 길목에 한 여름을 날 예정으로 튼튼하게 짓는데, 언제 걸려들지 모르는 먹이를 요동도 하지 않고 인내심을 갖고 끈질기게 기다린다. 거미는 꼭 머리가 땅을 향해 그렇게 거꾸로 매달려 기다린다. 인고의 기간이다.

하지만 게으르지 않다면 지저분한 거미줄을 그냥 지나칠 정도로 아량 있는 집주인을 만나기 힘든 탓에 빗자루질 한 번으로 거미의 꿈은 그렇게 허망하게 물거품이 되어버리는 것이다. 가녀린 소녀 또한 하루 아침에 그렇게 허망한 거미줄 신세가 됐다고 하면 적절한 비유가 될지 모르겠다.

전형적인 소아애호증(小兒愛好症)이었다. 이런 인간의 욕망은 끝이 없다는 게 문제다. 아무리 후회하고 뉘우치고 설령 감옥에 갔다 온다 하더라도 사춘기 이전의 어린 여자만 보면 또 성적 충동이 일어나 제어할 수 없게 된다. 교도소에서 오랫동안 있다가 출소하면 곧바로 성범죄를 저지르는 뉴스를 많이 접하는데, 이런 사람들한테 백날 전자발찌를 채운다고 해도 무용지물이 될 것임은 명약관화하다. 또 저지르면 가중처벌로 더 오랫동안 옥살이를 한다는 걸 모르지 않을 텐데도 그 본능을 이길 수 없는 것이다.

성범죄 재범률에 대한 어디 통계를 보니까 60~70%로 다른 범죄에 비해 월등히 높았던 것으로 기억한다. 성욕을 억제하는 어떤 것을 성기에 단다면 모를까 완치가 불가능한 것이 '성범죄병'인 것 같다. 그러니 이게 무슨 정신질환의 일종이라 해서 환자 취급을 할 게 아니라 근원적인 해결을 해야 한다는 게 우리의 뜻이었던 것이다.

근원적(根源的)……. 사물이 비롯되는 근본이나 원인이 되는 것을 근원적이라고 했으니, 그 근원을 없애버리는 우리의 형벌은 참으로 그 단어에 충실한 처방이었다.

재호가 우리 주인공에게 추궁은 하지 않았지만 그의 말에 의하면 그 동네 여자들 몇 명이 그 사람에게 당했다고도 했다. 연령을 가리지 않고 닥치는 대로 먹어 치우는 포식자인 셈이었다. 모두 쉬쉬 할 수밖에 없는 사정이었기에 입을 다물고 있었던 것인지, 아니면 이 사건이 터지면서 소문이 확대 재생산되었는지는 모르겠지만 손을 봐줄 수밖에 없는 사람인 것은 분명했다.

그러니 당연히 우리가 나설 수밖에. 이건 관할 구역의 사창가를 모조리 없앴으니 성 매매가 없어졌다며 자신의 치적을 자랑했던 어느 경찰서장의 모순과도 같은 논리다. 그렇게 출구를 꽉 막아놨으니 다른 곳에서 판을 칠 수밖에. 이걸 두고 풍선효과라고 한다나? 그렇게 꽉 막힌 판결을 하고 있으니 우리가 판을 칠 수밖에 없단 얘기다. 그러니 우리를 탓하지 마시라.

성 매매 얘기가 나왔으니까 한마디 하고 넘어가야겠다. 만약 돈을 주고 성을 사고파는 그런 행태가 우리나라에서 없어진다면 단언하건 대 내 손에 장을 짓겠다. 남자든 여자든 어느 한쪽을 모조리 동성으 로 성전환을 하지 않는 한 이 문제는 해결되지 않는다. 하기야 요즘은 동성애는 물론 동성끼리의 결혼도 허락하는 나라도 있으니 문제의 해 결은 더 어려워진다. 아무도 풀 수 없던 골디우스의 매듭을 단칼에 베 어 해결했던 알렉산더가 오더라도 이 문제는 풀 수 없다고 확신한다.

성 매매에 대한 법의 입장은 비범죄주의와 합법적 규제주의 그리고 금지주의로 분류하고 있던데, 그 자체를 범죄로 여기는 금지주의를 선 택한 나라는 우리나라를 비롯해 일본, 스웨덴, 대만, 중국, 태국, 필리 핀 그리고 미국의 일부 주(州) 정도여서 나를 깜짝 놀라게 했다. 그렇 게 중한 범죄라면 세계 모든 나라가 같은 잣대로 바라보아야 할 텐데 의외로 그 수가 적었기 때문이다.

대부분의 국가, 이를테면 오스트리아, 벨기에, 독일, 네덜란드, 그리 스, 포르투갈, 스위스, 캐나다, 뉴질랜드, 호주와 미국의 일부 주 등 많 은 나라에서는 당당한 합법이었고 덴마크, 프랑스, 아일랜드, 영국, 이 탈리아, 노르웨이, 스페인, 핀란드 등의 나라에서는 성 매매를 비범죄 로 여기고 있었다. 체코에서는 한 걸음 더 나아가 매춘면허제를 추진 한다고도 했는데 의회의 반대로 무산됐다는 소식을 언젠가 들은 것 같다.

성매매를 금지주의가 아닌 비범죄나 합법으로 다루고 있는 이들 나 라의 공통점은 대부분 우리 이상으로 잘 사는 나라들이고 OECD 회원국이며 우리보다 민주주의나 인권이 더 발달한 나라가 대부분이던데, 우리나라 여성계 시각으로 봤을 때는 제 정신이 아닌 미개한 나라들일 것이다.

우리처럼 금지주의를 표방하고 있는, 요람에서 무덤까지 사회보장제도가 잘 발달된 나라 중의 하나인 스웨덴은 우리보다 훨씬 빠른 1977년부터 7년 동안 말모 지역의 성 매매 여성 218명에 대해 성 매매 금지법을 적용했는데, 그 지역의 매춘 여성 158명이 성 매매를 중단한 걸로 나타나 대단한 효과를 봤단다. 하지만 칭찬은 여기까지였다. 스웨덴 보건복지부 조사에 따르면, 노상 성 매매 행위는 이 법 시행으로 확연히 줄어들었지만, 나머지는 모두 다 지하로 잠적해버려 은밀한 성 매매 행위는 오히려 증가함으로써 결국 실패했다고 자인을 한 적이 있었다. 이 법이 소위 '말모 프로젝트'라는 것으로서 이것처럼 풍선 효과를 잘 입증한 것은 없다고 생각한다. 아, 스웨덴이라는 나라는 성 매수자인 남자만 처벌한다지? 그런데도 남성 고객을 보호하기 위해 지하로 다 숨어버렸으니, 성 매매 여성과 성 구매자인 남성을 모두 다 처벌하는 우리나라야 오죽하랴.

우리나라에서 이 법이 제정됐을 때가 생각났다. 풍선 효과 운운하니까 어떤 여성 단체에서는 절대 그럴 일은 없다며 풍선을 터뜨리는 퍼포먼스를 연출하기도 했다. 하지만 결국은 근절시키지 못하고 은밀한 형태로 우리 사회 저변에 자리를 잡은 이 상황을 여성단체에서는 아직도 인정하지 않고서, 오히려 처벌 수위가 너무 낮아서 그렇다며 더 강력한 처벌을 요구하고 있다고 들었는데, 그렇게 진단 하나 정확히 못하고 처방을 요구하고 있으니 참 딱해 보였다.

돈을 주고 성을 사고파는 게 그렇게 중한 범죄인가? 성 매매 행위를 하면 누가 죽거나 상해를 입는가? 재물이 손괴되거나 재산권이라도 침해가 되는가? 명예가 훼손되거나 인격적 모욕이라도 당하는가? 마약처럼 온 국민을 피폐하게 만들거나 전염병이 창궐이라도 하는가?

사회 기강이 무너지고 반국가적 행위라도 되는가? 성 매매를 하면 북한이 쳐들어오기라도 하는가?

그게 그렇게 나쁜 거라면 왜 우리보다 잘 사는 일부 국가에서는 합법화하고 있는가? 정당하게 양성화해서 세금까지 거둬들이는 하나의 산업으로 자리잡고 있는데 말이다. 합법적인 장애인 섹스 도우미도 있다지, 아마? 어느 단편소설의 '술 권하는 사회'가 아니라 성(性) 권하는 사회가 되어 마치 들불처럼 우리 사회에 개방된 성 문화가 유행이 된다면 모를까, 어지간한 사람은 인간 5욕(慾) 중의 하나인 성욕을 풀 데가 없다. 하물며 장애인들이야……

요즘의 어려운 경제 상황에서 다들 일자리 창출을 외치고 있는데, 합법적인 업종으로 육성한다면 국가 곳간도 튼튼해질뿐더러 체계적 관리를 통해 성병 확산을 막고 관련 업계까지 포함해서 이걸로 먹고 사는 사람도 부지기수이지 않을까?

언젠가 우리나라 한 메이저 신문에서 여기자가 돌 맞을 각오로 얘기한다면서 성 매매 특별법에 대한 본인의 생각을 가감 없이 밝혀 파문이 일었다. '홍등가가 여염집 규수의 정조를 지킨다'는 옛말을 인용해서 쓴 그 기자의 글에 상당 부분 공감이 가는 부분이 많았다. 그 기자는 성욕이 왕성한 남자들이 사는 사회에서 성을 꼭 억제해야만 하는 것이 과연 옳은 일인가 하고 반문했다. 우리 딸들이 외국으로 밀입국까지 감행하며 성 매매 직업을 찾는 작금의 상황과 그런 여성들의 인권이 제대로 지켜질 것인가 하는 점을 염려하면서, '성 매매 금지법은 옳은 것인가?'라는 물음표로 칼럼을 마무리했다.

누구든 이런 당돌한 주장에는 돌팔매질을 할지 모른다. 실제로 그 기자의 주장에 동조하지 않는 적지 않은 사람들이 비판을 했을 것으로 생각하지만, 분명한 것은 여성계에서도 이 인텔리 기자와 같이 다른 시각과 의견이 많이 존재한다는 것인데, 모두들 선뜻 나서서 물결을 거슬러 올라가려고 하지 않는다는 것이다. 서슬 퍼렇게 두 눈을 부릅뜨고 지켜보는 목소리 큰 사람들이 있기 때문이다. 행여나 그런 주장을 하면 헤픈 여자로 보이거나 여성계의 이단아로 몰릴까 봐 각자의 생각을 그냥 주머니에 담아두고 있는 것은 아닌지 모르겠다.

지금은 폐지됐지만 어릴 적 '국민교육헌장'의 암송을 줄기차게 강요받고 자랐다. 초등학교 아마 1학년 때일 것으로 기억한다. 전교생을 모아놓고 교장이 조회대에 올라가 오늘이 무슨 날인지 아느냐고 물었다. 알고 보니 그날이 국민교육헌장 선포일이었고, 그 뒤부턴 무슨 뜻인지도 모르고 줄기차게 암기하고 수시로 시험을 봐서 못 외우면 손바닥까지 맞아야 하는, 귀찮고 두려운 존재가 된 게 이 헌장이었다. 덕분에 수십 년이 지난 지금도 술술 외울 수 있을 정도다.

'우리는 민족 중흥의 역사적 사명을 띠고 이 땅에 태어났다. 조상의 빛난 얼을 오늘에 되살려……'

거기에 이런 대목도 나온다.

'성실한 마음과 튼튼한 몸으로 학문과 기술을 배우고 익히며, 저마다 타고난 소질을 계발하여……'

타고난 소질을 계발하는 대목에 의의를 두고 싶다. 머리가 좋아 공부를 아주 썩 잘하는 사람, 썩 잘하지는 않지만 그래도 취직 정도는 할 수 있을 정도로 공부하는 사람, 노래를 잘하는 사람, 운동을 잘하는 사람, 장사 기질을 타고난 사람, 힘이 세서 육체를 이용해 먹고 살 사람, 일 안 해도 먹고 살 정도로 돈이 많은 사람, 성격이 명랑하고 고분고분해서 시키는 것은 무엇이라도 할 수 있는 사람 등 저마다 잘하는 것을 직업으로 선택할 수 있다.

그런 사람은 복이다. 자신의 소질과 장기를 발휘해 자기가 하고 싶은 일을 한다는 것은 진짜 복이다. 대부분의 사람은 그저 먹고 살기 위해 맡은 일에 적응하고 살 뿐이니까.

그렇다면 공부도 못하고, 노래도 못하고, 운동도 못하고, 장사도 못하고, 힘도 세지 않고, 돈도 없으며, 성격이 고분고분하지도 않다면 굶어 죽어야 할까? 다른 건 다 못하고 굶어 죽지 않기 위해서 오로지 할 수 있는 것은 성을 파는 것밖에 할 수 없다면 그땐 어떻게 해야 하나? 물론 인신매매 등 강요에 의한 것은 결코 용납할 수 없지만 말이다. 그런 짓은 인격권과 직업 선택의 자유를 침해하는 것이고, 배운 사람들이 말하는 자기 결정권을 침해하는 범죄일 테니까. 거꾸로 얘기하면, 자의에 의한 선택은 성적 자기결정권과 헌법에 보장된 직업선택의 자유를 누리는 거고, 자기 결정권에 따른 정당한 자주성의 발로이며 그로 인한 행복추구권을 누리는 것이 아닐까?

성을 파는 여성들도 당당한 대한민국 국민이거늘, 그들을 범죄인 취급하다 보니 음지로 숨을 수밖에 없고 많은 젊은 여성들은 아예 외국으로 취업을 나갈 정도이니, 국가가 국민의 보호라는 책무를 다하지 못하고 오히려 이들을 이 땅에서 내치는 것은 아닌지 모르겠다. 실제로 일본까지 진출했던 한국인 성 매매 여성이 톱으로 목이 잘린 채 잔인하게 살해됐음에도 일본 사법부에서는 살인이 아닌 단순 상해치사죄를 적용해 범인에게 9년 형을 선고하는 데 그쳤던 사건도 발생했다.

미국으로 이민을 가서 부동산으로 돈을 많이 번 어떤 사람이 이런 말을 했다.

"단돈 1천만 원으로 10억 원을 주식으로 벌었다면 사람들은 투자의 귀재라고 하며 입에 침이 마르도록 칭찬을 합니다. 하지만 그만한 돈을 부동산으로 벌었다고 하면 한국에서는 모두 다 투기꾼으로 몰아붙입니다."

공감이 갔다. 묻지마 투자가 아니고서야 부동산도 다 철저히 권리를 분석하고 앞날을 전망하며 시장의 흐름도 읽을 줄 알아야 하고 매매 타이밍도 잘 맞출 줄 알아야 한다. 대단한 투자 노하우가 있어야 가능한 얘기다. 물론 부동산 값이 하루가 다르게 천정부지로 오를 때는 누구나 다 가능한 시절도 있긴 했지만 말이다.

사람들의 치우친 시각이 그래서 문제가 되는 것이다. 공부 잘해서 판검사 된 사람들은 공부 말고 잘하는 게 또 뭐가 있는가? 오로지 공부밖에 할 줄 모른다. 공부 말고도 다른 거 할 줄 안다고 힘주어 얘기하는 사람도 있겠지만, 얘기의 논조는 그런 게 아니니까 참으시기 바란다. 그걸 다른 사람들이 매도하던가? 공부가 최고의 미덕인 사회에서 그들은 당연히 세인의 존경을 한 몸에 받고 있는 귀하신 분들인데 매도라니 가당치도 않다.

장사 잘해서 돈 많이 번 사람들을 다른 사람들이 매도하던가? 돈이 제일인 자본주의 사회에서 그들 또한 부러움의 대상이다. 혹, 배 아파할지는 모르겠다. 또 너무 많이 갖고 있으면 누구한테 도둑맞을까 봐 걱정은 좀 되겠다.

공부는 못해도 연기를 잘하거나 노래를 잘해서 국민의 인기를 한 몸에 지닌 사람들한테 누가 돌팔매질이라도 하던가? 왜 그 가수는 공부를 못하느냐고 힐난을 하지도 않고, 왜 그 배우는 돈이 없느냐며 흉도 보지 않는다. 오히려 그들의 일거수일투족을 따라 하기도 하고 그들의 사인이라도 하나 받으려고 다들 아우성을 친다.

그런데 왜 유독 아무런 피해도 주지 않고 남들이 알아볼까 봐 쉬쉬하며 사회의 구석진 곳에서 조용히 일하는 그들을, 오히려 상대방한테 행복감을 주는 성 매매 행위를 온갖 손가락질을 해가며 법이라는 올가미로 엮어 매고 있는가 말이다.

내가 생각하기엔 그것은 필요에 의해서 자연적으로 발생하는 거래이다. 필요하지 않으면 그 재화나 서비스는 시장에서 도태되는 게 순리다. 그런데도 태곳적부터 그런 성 산업이 이어져 오고 있는 이유는 어떻게 설명해야 하는지? 더 놀라운 것은 남녀간 성기의 교접뿐만 아니라 소위 유사성행위도 처벌하고 있는 현실이다. 조금 더 발전한다면 자위행위도 처벌의 대상이 될지 모르겠다. 배우자를 둔 사람이 자위행위를 할 경우엔 아예 가중처벌할지도. 꿈에서 몽정이라도 하면 그것도 처벌해야 한다고 주장할지도 모르겠다. 이런 현실이다 보니 요즘 어디에선 섹스 돌(sex doll)이라는 여자 인형을 도우미로 쓰는 '인형방'이라는 데도 있다지? 아, 남자의 비극이고 상처 난 자존심이여!

역발산 기개세(力拔山氣蓋世)의 혈기왕성한 젊은이들은 도대체 어떻게 하란 말인가? 수족도 움직일 수 없는 장애인들의 기본 욕구는 어떻게 하란 말인가? 현재의 법정서로서는 '무조건 참아야 하느니라!'가 정답인 듯하다. 주체할 수 없어도 무조건 금욕하거나, 자위행위도 처벌할지 모르겠지만 그때까지는 자신의 손을 빌려야 한다. 금욕하는 방법을 배우기 위해 산사(山寺)를 찾거나 수도원을 찾아야 할 듯싶다. 도덕 갖고는 어림도 없다. 학교에서 바른 생활이며 도덕, 윤리를 배웠던 게 무릇 기하뇨? 오랜 세월 금욕하고 나중에 화장을 하면 몸에서 사리라도 나올 상황이다. 이렇게 모든 걸 꽁꽁 묶어놓고 도망갈 구멍까지 꽉꽉 막아놓은 상태에서 '참을 수 없는 성욕의 가벼움'이 우리 사회를 범죄라는 무거운 과제를 낳게 하는 것은 아닌지 모르겠다. 배우자를 둔 일부 사람은 도덕적으로 비난 받아 마땅할 수는 있으나 법의 테두리로 옭아맬 수는 없다고 생각한다.

요즘 세상이 워낙 여자의 입김이 세다 보니 여자들 눈치만 보는 남자들이 참 많아졌다. 무슨 여성 시민단체에서 한마디 하고 나서면 찍소리도 못하고 '옳소' 하며 동조하고 있는 게 남자들의 현실이니까. 왜 당당히 남자의 시각에서 얘기를 못할까? 여자들의 논리에 맞서 왜 떳떳이 얘기하지 못하는가 말이다.

　세상 남자들이여, 가면을 벗으라! 학창 시절이든, 군입대 송별회든, 입대 후 첫 휴가든, 아니면 친구들과 술이 '만땅'이 됐든 솔직히 옛날에 집창촌 같은 그런 곳에 가본 사람이 적지 않을 것인 바, 아마 모르긴 몰라도 직업여성을 통해 남자의 총각딱지를 뗀 사람도 부지기수일 것이다. 그 시절엔 그런 것이 하나의 로맨스였고 추억이었으며 젊은 날의 한 과정일 수도 있었다. 물론 과거의 추억이 지금에 와서 무조건 정당화될 수는 없다. 그때는 그때의 시대 논리가 있었고 지금은 지금 나름의 기준이 있는 거니까. 하지만 그때도 사람이 사는 사회였고 지금 또한 다르지 않다. 결국은 시대는 다르지만 사람의 본성은 달라질 수 없다는 게 중요한 것이다.

　균형 잡힌 논리가 아니라 여자들의 시각으로만 잣대를 매긴 편협한 주장에 불과할 수도 있는 것이 성 매매 특별법이라고 생각한다면 나의 남성 중심적 편협한 사고에 돌팔매질을 할까? 물론 여자들 쪽 얘기만 들으면 그 말이 맞을 수 있다. 하지만 왜 남자들의 주장은 진지하게 들으려 하지 않고 비도덕적으로 한꺼번에 싸잡아서 매도하려고 하는가? 여자들 주장이 중요하다면 남자들 주장도 받아들일 줄 알아야 한다. 그래서 중간쯤에서 타협을 봤더라면 오늘날처럼 인터넷이나 핸드폰, 심지어 주택가 깊숙이까지 성 산업이 은밀하게 침투하지는 않았을 것이다. 예전엔 문둥이 촌처럼 터부시했던 곳을 주변 눈치를 살피며 살짝 드나들었다면, 지금은 마음만 먹으면 도처에 널려 있는 곳을 저녁

산책길에도 거리낌 없이 다녀올 수 있게 됐으니 참 아이러니하다. 그런 곳에 우리 자녀들이 독서실에 간다고, 학원에 간다며 살짝 드나들지 않으리라고 누가 장담하겠는가? 요즘엔 집이나 특정한 장소로 찾아오는 서비스도 있다지?

더구나 아예 보건 검사인가 하는 위생 검사도 없어졌다던데 다들 몰래 다른 데로 스며들었으니 하려야 할 수도 없겠다. 또 만약 제도적으로 검사를 시행한다면 그건 성 매매를 합법화하고 용인한다는 의미가 되기 때문에 이러지도 저러지도 못하고 있는 것은 아닌지 모르겠다. 성병이 들불처럼 번질 일만 남은 것은 아닌지 심히 걱정이 앞선다. 그 성병은 결국 누구한테 옮겨지지? 자업자득일 것이다.

본능을 이기는 제도가 있던가? 자연 다큐멘터리 채널 〈동물의 세계〉 등의 프로그램에 등장해서 많은 암컷을 끊임없이 탐닉하는 온갖 수컷은 당연히 여자들의 시각에선 처벌 받아 마땅하다. 그게 꾸미지 않은 본능의 세계이거늘, 아무리 법과 제도와 도덕으로 무장한다 하더라도 결코 이길 수 없는 게 본능인 것이다.

굳이 처벌을 해야 한다면 남자를 그렇게 만든 조물주를 벌해야 한다. 왜 아무데나 그렇게 씨를 뿌리게 만들었는지. 남자를 그렇게 만들었고 온갖 향기와 달콤한 꿀로 벌 나비를 유인해 교배하는 식물도 그렇게 만들었으니 다 조물주 탓이다. 조물주라는 성역을 논하기 전에 이슬람 권이나 특정 종교와 종파의 일부 다처 행위도 당연히 처벌해야 하지만, 그 나라에서는 그런 게 문제로 비화된 것을 본 적이 없다. 귀한 손님에게 자신의 아내를 내준 어떤 종족의 예전 풍습도 몰매를 맞아야 한다.

과학자들도 단죄해야 한다. 왜 남자의 DNA에서 그런 유전자나 형질을 빼지 못하고 방치만 하고 있는지……. 인간의 게놈을 다 분석했다

하고서는 왜 이런 시급한 일을 미루고 있는지 그들의 업무 해태를 벌해야 한다.

어떤 형태든 정해진 룰을 통해 무임 승차하지 않고 정당한 값을 치르게 하면서 성적 욕망을 풀 게 할 수만 있다면 이처럼 완력에 의한 어린 희생양들은 줄지 않을까 하는 주장이다. 대신 그렇게 입구를 개방해 놓았는데도 위법적이고 탈법적인 행위가 벌어진다면 그땐 가혹하다 못해 참혹할 정도로 강한 처벌을 해야 한다. 멍석을 깔아줬는데도 말을 안 들으면 그땐 멍석말이가 필요하단 얘기다.

제도가 열려 있다 하더라도 합당한 대가를 지불할 능력이 없는 사람들이 문제가 될 수 있겠다. 그럴 경우엔 극도의 빈곤층 중 결혼도 하지 못한 사람에게 이용 티켓을 배급하는 방법은 없을까? 노인 등 사회적 약자에게 대중교통 무료 승차권을 주듯이, 국가 재정도 충분치 않은데 매월 기초생활 수급자에게 보조금을 주듯이 일정 부분은 그걸로 대체가 가능할 수도 있지 않을까? 인도차이나 반도 등지에서 애꿎은 처녀를 수입해 결혼함으로써 그 사람들의 인생을 망치지 말고 차라리 이런 제도를 만들었으면 하는 웃지 못할 바람도 있다.

그런데 실제 이런 제도가 선진국에 있다는 걸 아는지 모르겠다. 사회복지 서비스 수혜 대상인 노인층과 장애인의 서비스 선택권을 넓히기 위해 영국에서는 국민의 세금으로 그들의 성 매매 업소 출입 비용을 대기로 결정했고, 어떤 지방 정부에서는 제일 먼저 스물한 살의 학습지체 장애인의 암스테르담 홍등가 원정 비용을 세금으로 지출하기로 했다고 하니, 꼭 이런 제도가 불합리하다고는 할 수 없을 것 같다.

영국이라는 나라가 어떤 나라인가? 민주주의의 원조 격인 선진국 아니던가? 그런 나라의 정책 입안자들이 우리보다 두뇌가 모자라지도 않을뿐더러 우리보다 훨씬 남녀평등 의식과 인권이 강하지 않던가? 그

나라도 당연히 우리보다 더한 도덕과 윤리와 양심이 존재할 텐데 말이다. 만약 그런 제도를 우리보다 훨씬 못살고 미개한 국가에서 시행한다고 하면 그냥 한 바탕 해프닝 정도로 웃어 넘길 수밖에 없는 거겠지만 이건 경우가 다른 것이다.

공창(公娼)제도 비슷한 걸 운운하다 보니 이 대목에서 토를 다는 사람들이 많겠다. 꼭 그렇게까지 국가가 적극적으로 개입하라고 요구하는 것은 솔직히 무리가 있고, 우리나라 입장에서는 또 실현될 수도 없다는 것을 누구보다 더 잘 안다. 내가 바라는 것은 지금처럼 국가가 법이라는 잣대로 억누르지만 않는다면 어느 정도는 자연적으로 흘러갈 것이니, 북한에게 정책적으로 추진했던 '햇볕정책' 용어야 관계없다, 포용정책이었든 같은 게 이런 쪽에 더 필요할 수도 있다는 뜻이다.

솔직히 행복추구권을 이유로 헌법소원이라도 내고 싶은 마음이 굴뚝 같지만 참는다. 법을 공부하기에 앞서 철저히 유교문화에 길들여지고 짜인 틀 안에서 사고가 굳어버린 사람들로 구성된 헌법재판관들에게 그렇게 발상의 전환이 필요한 판결을 기대할 수도 없을뿐더러, 그들 또한 만약 위헌 판정을 했을 경우 여성계 등의 거센 반발에 직면할 터인데, 그들이 그렇게 강심장도 아닐 것이며 당장 퇴근하면 집에서 마누라들의 극심한 눈치에 시달릴 것 아닌가? 속마음은 어떨망정 그간 부인들한테 쌓아왔던 착한 남편의 이미지를 하루 아침에 바꿔버린다면 표리가 부동한 사람으로 낙인 찍힐 것이고, 자상하고 건실한 아버지의 이미지를 자식들한테 한순간 내놓아야 할 텐데 어느 누가 십자가를 짊어질 것인가? 다른 사안은 비교적 쉽게 위헌이든 합헌이든 소신을 주장할 수 있지만, 이런 문제는 그래서 결코 쉽지 않을 것이기에 헌법소원 내는 걸 참을 수밖에 없는 것이다.

어쨌든 결국은 돈으로 할 수 없으니까 힘으로라도 할 수밖에 없는 게 지금의 현실이 아닐까? 그래서 우리의 주인공이 탄생했고 재호와 나 같은 사람이 이렇게 세상과 하늘을 원망하며 피 멍든 삶을 살고 있는 것은 아닌지 모르겠다.

▶▶▶

우리의 주인공에게 내린 귀두 절단법 집행 현장은 말 그대로 눈뜨고는 볼 수 없는 상황이었다. 얼마나 발악을 하는지 우리 셋이 온 힘을 합쳐 겨우 해낼 수 있었다. 날 선 가위로 자를 부분을 가늠하기 위해 주인공의 성기에 살짝 댔더니 비명과 함께 몸부림을 치기 시작했다. 그 바람에 하마터면 재단한 대로 되지 않고 몽땅 자를 뻔했다. 성기 전체에 대한 절단이 아니라 귀두 부분만을 한순간에 가위로 싹둑 잘라내야 했는데 그게 뜻대로 잘되질 않았다.

우리 주인공한테는 우리의 미숙함으로 인해 많은 고통을 줘서 미안했지만 처음 시도해보는 거니까 이해해주기 바란다. 처음부터 잘하는 사람이 어디 있나? 그리고 우리가 의사가 아닌 것도 이해해달라. 마취를 할 수 없어 그냥 할 수밖에 없는 처지를 십분 이해해줬으면 좋겠다.

아, 중요한 것이 있었다. 형을 집행하기 전에 우린 일부러 주인공들 앞에서 쓱싹쓱싹 소리를 내어 가위를 가급적이면 오래오래 갈았다.

쓱싹쓱싹!

많은 의성어치고 이것처럼 소름 끼치는 단어가 또 있을까? 세상에서 가장 예쁘고 착한 어떤 공주가 길을 잃고 깊은 숲 속의 어느 오두막집에서 하룻밤 신세를 지게 됐다. 선량하게만 보였던 그 집 남자가 밤이 되자 착한 부인의 만류에도 사람고기 맛을 봐야겠다고 얘기하는 걸 엿듣게 되고 공포의 밤을 지내다 깜빡 잠이 들었는데, 어느 순간 규칙

적이고 조용하지만 날카로운 소리가 어둠을 뚫고 들려온다. 살며시 문 틈으로 엿봤더니 마귀로 돌변한 남자는 득의의 웃음을 지으며 달빛에 번쩍이는 날카로운 칼을 숫돌에 쓱싹쓱싹 갈고 있었다. 마귀들은 꼭 달밤에 히죽거리며 그렇게 칼을 갈았다.

와인 같은 술이나 음료수, 향수 등 눈을 가린 상태로 맛과 향을 검 증하는 '블라인드 테스트'라는 것이 있다. 상품의 구매 조건에서 가장 중요한 것 중의 하나인 시각적인 요소를 완전히 배제하고 맛 하나로 승부하고 싶을 때 이런 테스트를 하곤 한다. 보기도 좋은 떡이 먹기도 좋다는 상식을 완전히 깨뜨리는 정면 승부인데, 때론 이런 결과를 가 지고 제품 홍보에 열을 올리는 걸 많이 봤다.

산업 교육에도 두 사람이 조를 이뤄 한 사람의 눈을 가리고 다른 한 사람이 이리저리 데리고 돌아다니는 프로그램이 있다. 안대로 눈 을 가리고 상대방의 손에 의지해 걷는 길은 진짜 어둡고 답답하며 두 려운 길이었다. 나중에 안대를 풀고 지나온 길을 뒤돌아보면 기껏해야 연수원 근처의 평범한 길을 이리저리 돌아다녔을 뿐인데 말이다.

우리가 형을 집행할 때 이렇게 하는 것은 청각적인 효과를 기대한다 기보다는 솔직히 우리를 볼 수 없게 한 상황을 조금 활용한 것에 지나 지 않았다. 하지만 이것은 정말 대단한 효과를 내는 것 같았다. 울고 불고 사정하고 애원하고 때론 소리지르고 반항하고 우리의 주인공들 이 할 수 있는 모든 것을 다해도, 결코 되돌릴 수 없다는 걸 알게 하 는 것은 쓱싹쓱싹 가위를 가는 소리였다.

공포와 전율이 주인공의 얼굴 근육에서 파닥거리는 걸 보면서 혁대 와 지퍼를 풀고 바지를 내리면 하나 같이 다 성기가 애기 고추처럼 쪼 그라져 있었다. 너무 오그라져 있어서 한참 동안이나 성기를 주물러줘 야 겨우 원 모습을 찾을 듯 말 듯했다. 공포는 성기를 타고 전이되는 것 같았다.

또 한 가지 특이한 점은 판결 이전에 주인공이 선택을 하게끔 했다는 것이다. 쉬울 것 같지만 시험에서 가장 고민하게 만드는 것은 다름아닌 O, X형 지문인 것 같다. 정답일 확률 50%, 오답일 확률 50%. 둘 중의 하나니까 선택이 쉬울 것 같지만 답이 헷갈릴 때는 이보다 큰 고민은 없을 것이다. 하지만 우린 주인공들이 그런 고민 없이 손쉽게 답을 선택하도록 친절함을 잊지 않았다.

가령 길수가 "자를까, 용서해줄까?" 하고 묻는다면 그 답은 뻔하겠지만, "너 이 새끼, 이 자리에서 뒈질래? 아니면 조금 잘릴래?" 하고 물으면 울며 겨자 먹기로 다 후자를 선택할 수밖에 없는 것이다. 우리가 의도한 정답을 정확히 찾아 답을 쓰고 있으니 참 훌륭한 학생이었다.

일반적으로 사진을 찍을 때 보통은 '하나, 둘, 셋'을 센다. 치즈나 김치를 외치면서 예령(豫令)을 발휘할 때도 있지만 말이다. 그런데도 셔터를 누르는 그 타이밍을 맞추지 못해 눈을 감고 찍은 사진도 많다. 하나나 둘을 셀 때 눈을 미리 깜박거려서 대비를 하지 못하고 처음부터 눈을 감지 않으려고 힘을 주다 결국은 그 절묘한 타이밍에 눈을 감게 되는 것이다.

일부는 사진을 찍는 사람에게도 문제는 있다. 하나, 둘, 셋 사이의 시간 간격을 표준화한것도 아니기에 사람마다 제 각기 길거나 짧을 수도 있으며, 또 셋에 정확히 누르지 않고 숫자만 외쳐놓고 뜸을 들이는 경우가 있기 때문이다. 참 기막힌 것은 보통 카메라 셔터의 속도가 몇십 분의 일 초, 어떤 것은 수백 분의 일 초인 것도 있지만 하필이면 그 찰나의 순간에 눈을 감는다는 것이다. 이 세상에서 가장 빠른 게 눈 깜짝할 사이인데 이보다 더 빠른 게 카메라 셔터인 셈이다.

우리도 자르는 순간을 카운트 다운하는 것처럼 숫자를 셌다. 하나

나 둘 때의 그 짧은 시간에는 보통 '살려주세요'라는 말을 했고, '셋' 하고 외치면 단말마 같은 비명을 질렀다. 물론 카메라 셔터를 누르지 않았는데도 말이다.

'단말마(斷末摩)'의 어원에서 '말마'는 '마르만(marman)'이라는 산스크리트어에서 나왔는데, 그 뜻은 신체 부위의 10군데의 급소로서 거기에 닿으면 격심한 고통 끝에 즉사한다고 돼 있다. 10군데의 마르만이 정확히 어디인 줄은 모르겠지만 남자의 생명보다도 더 소중한 심벌을 자르는 순간에 마르만을 자르는 소리가 나오는 것은 어쩌면 당연한 일이었다.

우리 주인공은 아마 기절을 한 것 같았다. 고래고래 고함과 비명을 지르더니 어느 순간 넋을 잃고 잠잠해진 것을 보면……. 심한 출혈에 대비해 낭심 부분을 고무줄로 우선 묶은 후 처리를 했지만 그래도 피가 많이 흘렀다.

귀두에 뼈가 없다는 것도 자르는 데 도움이 됐다. 그렇지 않았다면 우리의 도구는 톱이나 망치, 칼 같은 것이 더 추가됐을 것이고 주인공들은 더 격심한 고통에 시달렸을 것 아닌가? 어릴 적 동네 어른들이 돼지 불알을 자른 후 발라줬던 빨간 약으로 소독을 한 후 진통제를 몇 알 으깨서 물과 함께 입을 벌려 흘려 넣었다. 붕대로 친친 감아 지혈을 하고서야 한참이나 차를 몰아 인적이 드문 후미진 곳에다 던져 놓을 수 있었다.

내가 그간 법정에서 지켜봤던 봐, 우리의 주인공은 길거리의 주·정차 단속 카메라까지 자신이 노출될 것을 철두철미하게 대비할 정도로 참

지능적이었다. 혹 자신의 신체발부 중 어느 한 가지라도 사건 현장에 떨어질 것을 대비해 모자와 마스크도 썼다. 심지어는 어린 여학생을 상대로 콘돔까지 사용하는 등 흔적 하나 남기지 않은 치밀한 사람이었다. 물론 주인공은 끝까지 자신이 아니라고 부인했기에, 이 얘기는 피해자 측 주장을 토대로 재구성한 것이지만 말이다.

어린 피해자는 물론 법정에 나오지 않았다. 조사과정을 녹음하고 녹화한 자료를 토대로 재판이 진행됐으나 겁에 질린 어린 학생이 어떻게 모자와 마스크를 한 채 칼을 든 어른을 똑바로 바라볼 수 있으며 어떻게 그걸 기억해낼 수 있었을까? 변호사의 주장이 그래서 먹혀 들었던 것 같다. 누구나 모자와 마스크를 한 상태라면 다 똑같아 보일 수도 있다는 것을 줄기차게 주장했으니까.

주변 목격자의 주장을 토대로 주인공을 피의자로 지목해 기소했고 보기 좋게 검사가 물을 먹었지만 우리에게는 그런 것이 결코 통할 수 없었다. 더구나 항거할 수 없는 나이 어린 여자아이였으니 더욱 용서할 수 없는 일이었다. 이런 인간 부류들이 가장 비열한 놈이다. 본인도 그만한 자식을 키우고 있으면서 완력으로도 모자라 흉기까지 동원했으니 살이 떨리고 치가 떨렸다. 어린 피해자는 평생을 칼 끝만 봐도 오금이 저리고 두려움에 몸서리를 치면서 살 것이다.

방탕죄를 아는가? 성경에서나 나올 듯한 이런 죄목이 실제 있단다. 캄보디아에서는 미성년자와의 성 행위를 이렇게 방탕죄로 다스리고 있는데, 몇 년 전 미국 국적의 우리나라 교포가 열네 살 소녀와 성행위를 하다 경찰에 걸려 무려 13년 형을 선고 받고 복역 중이라는 기사를 읽은 적이 있다. 이렇게 어린 소녀와의 합의된 성행위도 엄벌에 처해지거늘, 하물며 흉기까지 들이댄 흉악범에게 우리가 베풀 아량은 전혀 없었던 것이다.

재호는 확실히 내게 좋은 수업을 받도록 배려한 셈이었다. 재판을 지켜보면서 한시도 머리를 떠나지 않았던 것은 반드시 이 친구를 우리의 법정에 세워야겠다고 결심한 것이고, 그렇다면 과연 이 친구를 어떻게 우리의 파티에 초대하느냐는 것이었다. 정중히 초대를 했는데도 초대를 거절하거나 파티에 불참하는 그런 무례나 결례를 처음부터 만들 수는 없었으니까, 우리의 첫 단추를 어떻게 꿸 것인지 재호와도 상의를 했다.

기초적인 인적 사항을 여성 시민단체에서 얻으려고 했던 내 순진함은 금세 깨져버렸다. 2심에서조차 무죄 판결이 날듯하자 여성단체들이 일제히 들고 일어나 유죄 판결을 주장하고 있던 터라, 판결에 대한 공감과 울분을 표시해가며 적당한 구실을 대면 주소와 전화번호 정도는 알려줄 걸로 생각했는데 꼬치꼬치 캐묻는 바람에 수화기를 내려놓을 수밖에 없었다. 결국 재판이 끝나고 귀가하는 주인공을 미행해 정확한 거주지를 파악해야 했으니, 계획이 아무리 원대해도 그 뜻을 이루는 실행과정이 참 어려울 수 있겠다는 생각이 많이 들었다.

주인공의 집 근처에서 시간을 많이 죽였다. 한동안은 두문불출이어서 나를 많이 애태웠는데 언제까지 그렇게 칩거상태로 있을 수는 없을 것이다. 자맥질한 해녀가 참았던 숨을 토해내기 위해 수면 위로 머리를 내밀듯이 주인공도 곧 머리를 내밀 것은 확실했다. 뿅! 뿅! 소리를 내며 두더지가 얼굴을 내미는 순간 망치로 사정 없이 머리를 후려치는 오락기구처럼 우리 주인공이 존재를 드러내는 순간 그의 머리도 온전하지 못할 것이다.

며칠 후 저녁 어스름 무렵 한적한 주택가에 살고 있는 주인공의 모습이 드디어 포착됐다. 운동을 하려는 것인지 가벼운 차림으로 담배를 물고서 공원 쪽으로 걸음을 옮기고 있었다. 직업도 없었는지 아니면 이 사건으로 잘려서 출근할 일이 없었는지는 모르겠지만, 이렇게 며칠씩이나 두문불출하기는 쉽지 않을 것인데 잠수한 그의 호흡이 참 길었던 것 같았다. 확실한 건 그가 그의 죄를 참회하고 반성하기 위해 바깥 출입을 안 한 것이 아니었을 것이다. 사람들의 시선을 잠시 피해 있고 싶은 도피성 칩거였을 것은 분명한 일이었다.

아무튼 때가 온 것이다. 안경을 꺼내 썼다. 내 나이에 눈은 제법 좋은 상태인지라 안경하고는 거리가 멀었지만 도수가 없는 굵은 뿔테 안경을 얼마 전 준비했다. 모자를 눌러쓰고 주머니에 있던 마스크도 썼다. 영락없이 은행강도의 모습 같았다. 주인공도 어린 여학생에게 짐승 같은 짓을 할 때에도 이런 모습이었을 것이다.

걸음을 재촉한 후 주인공과의 거리가 좁혀졌을 무렵 주위를 한 번 둘러봤지만 다행히 초저녁 길이어서 그런지 사람이 없었다. 잽싸게 주인공을 지나치면서 어깨를 툭 쳤다. 그에게서 밤꽃 향기 같은 비릿한 정액 냄새가 날 것 같았다.

"저기요, 이거 누가 전해주라고 하던데요?"

깜짝 놀란 주인공이 걸음을 멈추었을 때 그의 손에 초대장을 건넸다. 그리고는 뒤돌아보지 않고 빠른 걸음으로 그의 시야에서 벗어났다. 금방이라도 그의 손이 내 목덜미를 낚아챌까 봐 정말 있는 힘을 다해 빨리 걸었다.

단순히 초대장 하나 건네는 데도 이렇게 떨리고 정신이 아찔한데 앞으로의 일이 걱정되기도 했지만, 모든 범죄꾼은 무쇠로 만든 심장을 갖고 있을 거라는 생각이 들었다. 범행을 하기 전에, 하는 동안, 하고 나서도 심장이 멎지 않고 정상 가동하는 걸 보면 분명 강심장의 소유자일 것이다.

그렇게 첫 번째 미션을 수행했지만 우리의 주인공은 역시 초대에

응하지 않았다. 아주 무례한 행동이었고 처음부터 결례를 저지른 것이다.

'우리는 당신이 저지른 모든 것을 다 알고 있습니다. 당신이 무죄 판결을 받았지만 그걸 뒤집을 수 있는 결정적인 증거를 갖고 있습니다. 9월 15일 저녁 10시, 아무도 모르게 당신 혼자만 학교 뒤 문방구 옆 공터로 나오기 바랍니다. 명심하십시오. 혼자 나오는 거……'

나중에 혹시나 있을 필적 감정에 대비해 이 문구도 컴퓨터 문서작업을 통해 만들었다.

통보한 이틀 뒤, 공터가 훤히 보이는 맞은편 어두운 곳에서 재호와 같이 은밀하게 기다렸지만 끝내 나오지 않은 것이다. 하기야 그 자리에 나온다는 것은 본인의 유죄를 인정하는 일일 테고 신변의 위협을 느꼈을 테니까 쉽게 나오지는 못했을 것이다. 또 당장 나왔다고 해서 샌님 같은 우리 둘이 어떻게 할 생각은 없었다. 그의 반응을 떠본 것이고 우리 방법의 적정성을 테스트해본 것이다.

결론은 사전 예고로는 우리의 뜻을 이룰 수 없고 또 그걸 이루고자 한다면 그걸 집행할 집달리(執達吏)가 필요하다는 걸 절실히 깨달았다. 예고란 사전 경고의 의미뿐만 아니라 미리 대처할 여유를 주는 것이기 때문에 국가 간의 선전포고도 아닌 이상 기습공격이 최선책이었다.

예전 집달리는 저승사자 같은 존재였다. 어린 내가 학교에 갔다 왔더니 모친은 땅이 꺼져라 대성통곡을 하고 있었고 선친은 마당 한쪽에서 혼자 말없이 술을 드시고 있었다. 모친의 통곡보다는 침묵하고 있는 선친의 모습에 왠지 모를 불안감이 엄습했던 것 같았고 사태가 심상치 않음을 직감하고서 집 안을 살펴봤다. 이런, 온통 부적 같은 빨간 딱지가 장롱이며 문갑이며 광 속의 쌀 가마니는 말할 것도 없고 외양간과 돼지우리에도 더덕더덕 붙어 있는 게 아닌가? 그 딱지를 떼면 감옥에 가야 한다고 했다. 보증을 선 사람이 야반도주를 하는 바람에 그의 채무 전체를 고스란히 물려받은 것인데, 보증과 빨간 딱지를 붙이고 다니는 집달리가 정말 무서운 존재라는 걸 그때 처음 알았다. 집달리는 뿔이 달리고 드라큘라처럼 이빨이 솟아 있는 마귀였다.

그래서 한 두 달 정도 지나 집달리이자 형리로서 길수가 우리 팀에 합류했던 것이고 우리가 수행할 그 방법 또한 다르게 바꿨던 것이다. 그때 재호는 길수가 우리 일에 준비된 인재라고 했다. 그 말은 사전에 미리 선정을 해서 공을 들였다는 뜻이었을 게다. 비로소 우리의 인적 구성이 완성되는 순간이었다.

첫 사업은 대단한 성공 같았다. 다른 사업 같았으면 진작 샴페인을 터뜨려서 축배를 들었겠지만 사안이 사안인지라 실패하지 않은 것으로 만족해야 했다. 더구나 단순히 일이 성공했을 뿐이지 그게 동네방네 소문 내며 축하할 일은 아니지 않은가?

이렇게 쉽게 범행을 자백 받고 자술서까지 받았는데 도대체 국가기관인 그들은 무얼 했단 말인가? 민주화된 사회에서 고문 같은 폭력을 쓰지 못하고 아주 신사적인 방법밖에 쓸 수 없어서였다면 그냥 눈감아 줄 수 있다. 하지만 수사기관이 어디 점잖은 양반들의 집단은 아니지 않은가? 분명 그들도 피의자로부터 얻을 수 있는 모든 걸 취하려고 문제가 되지 않을 온갖 방법을 동원했을 것은 자명한 일일 테니, 결국 능력의 문제는 아닌지 모르겠다.

강요에 의한 자백은 인정할 수 없다고? 상관 없다. 어차피 여긴 당신들의 법정이 아니니까. 더구나 우리는 지금 신선놀음을 하고 있는 것도 아니다. 그들의 죄를 입증하지 못하면 우리의 정당성이 타격을 받는다. 그러니 우리 사업의 당위성을 위해서라도 우리는 최선을 다할 것이다. 그리고 중요한 것 중의 하나는, 인간이기를 포기한 주인공들을 인간으로서 대한다면 결코 인간다운 답을 얻을 수 있는 게 하나도 없다는 것이다. 그러니 당신들은 당신들 방식대로, 법이라는 울타리 안에서 인간답게 놀기 바란다. 우리는 금 밖에서 놀 테니까.

그렇다고 우리가 생떼를 써가며 없는 것을 있는 걸로 둔갑시킬 의도는 전혀 없었다. 또 그런 재주도 없었다. 단지 우리 방식대로 주인공들이 감추고 있는 사실을 찾아내는 것뿐이었다. 비록 보물 찾기도 잘 못하고 길 하나 찾는 데도 영 서툰 우리였지만 말이다.

그래 당신들이 못하는 거 우리가 그에 따른 합당한 죄과를 반드시 묻는 것이다. 죄과를 묻는 과정도 시비 걸지 마시라. 비록 납치라는 비신사적인 방법과 폭력이라는 비교양적인 방법을 썼다지만 선을 추구하기 위한 필요악 정도로 생각해주기 바란다. 앞으로도 그럴 것이다. 그러니 당신들은 구경이나 해라. 하지만 떡은 줄 수 없다.

봉합수술이 성공했단다. 사회면 기사를 보고 안 사실이었지만. 치정 싸움 끝에 잘려나간 귀두 어쩌고 하면서 가십 기사가 났고 분명 우리의 주인공 얘기인 것은 명약관화했다. 그렇게 신문에 날 정도라면 병원에서 신고를 했을 것이고 경찰 또한 모를 리가 없을 것인데 일부러 기사를 그렇게 흘렸을 것 같기도 했다.

자른 귀두 조각을 버리지 못하고 비닐에 싸서 우리 주인공의 주머니에 넣어두는 친절함을 잊지 않았다. 생각 같아서는 들고양이한테라도 휙 던져주고 싶었지만 차마 그리하진 못했으니, 이 얼마나 인정심과 배려심 많은 행동이었던가?

잘려나간 후 몇 시간 만에 접합수술을 해야 효과가 있는지는 잘 모르겠지만 우리의 주인공도 보통 행운은 아닌 것은 분명했던 것 같았다. 아무리 부패와 변질이 쉬운 뜨거운 여름날이 아니라 하더라도 그곳까지 빙빙 돌아서 한 시간 이상은 걸렸는데, 아무튼 이 정도의 효과로 우리의 주인공도 확실히 죄과를 뉘우쳐야 하는데 못된 버릇 또 나타날까 조금 걱정이 앞섰다.

배부름이 가고 나면 배고픔이 찾아오듯이 정액이 가득 차면 또 어디에든 쏟아낼 것이다. 음식점과 각종 섹스산업이 발달할 수밖에 없는 이유이기도 하다. 하지만 두 산업은 본질적인 차이는 있다. 공복감은 주린 배를 채움으로써 포만감을 느끼지만, 후자는 채우면 순간의 공허감을 느낀다는 것이다. 공통점은 때가 되면 참을 수 없다는 것이지만……

한순간의 공허감을 추구한 결과 치고는 가혹했지만 떨어져나간 신체조직 일부를 다시 원상회복시켰다니 그나마 양심의 가책은 좀 덜어진 것 같았다. 어쨌거나 똑같은 일이 반복된다면 그땐 뿌리째 뽑을 것이라고 경고했기에, 이젠 우리의 주인공을 망각의 늪에 빠뜨리고 피곤한 나의 육신에도 휴식을 좀 주고 싶었다.

하지만 우리의 첫 사업에 대한 피드백은 필요한 법.

며칠 후 판결 상황과 형 집행 현장을 녹화한 휴대폰을 셋이 모여 다시 봤다. 허점은 없었는지, 논리의 비약과 빈약은 없었는지, 징벌 효과는 확실히 거두었는지, 우리의 정체가 탄로날 조금의 실수라도 있었는지, 주인공을 모시는 과정은 자연스러웠는지 등등 처음부터 하나하나 되짚어보는 시간이 아주 중요했기 때문이다.

우리 사업의 영속성과 관계가 있는 것은 아무리 강조해도 지나치지 않다. 가장 중요한 것은 이런 선행을 하느님도 모르게 해야 한다는 것이다. 그렇지 않으면 우리의 행각이 밝혀질 것이고 그렇게 되면 이 중차대한 사업을 더 이상 지속할 수 없으니까.

길수가 말문을 열었다.

"괜히 그 자른 물건 쥐어줬던 거 아닐까요? 이 새끼, 그간의 과정을 보면 절대 용서할 수 없는 놈인데 우리가 너무 선심을 베푼 거 같아요. 그 자식, 앞으로도 그 짓을 멈출 위인이 아닐 것 같던데⋯⋯."

형리(刑吏)인 길수 얘기를 좀 해야겠다. 태권도, 유도, 검도 등 무술 합이 7단이나 되는 대단한 사내였다. 180이 넘는 훤칠한 키에 다부진 몸매가 사람을 주눅들게 만들 정도였으니까. 한때 무슨 폭력조직에 가담했다던가, 확인되지는 않았지만 언뜻 술자리에서 조직폭력배 얘기를 했던 것 같다. 앞서 얘기했듯이 과거를 묻지 않는 게 우리 사이의 불문율이었다. 자신의 입으로 친히 얘기한다면 모를까, 상대방이 먼저 과거를 묻지 않는 그런 룰이다.

성격은 또 얼마나 불 같은지 몰랐다. 세상에 운동한 사람이 마음의 수양은 안 쌓았는지 툭하면 입에서 쌍시옷 소리와 욕지거리가 튀어나왔다. 하지만 예의는 깍듯했다. 특히 재호의 말이라면 마치 신을 섬기듯이 한마디 토도 달지 않을 정도였다. 말끝마다 '선생님!' 하면서 마치 초등학생처럼 온순한 것으로 봐서 재호는 그에게는 절대 불가침의 영역이었다. 호랑이의 포효에 옴짝달싹하지 못하고 오줌을 지리는 어린 짐승이라고 표현해도 지나치지 않을 것 같은 사람이 바로 길수였다.

어떤 강사 하나는 사람의 신체를 빗대어 머리형, 가슴형, 장형으로 유형을 분류해서 강의를 하러 다녔는데 꽤 공감이 가는 부분이 많았다. 그중 장형은 아랫배에 에너지를 갖고 있는 사람으로서 추구하는 가치기준이 힘, 권력, 금력 등인데 한마디로 대범한 장부형이다. 성질도 불 같아서 장형 앞에서 변명을 하거나 솔직하지 못하면 용서 받기 힘들지만, 예의를 깍듯이 차리고 자신의 잘못을 즉시 사과한다면 통 크게 넘기는 그런 유형으로서 그들의 대부분이 예의범절을 가장 중요한 덕목으로 여긴다는 것이다. 그렇게 보면 길수도 장형 스타일인 것 같기도 했다. 아, 우리나라 CEO들이 장형이 많다지? CEO 치고 성질 급하지 않은 사람은 그리 흔치 않은 것 같다.

언젠가 이런 일이 있었단다.

시끄럽고 혼잡한 곳에서 친구들과 술을 마시다가 밖에 있는 화장실에 다녀오는 길인데 술집 앞에서 지갑을 열어보는 사람이 있었다. 그냥 무심결에 지나쳤지만 어디서 눈에 익은 지갑이었다. 혹시나 해서 자리로 돌아와 의자에 걸쳐놓은 상의를 살펴봤더니 아뿔싸 지갑이 없었다. 부리나케 그 인간이 사라졌을 법한 길로 수백 미터를 뛰어 그 사내의 멱살을 잡는 데 성공했다.

"너 이 새끼, 지갑 내놔, 이놈의 자식아!"

다른 사람 같으면 길길이 펄쩍 뛰면서 생 사람 잡는다고 난리를 피웠겠지만, 갑자기 일격을 당해서였는지 이 인간은 아무 말 없이 무릎을 팍 꿇더니 머리를 조아리더란다. 그 행동이 얼마나 진지하고 진실해 보였으면 오히려 동정이 갔을까?

"제가 죽을 죄를 졌습니다. 순간의 욕심을 참지 못하고 지갑을 훔쳤습니다. 드릴 말씀이 없습니다. 어떻게 하시든 그 대가를 달게 받겠습니다."

적반하장 격으로 오리발을 내민다면 반은 죽여버리려고 했는데, 의도와는 달리 정반대의 반응을 보이다 보니 길수가 갑자기 멍해졌다고. 오히려 지갑 속에서 얼마를 꺼내 손에 쥐어주고 그냥 한마디 말도 없이 뒤돌아 온 사람이 바로 길수였으니, 그의 사람 됨됨이를 알만 한 사건이었다.

"얼마나 절실했으면 그랬겠어요? 엄청나게 쥐어 패주고 싶었는데 그런 놈을 어떻게 때려요? 보아하니 그런 짓 할 녀석도 아닌 것 같았는데……. 세상이 참 그런 놈만 있으면 좋겠어요. 금방 한 것도 언제 그랬냐, 증거 있냐 하면서 시치미 떼는 걸 보면 정말 죽이고 싶은데요."

길수가 정확히 언제부터 재호를 알게 됐는지는 잘 몰랐다. 내가 짐작하기에는, 재호에게 상담을 자주 받은 이를테면 재호의 고객이 아니었을까 하는 정도였는데, 재호와 나의 관계를 길수도 모르듯이 전혀 알 수도, 물어볼 필요도 없었다. 아니 과거에 대해선 서로 묻지 않기로 묵계가 형성돼 있었으니, 그런 걸 물어보는 순간 우리 관계는 깨진다고 봐야 한다.

재호와 내가 한참 전에 만나 우여곡절 끝에 어렵게 팀을 이룬 후 한두 달 정도 지나서 길수를 만났으니까 우리는 그리 오래되지는 않았다.

"여자! 이 세상에 여자 안 좋아하는 남자 없겠지만요, 알다가도 모르는 게 여자더군요."

총각인 과거 결혼 경험이 있는지는 모르겠으나 지금은 혼자인 듯했다 그와 언젠 소주잔을 기울이면서 이런저런 얘기를 하다가 여자 얘기를 화제에 올렸는데, 대뜸 길수가 한 말이었다.

"한 번은 남편 있는 사람과 사랑에 빠졌던 적이 있었어요. 그 여자 남편한테는 미안했지만 진짜 사랑했어요. 양심의 가책도 받았죠, 물론 나같이 무뚝뚝하고 인정머리 없는 사내를 왜 좋아했는지는 모르겠지만 나 또한 내 인생을 다 걸고 싶은 여자였어요. 사랑하는 사람의 가정을 지켜주느냐, 아니면 사랑을 쟁취하느냐 뭐 이런 멜로드라마 같은 사랑을 해봤으니까 후회는 없어요. 아, 근데 덜컥 그 여자가 임신을 해버렸지 뭐예요?"

삼매경이었다. 거의 나를 쳐다보지 않고 혼자서 술잔을 응시하며 얘기를 이어갔다.

"저요! 그런 얘기가 상상이나 돼요? 아니, 어떻게 겁 없이 그렇게 임신할 생각을 다했는지, 다분히 의도적이었다니까요. 당신 애기를 가졌으니까 이 기회에 남편과 헤어지겠다고 서두르는데, 그땐 앗 뜨거라 정신이 멍하더라고요. 왜 그런 거 있잖아요? 여자가 적극적으로 다가오면 오히려 도망가고 싶은 거. 또 유치하지만 그 애기가 진짜 내 씨인지 또 어떻게 알아요? 이 여자가 나를 옭아매려고 작전을 짠다고도 생각했죠. 또 배도 부르지 않은 상태에서 진짜 임신을 했는지도 모르겠더군요. 얼마나 진드기처럼 달라붙는지 그 여자 떨쳐내느라고 죽을 뻔했다니까요."

술이 몇 잔 들어가서인지 자신의 과거를 물론 여자 얘기에 한정됐지만 스스럼 없이 내게 털어놓기에 상당히 의외였고 친근감도 좀 느꼈다.

나는 안다. 이런 유형의 인간은 관심을 갖고 똥구멍을 살살 긁어주면 신바람 나서 속에 있는 얘기까지 다 꺼내놓는다는 것을…… 하지만 한 배를 탄 같은 팀원인데 어떤 목적을 갖고 그에게 그렇게 하고 싶지는 않았다.

"그래? 그래서?"

굳이 추임새를 넣지 않아도 됐지만 무관심한 척 지나가듯이 한마디 던졌다.

"매몰차게 떨치고 헤어졌는데 시간이 좀 지나니까 솔직히 좀 그립데요. 수컷들의 생리가 다 그런지는 모르겠지만. 허허. 거의 한 1년 정도 됐나? 가을에 헤어지고 나서 다음 해 여름쯤에 전화했으니까요. 그 여자 집 근처에 갈 일이 있어서 전화를 한 번 해봤죠. 결번이라고 안내가 나오길래, 혹시나 하고 집 전화로 했더니 '여보세요!' 하고 받더라고요. 근데 제길! 그 여자가 아니라 남편이었어요. 전혀 생각도 못하고 있었는데 갑자기 남편이 나오니까 당황이 되더라고요. 뜨끔했지만 순간적으로 기지를 발휘해 초등학교 친군데 동창회 때문에 그런다고 좀 바꿔달라고 했어요. 그랬더니 왜 그러느냐, 누구냐, 이 전화번호로 연락하면 되느냐 하면서 취조하듯이 꼬치꼬치 묻는 거 있죠? 내 전화번호가 그쪽 집 전화기에 뜰 줄은 생각지도 못했어요. 그간 항상 서로의 핸드폰으로 했지 집으로 전화할 일은 없잖아요? 어쨌든 그렇게 묻는데 괜히 좀 꺼림직하더라고요."

길수는 앞에 놓인 소주잔을 한 입에 털어 넣더니 담배를 꺼내 피워 물었다. 입 안 가득 연기를 쭉 빨아들이고 나서 긴 한숨과 함께 길게 토해냈는데 유난히 연기의 길이가 길어 보였다.

"아, 그때 그냥 끊었어야 했는데……. 무슨 생각을 했는지는 모르겠지만 한참 침묵을 지키고 있더니, 글쎄 자기 아내가 몇 달 전에 죽었다면서 앞으로 전화하지 말라고 뚝 끊어버리는데, 순간 갑자기 엄청 허망하더라고요. 뭔가를 갑자기 잃어버렸거나 도둑 맞은 그런 느낌 있잖아요? 전화를 끊고 그 자리에서 한참 그렇게 멍하니 서 있었죠. 꼭 내가 죄인 같았고 그 여자를 내가 죽인 것 같아 엄청나게 미안했어요. 그때 전화한 김에 왜 죽었느냐고 물어볼 걸 후회했지만, 그땐 나도 뭔가 홀렸다는 생각에 그런 생각도 못했죠."

사랑을 했다는 것도 욕을 섞어서 할 정도로 말은 저급하게 했지만 마음만은 순진한 면이 있는 길수였다. 하기야 이런 인간일수록 단순한 면도 있다.

근데 이 친구는 나한테는 특별한 호칭을 붙이지 않았다. 굳이 듣고 싶지는 않지만 재호한테는 깍듯이 선생님이라고 하면서, 재호가 나를 부르는 형님 소리도 내겐 하지 않았다. 대충 얼버무리면서 나를 대했는데, 이를테면 호칭 없이 바로 본론을 꺼내는 그런 식이었다. 어떨 땐 나를 부르는 소리로 '저요!' 이런 표현도 썼다.

그날 자기 속내를 내게 드러낸 이후 길수의 또 다른 면을 볼 수 있었지만, 그렇다고 특별히 길수와 개인적으로 친해지거나 길수에게 특별한 감정을 느끼고 싶지는 않았다. 친목을 위한 만남이 아니라 단순히 어떤 목적을 위한 관계이기 때문이었다.

"그나저나, 그 인간 내려줄 때 아무도 안 봤지? 항상 사소한 거라도 신경을 써야 해."

사소한 실수라도 있으면 낭패이니 재호가 우려 섞인 얘기를 꺼냈다. 물론 이런 질문은 길수한테만 하는 것은 아니었다. 주인공을 운송하는 것은 길수와 내 책임이었고 또 혼자만의 힘으로는 불가능한 일이기도 했다. 다만 운송책은 길수였으니 그 대답도 길수가 대신 하는 것뿐이었다.

"그럼요, 선생님! 그 시간 거기에 어떤 사람들이 있겠어요? 차 번호도 보지 못하게 다른 곳에 세워둔 후 내렸으니까 너무 염려 안 하셔도 될 것 같은데, 문제는 그 새끼가 경찰에 뭐라고 나불댔는지 그게 좀 궁금하네요."

"다른 상처 같으면 뭐 장난하다 그랬다, 일하다 다쳤다 이렇게 넘어갈 수 있지만 심벌이 잘린 사건은 절대 거짓말을 할 수 없을 거야. 중상해죄인 그런 걸 아무한테나 덮어씌울 수도 없을뿐더러 자기 마누라들이 가만히 있겠어? 그러니 당연히 자기는 죄도 없는데 어떤 놈들이 납치하더니 이유도 없이 쥐어 팬 후 귀두를 절단했다고 얘기를 했겠지. 그놈들 꼭 잡아서 엄벌에 처해달라고 했을 테고."

"하하하하! 그 잘난 심벌 잘려놓고 온갖 쇼를 다 하겠네요? 그 새끼

어떻게 했는지 표정 한 번 보고 싶네, 하하하하!"

한마디 거든 내 말에 길수가 박장대소를 하고 있었지만 재호는 그런 것엔 관심이 없다는 투로 여전히 침착한 표정으로 길수에게 다짐을 받고자 했다.

"우리 위치, 전혀 눈치를 못 채겠지?"

"선생님! 그것도 다 계획대로 했으니까 문제 없어요. 눈을 가렸던 안대도 내려줄 때 풀어줬으니까, 어디서 어디로 온 줄도 전혀 모를걸요? 일부러 이리저리 돌아다녔으니까 그 새끼도 아마 헷갈릴 거예요."

사실 거사를 앞두고 우리의 아지트 물색에 엄청 신경을 썼다. 아내를 찾아 남한강 어귀 사찰이나 암자를 돌아다닐 때 알았던 곳으로 수도권 외곽에 그런 천혜의 장소가 있다는 자체가 거의 불가능에 가까울 정도로 입지 조건이 완벽했다. 우리가 뭐 묏자리를 보는 것은 아니었지만 명당의 기본 요건 중의 하나인 배산임수(背山臨水)는 기본이고 서울에서의 거리도 가까워 우리의 프로젝트를 수행하기가 정말 안성맞춤이었다. 일단은 차량의 왕래가 좀 있는 도로를 타고 오다가 이정표도 없이 휙 꺾어진 좁은 길로 접어들 수 있어서 좋았다. 좁은 길 어귀에서부터는 울창한 나무로 휩싸여 있어서 설사 인공위성에 현미경을 단다 해도 행적을 쫓기는 쉽지 않을 것이다. 겨우 경운기 정도나 농사철에 드나들 정도의 인적 드문 도로이다 보니 잡풀이 수북이 자라 있어 차량 족적도 감출 수 있었다.

행정당국의 철거명령으로 쫓겨났는지는 모르겠지만 허름한 무당집으로 추측이 됐다. 큰 바위 밑 움푹 들어간 곳에 암자처럼 조그맣게 자리한 그곳은 한참 동안 사람의 발길이 없었는지 앞마당 같은 데에도 수풀이 많이 자라 있었다.

일단은 고요가 주는 공포도 효과 만점이었다.

"너 이 새끼, 말 안 들으면 여기서 쥐도 새도 모르게 뒈져서 묻힐 줄 알아!"

길수의 이 한마디는 지옥의 사자처럼 앞을 볼 수 없는 주인공에게는 대단한 마력을 발휘했다. 자칫하면 저승길로 갈 수도 있음을 그들도 육감적으로 느낄 수 있는 그런 고요였다.

진짜로 무서운 것은 정작 귀신소리가 나는 그런 것이 아니라 언제 어디에서 귀신이 튀어나올지 모를 정도로 고요와 정적만이 흐르는 상태가 아닐까 싶다. 어릴 적 동네 어귀에 있는 상여집도 그랬고 선친 묘소 근처의 애장터도 그랬다. 전염병 등으로 동네에 아기들이 속수무책으로 죽어나가면 지게로 짊어지고 가서 산골짜기 여기저기에 묻었다는데, 여우 같은 짐승들이 무덤을 파서 아기 시체를 꺼내 먹었다고 했다. 밤에는 그 골짜기에서 처량한 아이의 울음소리가 들렸다고 했고 사람들은 아이 시체를 먹어 치운 여우가 사람 울음을 낸다고 했다. 그런데 정작 한낮에는 아이와 여우 울음 소리는 물론 새소리 하나 없이 정적만이 흘러 제일 무서운 곳이 바로 그 애장터라고 어른들이 얘기하는 걸 들었다.

정말 쥐도 새도 모를 정도의 아지트를 발견하고는 우리 셋은 마치 새 집에라도 이사온 듯 환호성을 질렀다. 대충 주변을 정리하고 낡아 빠진 부분도 손을 좀 봤다. 한참을 그렇게 쓸고 닦고 하니 그런대로 봐 줄 만했다. 바위 밑 틈새에서 나오는 식수도 훌륭했다. 화장실이 좀 그랬는데, 뭐 우리가 여기서 눌러 살 것도 아니기 때문에 크게 신경을 쓰지 않았다. 오솔길에서 좀 걸어 올라와야 하기 때문에 누군가 이 위치를 알고 일부러 찾아온다면 모를까, 거의 은폐와 엄폐가 완벽한 구조였기에 불청객의 방문을 받을 일은 없어 보였다.

문제는 혹 이동 중에 있을지도 모를 불상사였다. 이를테면 음주단

속이나 불시 검문 등 예측할 수 없는 상황을 맞는 것이었는데 이 부분도 철저히 대비했다. 즉 모든 이동은 선발 차량을 앞세우는 것이었다. 이것은 군대에서 쓰는 정찰조 임무였으니, 이를테면 재호의 차량이 약 5~10분 먼저 앞을 살피며 주행했고, 나와 길수, 그리고 우리의 주인공을 태운 거사 차량 짙은 차량 선팅 상태나 비포장도로도 잘 주행할 수 있어 주인공을 모시기가 안성맞춤인 길수 차가 동원됐다 은 수시로 용산 전자상가에서 값싸게 구입한 무전기로 통화하면서 그 뒤를 따르는 식이었다. 훔친 번호판을 갖고 있어 행동에 나설 때에는 적절히 이를 활용하려고 했지만 오히려 그게 더 위험스러울 것 같아 실제로는 그렇게 하지는 않았다.

주행 중 우리의 주인공이 돌발 행동을 한다면? 그 부분도 안심하시라. 일단 주인공은 이동 중에는 깊은 잠을 자야 했다. 좀 비겁한 방법이지만 사실 흡입 마취제를 쓰려고 했다. 왜 영화나 범죄 드라마에서 간혹 나오는, 갑자기 뒤에서 나타나 손수건 같은 데에다 마취제를 묻혀 기절시키는 방법 말이다. 하지만 영화도 아닐뿐더러 더구나 의료인도 아닌 우리가 마취제를 쉽게 구할 수도 없었고 구하려면 병원 금고 속에 보관되어 있는 걸 훔칠 수밖에 없는데 너무 위험이 컸다 우리 같이 비전문인이 잘못 다뤄 만약 깨어나지 못하기라도 한다면 아주 낭패일 수밖에 없다.

그래서 가장 원시적인 폭력을 쓸 수밖에 없었다. 어릴 적 싸우다 보면 이기는 방법이 딱 세 가지밖에 없었는데, 하나는 상대방의 코피를 보는 방법과 배꼽과 가슴 사이에 있는 명치를 한 대 쥐어박아 고꾸라지게 하는 방법, 그리고 울게 하는 방법으로 명치는 나도 몇 번 당해 봐서 그 고통을 너무 잘 알았다.

우리의 주인공한테 무방비 상태에서 느닷없이 명치를 한 대 가격하면 백발백중 배를 움켜쥐고 입을 딱 벌린 채 숨도 못 쉬면서 땅바닥에 구르게 된다. 그 상태에서 그냥 주워 담기만 하면 됐다. 물론 차에 태운 즉시 눈을 가리고 손을 묶었다. 눈을 가린다는 것은 사람들의 이목을 생각해서 모자 사이즈를 크게 해 눈까지 깊게 푹 눌러 씌워 보지 못하게 한 것이었지만, 우리 아지트를 향해 꺾어질 무렵이면 진짜 안대로 눈을 가렸다.

한참 만에 식은 땀을 흘리며 호흡을 되찾은 뒤에도 '찍소리 말고 있어, 그렇지 않으면 한 대 더 맞을 줄 알아?' 하고 위협을 가하면 한동안은 그렇게 잠을 자듯이 잠잠한 상태를 유지할 수 있었다. 억지로 술을 좀 먹일까도 생각했다. 혹시 무슨 일이 있다면 술에 취해 곯아 떨어진 것으로 보여야 하니까.

당연히 우리 복장은 등산복 차림이었다. 등산복 차림으로 산에 가는 것은 밥상머리에서 수저를 드는 것처럼 지극히 당연한 일이 아닌가. 더구나 등산모를 푹 눌러쓰다 보니까 안심이 되는 부분도 있었다. 왜 여자들이 맨 다리를 드러내 보이는 것보다 남자들이 생각하기엔 전혀 표시도 나지 않는 얇은 스타킹이라도 신어야 마음이 놓이는 것처럼 말이다.

하지만 모든 일에는 난관이 있는 법. 상황이 문제였다. 적기에 가장 적합한 곳에서 일을 처리하기가 정말 쉽지 않았다. 몇 날 며칠이고 주인공의 행동반경을 지켜보고 미행하며 때를 기다려야 했는데, 주위에 행인이라도 있으면 불가능하기 일쑤였다. 더구나 대부분의 주인공들이 차량을 타고 움직이기에 일은 더 복잡하고 인내가 필요했다. 한마디로 시간과 장소와 상황이라는 소위 T.P.O(Time, Place, Occasion)의 문제였다.

물론 그동안 우리의 생업은 문을 닫아야 했다. 우리가 돈도 되지 않는 이 프로젝트에 생업까지 포기하고 달려들고 있으니 우리의 충정을 십분 헤아려줬으면 좋겠다.

이렇게 완전 계획을 수립해 실행해나간다 하더라도 허점은 있기 마련이다. 그래서 피드백이 필요했던 것이다.

아, 그리고 다음부턴 우리 프로젝트의 확실한 효과를 위해 절대 귀두 조각을 주인공의 손에 쥐어주는 친절함은 베풀지 않기로 합의했다. 꼬리가 잘린 도마뱀이 시간이 흐르면 다시 꼬리가 생기듯, 봉합수술을 통해 다시 태어난 무기를 또 누군가를 향해 휘두를 것이 아닌가? 그리고 그렇게 되면 우리가 추구하는 근원적인 해결 방법에 도움이 되지도 않을뿐더러 이제는 연습도 충분히 끝냈기 때문이다.

이젠 우리의 진면목을 보여줄 것이다.

# 제4장

# 당신도
# 유죄입니다

잠수를 좀 탔다. 요즘 언어가 참 재미있는 것이 많던데, '잠수를 탄
다'라는 이 말도 그중의 하나인 것 같다. 어떤 일이 벌어지면 그 사태
가 좀 진정될 때까지 조용히 연락을 끊고 숨어 지낸다는 뜻 정도로 해
석이 되는 이 표현을 빌리자면, 우리도 첫 프로젝트를 성공리에 진행
시킨 후 한동안 서로 연락도 하지 않고 조용히 관망을 하면서 물속에
가라앉아 있었다. 수사기관의 레이더망에 포착되지 않으려면 이런 과
정은 꼭 필요한 것 같았다. 어떤 레이더에도 걸리지 않는 특수 재료를
덧입힌 스텔스 전투기가 아닌 이상, 매사에 조심을 한다는 것은 아무
리 강조해도 지나치지 않을 것이다.

물론 이 건은 처음 발생한 것이기 때문에 경찰들은 아직 감도 잡지

못했을 것이고, 우리가 어떤 흔적을 남긴 것도 아니어서 어디에서 어떻게 수사를 진행할지 아마 갈피도 잡지 못하고 있을 것이다. 이른바 단서가 없었기에 그걸 확보하기 위해서라도 반드시 다음 범행을 기다릴 수밖에 없을 것이다. 발생빈도가 높아야 그들이 거머쥘 단서도 얻을 확률이 높기 때문이다. 그래서 잠수가 필요했던 것인데 우리가 너무 소심한 것은 아닌지 몰랐다.

그렇다고 언제까지 숨을 죽이고 있을 수는 없었다. 두어 달 정도가 흘러 잠잠해졌다고 생각이 들 무렵, 그간 움츠렸던 발톱을 다시 세우고 휴화산의 정적을 깨며 우린 다시 기지개를 켰다. 우리의 사명은 눈앞에 펼쳐져 있는데 언제까지 그렇게 잠수만 탈 수는 없었다. 우리의 미션 수행을 언제까지 그렇게 포즈(pause) 상태로 멈춰둘 수는 없었으니까 말이다.

그래서 초대한 두 번째 주인공. 두 번째 주인공에게도 우리가 내린 판결은 귀두 절단이었다. 눈은 눈으로, 이는 이로 되갚아주겠다는 우리의 신념을 초지일관 지켰던 것이다. 물론 두 번째 주인공도 성범죄로 재판을 받았지만 고소취하로 풀려난 사람이라고 했다. 재호가 선정하고 사전 조사해서 그의 인력 풀에 있었던 이 사람은 겉으로는 아주 선량하고 착하게 보이는 지극히 평범한 시민이었다. 하기야 외모와 인상이 범행을 주도하는 것이 아니라, 그 마음 안에 도사리고 있는 사악한 씨앗이 점점 자란 후 익게 되면 그 씨앗을 도처에 뿌리는 게 범행이니만큼, 인상 하나 보고 판단을 하는 그런 우(愚)는 범하지 않았으면 좋겠다.

간첩은 하나 같이 험상 궂은 얼굴에 짙은 색안경을 쓰고서 007 가방을 들고 등장했다. 어떤 아이는 뿔이 달린 간첩을 그리기도 했다. 어떤 녀석은 간첩을 그린다는 게 앞니가 드라큘라처럼 길게 뻗어 나온 도깨비를 그렸다. 그렇게 간첩에 대한 이미지를 간직하고 있었던 어느 날, 흑백 텔레비전 뉴스에 등장했던 생포된 간첩은 세련된 양복에 멋진 넥타이까지 둘러맨 신사였다. 그때 정체성의 혼란을 겪고부터는 오히려 멋쟁이 간첩을 막연히 동경하기까지 했다. 과거 우리나라 반공 교육의 허점이었지만 말이다.

모자와 마스크로 얼굴을 가린 범죄자들도 그들의 맨 얼굴을 보면 실상 험상궂거나 범죄인 같은 인상을 갖고 있는 사람은 거의 없었다. '착하고 순하게만 생겼는데, 어쩌다 그런 끔찍하고 흉악한 짓을 저질렀을까' 하고 오히려 동정심을 얻을 수 있는 그런 인상들이었으니까. 그런 차원에서 본다면 모자와 마스크를 씌우는 게 오히려 그들에게 마이너스 점수를 주게 될 수도 있다는 생각이 들었다. 정작 순하게 생긴 맨 얼굴을 본다면 '쯧쯧!' 하고 동정이라도 받을 수 있지만, 사람들은 모자와 마스크 속에 감춰져 있을 듯한 범인의 흉악한 이미지를 상상할 게 아닌가? 그래서 더 피의자의 인권을 구실로 철저히 감춰두는 것은 아닌지 모르겠다. 만약 그렇지 않고 다 공개해버린다면 '저렇게 평범하고 착하게 생긴 사람들도 범행을 저지르는구나, 나도 저렇게 될 수 있겠구나' 하는 범죄의 보편성으로 인해 어떤 상황에서 쉽게 범죄를 저지를 수도 있을 것이다.

'백 마리의 원숭이 효과' 또는 '백 번째 원숭이 효과'라는 이론이 있다. 일본 어느 외딴 섬에서 우연히 어떤 원숭이 한 마리가 흙이 묻은 고구마를 그냥 먹지 않고 물에 씻어 먹었다나. 주위에 있는 녀석들이 하나 둘 그 모습을 모방하게 되고 그런 현상이 백 마리째 정도 되자 섬 전체의 원숭이들의 보편적인 생활 양식으로 자리를 잡는다는 집단 의식의 공명현상이다. 더 놀라운 것은 그 외딴 섬과 전혀 교류도 되지 않는 또 다른 섬은 물론 아프리카 등지의 원숭이들도 고구마를 씻어 먹게 됐다는 것인데, 이것만큼 보편성을 잘 표현한 예는 없을 것 같았다. 그런 보편성을 차단하기 위해서라면 그들의 얼굴을 가리는 데 굳이 반대하고 싶은 생각은 없었다.

'범행은 흉악한 사람들만 저지르는 악행이니만큼, 나처럼 착하고 순한 사람은 절대 해서는 안 돼. 절대 그런 사람과 똑같을 수는 없어.'

이런 차별적인 생각들이 자기 최면처럼 미리 정립되어 있어야 한다. 확실히 인상은 중요한 판단 요소이고 무기인 것 같았다.

그렇게 평범하고 순순한 이미지의 주인공이었지만 우리 팀에서 검사의 역할을 수행하고 있는 재호의 조사 결과를 보면, 이 사람은 다른 가정을 파탄 내는 게 취미일 정도의 난봉꾼이라고 했다.

재호가 조사한 내용을 토대로 추궁을 시작했다.

"피고에게 묻겠습니다. 홍금주 씨를 잘 아시죠?"

"그 사람이 누군데요? 전 금시초문입니다."

펄쩍 뛰며 우리의 주인공이 부인했다.

"그리고 나한테 그런 걸 묻기 전에 내가 무슨 잘못을 했길래 이러는지 그것부터 알려줘야 하는 것 아니에요? 당신들은 누구며 왜 이러는지?"

주인공은 성급한 면이 있었다. 하지만 잠시만 기다리시라!

재호는 주인공의 질문을 무시하고 신문을 계속했다.

"역삼동 홍금주 씨를 모른단 말이죠? 나이트클럽에서 만나 정을 통한 뒤 통정사실을 폭로하겠다고 협박해 1억 원을 갈취했는데 모른다고 마냥 잡아 뗄 생각이십니까?"

"이거 보세요. 역삼동 홍 누구인지 홍삼동 역 누구인지는 모르겠지만 그런 여자 난 몰라요. 그리고 나는 체질적으로 춤을 못 추기 때문에 나이트클럽 이런 데 안 가는 사람이오. 그리고 내가 예전 돈 못 버는 실업자일 때 좋아하는 사람 만나 그 여자가 나 용돈이나 하라며 만날 때마다 몇 푼씩 받은 일은 있어요. 그 여자가 역삼동 홍 누구도 아닐뿐더러 그리고 설사 그걸 받았다 하더라도 당신들이 뭔데 이러쿵저러쿵 하는 겁니까? 당신, 그 여자 남편이라도 되는 거요?"

"그렇다 이 개 자식아! 너 오늘 임자 만났다."

다혈질의 길수가 또 '짠!' 하고 등장을 준비하고 있었다.

"피고는 김수희도 잘 알고 있을 테죠? 술에다 약을 타서 정신을 잃게 만든 후 강간을 하고 그 장면을 녹화해서 똑같이 협박을 했죠?"

"웃기시네. 처음 들어보는 이름이고 또 난 오입질은 해도 그런 쪼잔한 짓은 안 해요. 사람을 뭘로 보고 그러는 거요? 아니, 남녀 간에 서로 좋아서 섹스 하는 게 어느 나라 법에 걸리는 거요? 간통죄로 집어넣으려면 확실하게 알고나 합시다. 예? 간통 현장을 잡던가, 아니면 뚜렷한 증거를 대던가, 보아 하니 그 여자들 남편도 아닌 것 같은데 무슨 권리로 이러느냐 말이요? 넘겨 짚으려면 뭔가 그럴 듯하게 해야 되는 거 아니에요? 이건 완전히 생사람 잡고 있어."

"아이구, 이 자식 내숭 떠는 데는 선수구먼. 너 이 새끼, 끝까지 부인하면 네 죄가 용서될 줄 알고 그러지? 이런 말도 안 되는 궤변 따위를 계속 들어야 합니까?"

길수는 안달이었다. 오히려 재판에 방해가 될 수도 있었지만 이런 역할도 사실 필요했다.

어떤 물건을 흥정하거나 누군가를 설득할 때에도 이렇게 바람을 잡던가 분위기를 험악하게 몰고가, 다른 사람으로 하여금 그런 분위기를 반전시켜 효과적으로 물건을 의도한 대로 사거나 설득을 하는 경우가 많았다.

"또 있네요. 구로에 사는 여자도 잘 알고 있죠?"

"구로, 누구요?"

"지금 몰라서 묻는 겁니까? 알고도 시치미를 떼는 겁니까?"

재호가 약간 짜증 섞인 목소리로 물었다.

"글쎄 구로 누구냐니까요?"

어이가 없다는 듯 한동안 침묵을 지켰던 재호가 입을 다시 열었다.

"조사에 따르면 5~6년 전 동창회에서 만난 후 관계를 유지했던 걸로 나오는데 구로 사는 동창이 많은 모양이죠? 순간의 실수로 그렇게 됐다며 헤어질 것을 요구하는 여자에게 피고는 온갖 협박을 가해서 그 여자와 관계를 계속했더군요."

"그런 사실 없습니다. 또 뭔가 잘못 짚은 거 같은데요?"

의외로 주인공의 부인이 강했다. 이런 모습은 첫 주인공의 재판과정에서도 익히 봐왔고, 우리가 처음 시작할 때에도 주인공들은 무조건 부인부터 한다고 재호가 단단히 주의를 줬기 때문에 이런 반응은 이미 예측하고 있었다. 오히려 당연한 수순처럼 보였다.

"피고! 똑똑히 들으세요. 피고가 아무리 그렇게 아니라고 부인하더라도 이미 우리가 다 조사를 통해서 파악을 한 거니까, 더 이상 입씨름하지 맙시다."

조용한 어조로 추궁하던 재호가 잠시 침묵하더니 갑자기 목소리를 높였다.

"피고와 정을 통했던 그 여자, 지금 어떻게 된지 아십니까? 죽었다고요. 아세요? 죽었다니까요. 피고가 결국은 그렇게 만든 거 아닙니까?"

재호가 흥분한 것 같았다.

"아니, 그 여자의 죽음과 왜 나를 결부시키는 겁니까? 내가 어떻게 했길래요? 원, 잘하면 이제 살인죄를 뒤집어 씌우겠네? 왜 생사람을 잡고 이러십니까? 나중에 우연한 기회에 다른 동창한테 그 여자가 죽었다는 얘기는 들었지만 나하고는 전혀 상관 없는 일이에요."

"그런데 아까는 그런 사실이 없다고 부인을 했습니까?"

"그 여자를 동창회에서 만난 건 사실이에요. 그리고 솔직히 동창 간에 허물없이 대하다가 정을 통한 것도 사실이고요. 하지만 당신들이 주장하는 것처럼 협박을 했거나 강요도 하지 않았다고요. 둘이 좋아서 만났는데, 그게 그렇게 죽을 죄라도 진 건가요? 예?"

"그래서 둘이 좋아 만나니까 그렇게 좋던가요? 그 여자의 어디가 그렇게 좋았습니까?"

재호답지 않은 질문이었다. 마치 누군가에게 질투라도 느끼는 듯한 그런 뉘앙스를 풍겼다.

"아니 그런 걸 꼭 얘기해야 하나요? 이건 어디까지나 개인의 프라이버시라고요. 남녀가 만나는 데 무슨 공식이라도 필요한 겁니까?"

잠시 어색한 침묵이 흘렀다. 재호 또한 조금 전 질문이 유치하기라도 했다고 느끼는 것인지 그 침묵에 동조하고 있었다.

"그 여자가 죽은 건 안됐죠. 정을 통한 여자이기 전에 동창이었으니까요. 왜, 무엇 때문에 죽었는지는 자세히 모르겠지만 그 친구 죽은 걸 왜 나한테 이렇게 책임 추궁을 하는지 도저히 이해를 못하겠네."

침묵을 깬 건 주인공이었지만 침묵을 깬 것이 또 하나 있었다.

쓱싹쓱싹!

길수가 침묵의 공간에서 가위를 갈기 시작했다. 주인공이 묶인 몸을 뒤흔들며 요동을 치고 있었다. 공포는 또한 귀를 통해 그렇게 온몸으로 전이되고 있었다.

"아니, 정말 뭐 하자는 겁니까? 이거 가린 눈이나 좀 풀어주고 손도 좀 풀고 얘기합시다. 그리고 그게 설사 사실이라고 칩시다. 그게 도대체 당신들하고 무슨 관계냐 말이에요. 나를 죽이기라도 할 셈입니까?

당신들 경찰이에요? 보아 하니 어디 흥신소에서 나온 것 같은데 누구한테 얼마를 받고 이러는 겁니까, 예? 그리고 양 당사자 말을 다 듣고 해야지, 누구인지는 모르지만 일방적으로 한쪽 말만 듣고 이렇게 나를 몰아쳐도 되는 겁니까? 법대로 합시다, 법대로 해요."

거의 발악을 하고 있었다.

"야, 이 새끼야! 그래서 이렇게 법대로 하려고 하는 거야, 새끼야! 세상에 그건 너만 달렸냐, 이 자식아? 그거 달면 다 그렇게 약 타서 강간하고 협박해서 강간해도 된다고 어떤 놈들이 얘기하데? 안 되겠어. 이 자식!"

참다 못한 길수가 가위를 갈다 말고 또 장막 뒤에서 기술을 부렸다. 길수는 자기가 깍듯이 생각하는 재호 앞에서는 폭력을 행사해본 적이 없었다. 입은 거칠었지만 소위 선생님 앞에서는 그런 짓을 하면 예의에 어긋난다고 생각이라도 하는 모양이었다.

풀 먹인 삼베처럼 빳빳하기만 했던 주인공이 길수의 부축을 받고 질질 끌려 나왔다.

조용히, 그러나 단호한 어조로 내가 입을 열었다.

"피고! 당신은 평화스러운 가정을 많이 짓밟아버렸군요. 순간의 쾌락을 통해 엄연히 남편이 있는 가정주부를 유린한 것도 그 죄가 크거늘, 하물며 그걸 빙자해서 피해자들을 협박하고 돈을 뜯어냄으로써 가장 악랄한 가정파괴범의 전형을 보여줬군요. 아직도 피고는 본인이 억울하고 죄가 없다고 생각하십니까? 조용하고 평화롭던 한 가정이 피고로 말미암아 순식간에 산산조각이 났음이 증명됐는데도 계속 발뺌을 하실 생각입니까?"

겁에 질린 주인공이 구구절절 변명과 읍소를 하기 시작했다. 하지만 끝까지 자신의 범죄사실은 인정하지 않았다. 그렇다 하더라도 내가 내리는 판결은 요식행위에 불과했고 이미 우리는 처벌 수위를 정해놓고 일을 추진했다. 그러기에 아무리 주인공이 매달리고 호소하고 애원하더라도 그 원칙을 버리지는 않았다.

"피고! 그렇게 일관되게 부인하는데 이렇게 피고를 추궁해봤자 더 이상 얻을 게 없다고 생각이 듭니다. 이 재판이 무의미하다고 여겨집니다. 그만 끝내겠습니다."

귀가 번쩍 뜨인 주인공이 감읍해 마지 않았다.

"감사합니다. 고맙습니다. 살려만 주십시오."

이런, 조금 더 하면 아마 '이 은혜, 잊지 않겠습니다.'라고 할지도 모를 상황이었다.

그런데 우리 주인공이 뭔가를 크게 착각하는 모양이었다.

"피고! 당신의 그간 행태를 봤을 때 그 버릇은 절대로 고쳐질 수 없다는 결론을 얻었습니다. 따라서 그 근원을 발본색원하고 우리 사회의 미풍양속과 가정을 수호하기 위하여 피고에게 귀두 절단형을 선고하는 바입니다."

그 뒤의 반응은 상상에 맡기겠다. 얼마나 우리의 주인공이 사력을 다해 반항을 하는지 형틀에 묶는 것조차도 우리 셋의 힘이 부족할 정도였다. 우리 아지트 구석에 체조 경기에 나오는 평균대 같은 게 버려져 있었는데, 아마 여기 살았던 무당이 요긴하게 뭔가를 위해서 썼던 도구 같았다. 길수가 거기에다 주변 판자를 못질해 십자가 모양의 수술대 같은 형틀을 만들었다.

사지를 형틀에 묶고 벨트를 풀어 지퍼를 내리자 거대한 주인공의 물건이 수줍은 듯이 불쑥 고개를 내밀었다.

"어? 이거 뭐야? 이 새끼, 이거 아주 악질인데요? 여기다가 별 짓을 다해놨네. 야, 이 개새끼야! 그렇게 자신이 없었냐? 이런 걸로 여자들을 후리게?"

소위 구슬을 성기에 심어놓았는데 그 모양이 기괴했다. 그런 걸 할 정도의 위인이라면 그 바닥에서 좀 놀았다는 뜻이 되기도 하고, 그 얘기는 곧 '꾼'이라는 걸 의미한다고 볼 수 있었다. 다른 면에서 본다면 성기에 대한 어떤 열등의식 때문에 요란하게 겉치장을 하고 현란하게 모양을 냄으로써 일종의 현시욕(顯示慾)을 통해 자신의 존재감을 확인하려는 것도 있을 것이다. 그렇다고 우리가 주인공의 취향을 탓하는 건 아니었다. 구슬을 항문에 달든, 불알에 매달든 그건 우리가 상관할 바는 아니니까.

하지만 길수 성격에 그걸 그냥 넘길 리가 없어 걸 지게 욕을 퍼부은 것이었다.

"너 이 새끼, 오늘 부로 이것도 굿 바이다. 자식아!"

"제발, 이것만은 안 돼요. 부탁합니다. 살려주세요. 선생님들 하라는 대로 다 하겠습니다. 원하는 만큼 돈도 드리겠습니다. 한 번만 용서해 주시면 다시는 그런 짓 하지 않고 새 사람이 되겠습니다. 정말 약속 드립니다. 제발. 저희 가족을 생각해서라도 한 번만, 한 번만 용서해주십시오."

"피고! 그 말 한마디 잘했습니다. 가족을 빙자해서 용서를 간구하다니 정말 파렴치하군요. 지금 이 자리에 피고의 가족들을 모시도록 할까요? 당신이 지금까지 부인을 속이고 어떠한 짓을 했는지, 그리고 당신의 이 장면을 똑똑히 볼 수 있도록 피고의 부인과 자녀들을 초청할까요?"

물론 그럴 생각은 추호도 없었다. 긁어 부스럼을 만들 필요가 없으니까. 이런 장면을 목격하도록 자리를 깔 우리도 아닐뿐더러, 우리는 그렇게 잔인하지도 않다. 더구나 중요한 목격자를 생산해내는 우를 범할 우리가 아니었다.

"제가 그럼 어떻게 해야겠습니까? 방법을 알려주세요, 네? 꼭 이렇게 한다고 과거가 없어지지는 않잖습니까? 도대체 이렇게 하는 이유를 모르겠습니다. 제가 어떻게 해야 하냐고요?"

이런 상황에서는 주인공으로서는 모든 방법을 다 동원해봐야 한다.

"선생님들도 남자잖아요? 우리 남자답게 얘기합시다. 남자라면 최소한 남자의 자존심이자 생명줄인 이것만은 지켜줘야 하잖아요? 예? 당신들도 남자잖아요!"

애원이자 절규였다.

이 세상에 너처럼 절규를 했던 사람이 어디 한둘이더냐?

너는 죄라도 지었지, 죄 없는 우린 뭐냐?

너는 귀두만 잘리면 되지만, 우린 모든 게 다 잘려버렸다.

너는 살려달라고 읍소할 사람이라도 있지, 우린 통사정을 할 상대도 없었다.

너는 생각할 가족이라도 있지, 가족과 가정을 송두리째 잃어버린 우린 누구를 위해 너처럼 얘기를 할까?

너 같은 쾌락주의자 때문에 재호 아내도 내 딸아이도 죽임을 당했다.

진정 네 죄를 네가 알렸다.

# 제5장

# 오로지
# 꿈을 통해서

우리의 프로젝트가 진행될수록 세상의 관심은 증폭돼갔다. 우리의 초대에 응했던 주인공들이 늘어나다 보니, 연쇄살인의 파장처럼 '연쇄 절단' 사건 또한 그 파장의 길이가 날로 길어지는 것은 어쩌면 당연한 현상인지도 몰랐다.

우리의 초대에 응했던 주인공 중의 하나는 피해 여성의 직장 상사였다. 갓 입사한 여상 졸업반 여성을 상사라는 직위를 이용해 상습 성폭행한 악덕 중소기업 사장이었는데, 어렵게 취업한 상황을 이용해서 자기 말을 안 들으면 자르겠다며 해고 위협을 전가의 보도처럼 휘둘렀다고 했다. 요즘처럼 취업이 어렵고 실업자들이 넘쳐나는 세상에서 이것처럼 무서운 무기는 사실 없다. 어떻게 하면 잘리지 않을까 하고 승

진도 미루는 세상이니까 말이다. 지위가 높을수록 견제도 심하고 해고의 위험에도 많이 노출되니까. 피고용인의 가장 아픈 약점을 노렸던 것이다.

입사 직후부터 시작한 음흉한 눈빛의 탐색은 날이 갈수록 짙어져 갔다. 경리업무에다 총무 업무는 물론 노무와 비서 역할까지 작은 회사의 살림을 도맡아야 할 피해자의 입장에서는 눈코 뜰 새 없이 온종일 일에 매달려야 겨우 하루를 마무리할 수 있는 상황이었지만 은근한 사장의 눈빛 또한 덧붙여진 하나의 일과가 되어버렸다. 야근도 밥 먹듯이 해야 했고 수시로 차 심부름까지 하면서도 어렵게 잡은 첫 직장에 힘들게 적응하고 있었다.

욕심은 시간에 비례하고 경계심은 시간에 반비례하는가? 사장의 동선은 탐욕의 시선을 넘어 본격적인 야욕의 액션으로 이어지고 있었다. 몸매를 훑어보는 것은 당연한 권리처럼 여겼고 우연이나 실수인 척 수시로 가슴을 팔로 슬쩍 스치기도 하고 엉덩이도 한번씩 툭 치고 다니는 전형적인 직장 내 성추행범의 유형을 보였다.

그러던 어느 날, 회식 자리에서 요즘도 술 못 먹는 사람이 있느냐, 술 양과 능력은 비례한다, 술 한 잔도 못하는 사람과는 인생을 논하지 말라고 하는 등 음주 분위기로 한껏 몰아가더니, 몸도 가누지 못하는 피해자를 같은 방향이라며 대리 기사를 불러 차에 태웠다고 했다. 다른 사람들도 자기네 사장인데다가 대리기사가 있는 만큼 크게 신경 쓰지 않고 헤어졌는데, 한참을 가던 이 사장은 달리던 차량을 한적한 곳에 세우게 하고 대리기사에게 '당신의 임무는 여기까지!'라며 중도에 돈을 지불하고 본인이 핸들을 잡았다.

정신을 좀 차린 후 운전하겠다던 사장은 잠시 후 뒷자리로 넘어와 항거불능의 어린 피해자에게 첫 번째 공략을 하게 되고, 그 이후로는 해고는 물론 사내에 소문을 내겠다는 또 하나의 협박 수단을 이용해 수시로 야욕을 채운 인간이었다.

결국엔 사장의 부인에게 모든 것이 들통이 나 억울함을 호소했지만 머리채까지 잡혀가며 온갖 모욕을 당했고, 아르바이트 등 힘든 주경야독을 통해 어렵게 입사한 첫 직장도 사장에 의해 몇 달 만에 잘렸다고 했다. 너무 분하고 억울해서 성폭력피해상담소에 신고를 한 건이었다.

얼굴에 기름기가 줄줄 흐르는 이 주인공도 처음부터 부인으로 일관하며 소위 개전의 정을 보이지 않았다. 부인으로 일관하는 그들의 속성을 너무 잘 알고 있기에 우리는 절대 동요하지 않았다. 계속 부인하는 주인공에게 신문이라기보다는 사실을 통보하는 식으로 재호의 추궁은 일사천리로 이루어졌다.

이 인간은 그녀를 잘랐지만 우리는 이 인간의 귀두를 잘라버렸다.

용서받지 못할 자였다.

귀두 절단이라는 전대미문의 희한한 사건이 며칠째 매스컴을 통해 보도되고 있었다. 언론마다 날이 갈수록 침소봉대되어 살이 막 붙어가는 느낌이었다. 어떤 매체는 아예 소설을 쓰고 있기도 했다. 아마 사람들의 화제도 이 사건으로 말미암아 더 풍성해졌을 것이다. 인터넷 뉴스를 보니 해외 토픽 감으로도 전 세계 언론에서 앞다투어 보도하고 있는 것 같았다. 당연히 인터넷 검색순위 1위를 며칠째 달리고 있었으니 이 사건에 대한 관심도가 얼마나 컸는지 미루어 짐작하기 바란다.

귀두(龜頭)! 조밀한 정맥 층이 발달해 있고, 귀두의 뒷부분에는 요도가 위치하고 있는 해면체 조직이라고 정의되어 있다. 거북 머리처럼 볼록 솟아 진짜 이름도 참 잘 지었다는 생각이 들었다. 그런 귀두 절단이라는 방법은 정말 독창적인 아이디어였다. 이런 형벌을 전 세계 법원에 특허 낼 수 없을까? 오줌 파이프는 그대로 보존하지만 남성의 상징을 잃는다는 것, 지각신경의 종말이 풍부하게 분포되어 있는 쾌락의 절정 부위를 잃는다는 것이 뭘 의미하는지 굳이 친절히 설명하지 않아도 알 것이다. 하기야 예전 중국에서는 5형(刑) 중의 하나로 궁형(宮刑)이라는 형벌이 있었다지. 남자는 생식기를 제거하고 여자의 경우는 질을 폐쇄했다고 했는데, 구체적으로 어떻게 했는지는 잘 모르겠다. 남자는 거세를 하지 않았을까?

어릴 적 수퇘지의 거세 장면을 본 적이 있다. 불알이 여물기 전 새끼 돼지의 뒷다리를 한 손으로 모아 잡아 거꾸로 매단 상태에서 다른 한 손으로는 예리한 칼로 불알을 제거했다. 돼지는 죽는다고 울부짖었고 불알이 빠져나간 빈 불알집에 '아까징기'라고 하는 빨간 약을 듬뿍 묻혀줬던 걸로 기억하는데, 그 알을 동네 어른들이 맛있게도 구워 먹었다. 어른들은 그걸 '돼지 불알 깐다'고 했고, 그래야 돼지가 커가면서 아주 온순해지고 나중엔 고기 맛도 좋아진다고 했다. 그 뒤론 말 안 들으면 '이놈, 너도 불알을 발라버린다'고 겁을 주는 바람에 어린 나는 많이 놀라곤 했다.

대명천지 오늘날에도 북유럽 일부 국가에서는 화학적 거세 제도를 시행하고 있고, 독일과 미국 어떤 주는 물리적(외과적) 거세까지 한다고 들었다. -우리나라도 2011년 7월부터 '성충동 약물치료에 관한 법률안'이 실행되고 있지만-조사를 해봤더니 덴마크에서는 1929년이니까, 정말 일찍이도 이런 외과적 거세 제도를 도입해 시행하고 있었다.

인터넷 검색에서는 성충동 약물치료, 즉 화학적 거세에 대해선 부정적인 생각들이 많은 것 같았다. 주기적으로 국민의 세금으로 성 범죄자에 대해 여성 호르몬을 주사해야 하고 성욕 감퇴 효과가 있는지 또한 돈을 들여 검사를 해야 한다는 이유에서였다. 더 중요한 것은 약물 투여를 중단할 경우엔 다시 원상태로 돌아온다니 이런 게 무슨 효과가 있겠느냐며 결사 반대하는 사람들이 주류를 이루고 있었다. 한마디로 그들의 주장은 물리적 거세, 즉 불알을 잘라버리자는 것이었다.

나 또한 적극 찬성이었다. 언 발에 오줌을 누는 그런 임시방편의 방책이 아니라 아예 불알을 까버리는 근원적인 대책이 나와야 한다는 것이다. 그래야 다시는 그런 일이 반복되지 않을 거니까. 화학적 거세란 테스토스테론과 옥시토신 등 스테로이드계의 남성 호르몬을 차단하는 일종의 성충동 억제 약물치료로서 거세라는 표현은 맞지 않는 듯싶다. 더구나 선량한 국민을 보호하기 위해서 그런 인간들을 관리하는 데 귀중한 국민의 세금을 써야 하다니, 이건 정말 어불성설이 아닌가!

그런데 진짜 짜증나는 것은 폴란드를 제외하고 화학적이든 물리적이든 성범죄자들의 자발적 동의를 전제로 하고 있단다. 법률 소급 적용으로 인한 문제와 헌법상 자기 결정권, 그리고 이중처벌 금지 원칙과 신체의 자유라는 헌법적 가치에 위배된다는 사유인데, 그렇게 헌법에 위배 된다면 헌법을 바꿔서라도 시행해야지 범죄인의 인격은 참 잘도 챙겨주는 게 헌법이라는 느낌이 들었다. 무슨 헌법이 불변의 진리인 양 헌법 타령들을 하고 있다. 대통령 중임제니 권력구조 분산이니 하는 이런 자기들만의 밥그릇 싸움으로 개헌을 운운할 것이 아니라, 진정 국민의 생활과 직결된 그런 것을 고쳐야 한다는 것이다. 헌법이 무슨 성경인가? 시대에 걸맞게, 국민의 법 정서에 맞게 고쳐서라도 법다운 법을 만들어야 자꾸만 반복되는 성범죄를 차단할 수 있다는 말이다.

그리고 언제부터 국가가 그렇게 범죄인의 자기 결정권을 존중해줬는가? 성폭력을 당하지 않을 피해자들의 자기 결정권은 그럼 어떻게 되는가? 살인자의 손에 죽지 않을 결정권도 있는데 국가가 그걸 지켜줬는가? 그럼 사형수도 자기 결정권을 존중해줘야 하지 않을까? 판사가 '당신한테 사형을 언도는 하지만 당신한테 자기 결정권이 있으니까, 너 죽을래, 살래?' 하며 물어봐야 한다.

우스운 얘기지만 이 자기 결정권을 잘 활용하면 범죄 없는 나라도 만들 수 있겠다. 이를테면 범인을 체포하기 전에 반드시 고지해야 하는 미란다 원칙처럼, 범행을 하기 전에 피해자에게 자기 결정권을 고지했는지 반드시 확인하는 제도를 만들면 어떨까?

"나, 당신 성폭행할 건데 당신한테 자기 결정권이 있으니까 어떻게 할래요?"

이렇게만 된다면 이 세상에 성범죄는 물론 모든 범죄가 성립될 수 없을 것이니 이 얼마나 좋은 제도인가? 자기 결정권을 운운하는 학자들은 이런 부분도 연구해서 꼭 보완해줬으면 좋겠다.

서두에서 얘기했듯이 나는 법에 대해선 쥐뿔도 모른다. 더욱이나 법학자도 아니기 때문에 무슨 이론, 무슨 원칙 하면서 학술적으로 덤벼든다면 할 말이 없다. 그렇게 고상한 사람은 고상하게 살면 된다. 하지만 국민의 법정서는 어떻게든 법 조항에 담아야 한다. 아니면 자기네들 이론과 주장을 국민이 받아들이게끔 교육과 설득을 하든지.

지금은 국민의 수준이 많이 높아져 달라졌겠지만 예전엔 보통의 텔레비전 시청 수준을 초등학생 정도의 눈높이에 맞췄다고 들었다. 어려우면 재미가 없고 이해가 되지 않으니까.

실제 어린아이부터 할아버지 할머니까지 온 가족이 모여 같은 프로그램을 보면서 깔깔 웃기도 하고 눈물을 짜기도 하지 않던가? 대중매체라는 게 그냥 나온 게 아닌 모양이다. 그렇다면 법도 국민의 보편적인 정서나 수준에 맞아야 한다는 것이다. 법이 일부 법학자나 법으로 밥을 먹고 사는 사람의 전유물이 아니기 때문이다.

법률 용어 하나만 봐도 그렇다. 우리가 주인공에게 쓰고 있는 심문(審問)과 신문(訊問)의 구별을 나는 정확히 하지 못한다. 그냥 조사한다거나 물어본다고 하면 될걸 이렇게 어렵게 만들어서 일반 국민을 혼란스럽게 하는 이유를 모르겠다. 아무나 범접할 수 없는 분야니까 너희들은 그 어려운 학과에 입학해서 그 어려운 법을 공부하고 그 어려운 시험에 합격한 유식한 우리가 하라는 대로만 하면 된다는 뜻인지 모르겠다.

아무튼 궁형을 당한 사람들 중 일부는 환관이 됐다고 했다. 향기를 맡지 못하는 벌 나비처럼 여인을 품지 못하는 남자의 속마음은 어땠을까? 꽃 같은 궁녀들 틈새에서 반 여성으로 일생을 마쳤던 걸 보면 그 형벌의 효과는 확실했던 것 같다. 아, 중국의 형벌 중에는 또 얼굴과 팔뚝의 살에 뜸을 떠 죄명을 찍어 넣는 경형(黥刑)이라는 재미있는 것도 있었다는데, 지금이야 문신도 재미로 하기도 하고 그것 또한 복구가 가능하다고 하니 그리 추천할 만한 것은 아닌 것 같다. 굳이 지금 형벌로 표현하자면 현대판 주홍글씨, 즉 전자 발찌라고 해야 할까?

어쨌든 귀두가 없는 성기를 상상할 수 있는지? 날카로운 칼에 세모난 머리를 잃고 꿈틀대는 독사의 몸뚱이가 생각난다. 진짜 그러는지는 모르겠지만 어른들이 그랬다. 독사가 머리를 꼿꼿이 쳐들고 있을 때 회초리 같은 걸로 순간적으로 힘을 주어 내려 치면 목이 뚝 떨어진다고. 죄지은 세상 남자들 아마 움찔하고 있지 않은지 모르겠다.

인터넷 어디 사이트에서는 현대판 성(性) 의적(義賊)이 나타났다고 난리였다. 엄청난 댓 글도 많이 달렸는데 대부분 통쾌하다는 반응들이었다. 물론 귀두가 잘린 사람들의 구체적인 신상과 사정은 발표되지 않아 여러 설들이 분분했다. 하지만 어떻게 알아냈는지 소위 '신상털기'라는 방법으로 우리 주인공들의 일부가 적나라하게 노출되기도 했다.

어떤 이는 성 장애인이 세상을 향해 복수를 한다고도 했고, 치정에 얽힌 복수극이라고도 했으며 정신병자의 소행이라고까지 했다. 심지어는 '모 국회의원도 잘렸'더라, '누구 연예인도 당했'더라 하는 소위 '카더라' 통신이 날개를 단 듯 퍼져나갔고, 당사자로 오인된 사람은 해명하느라 진땀을 빼는 모양이었다. 어떤 사람은 오해가 땡땡 굳어 더 이상의 해명도 통하지 않자 기자들 앞에서 진짜 바지를 벗어 보여주기까지 했다.

아류(亞流)도 등장했다. 왜, 어떤 음식점이 인기를 얻으면 그 주변 음식점이 온통 자기들이 진짜 원조라며 난리를 피우지 않던가? 어디 방송에라도 한 번 나왔다면 상태는 더 심하다. 이를테면 어떤 집이 KBS에 방영됐다고 간판 옆에 광고라도 하게 되면 그 동네 전체가 따라 하는 것은 물론 심지어는 'KBS에 방영될 집'이라며 재치를 피우는 집도 있을 정도니까. 아류 또는 모방자를 영어로는 고대 그리스 전사자의 아들이라는 뜻의 '에피고넨(epigonen)'이라고 한단다. 즉, '나중에 태어난 자'이니 뒤늦게 시작했으면 부전자전처럼 아버지를 닮을 게 아니라 천편일률적인 이미테이션을 탈피해 독창적인 방법으로 차별화를 해야 하지 않을까?

애인의 변심에 한을 품은 어떤 여자가 성행위 도중 날카로운 면도칼로 남자의 귀두를 싹둑 잘라버리는 사건이 발생했다. 확실한 아류였다. 일부함원(一婦含寃)이면 오월비상(五月飛霜)이라더니 여자의 한을 극명하게 표현한 방법이었던 것 같다.

귀두가 없이도 성행위와 사정(射精)이 가능한지에 대한 논란도 끊이지 않았다. 내가 의사나 그런 쪽의 전문가가 아니기 때문에 의학적으로 설명할 수는 없지만, 적어도 내가 보는 견지에서는 둘 다 불가능하다고 생각한다.

일단은 성기의 크기에 따라 우월성을 갖는 보통 남자들의 심리 면에서 보면, 1/3 정도 싹둑 잘려 나간 성기를 노출해야 하는 성행위는 결코 가능할 수 없을 것이다. 킬로그램당 고가에 팔리고 있는 송이버섯이 머리가 없다고 상상해보시라. 자연이 내린 최고의 선물이라는 그 송이가 제 값을 받을 수 있을지. 그냥 쉽게 생각하자. 어떤 생명체에 대가리가 없으면 어떻게 될까? 한마디로 대가리가 없는 성기가 과연 제 기능을 할 수 있을지는 상상에 맡기겠다.

쾌감의 결정체라고 할 수 있는 지각세포가 없어졌는데 자극이 가능할지에 대한 부분도 의심의 여지가 없다. 피스톤 운동을 통해 귀두가 자극을 받아야 사정이라는 오르가슴을 맛볼 수 있는데 그게 불가능하기 때문이다. 이들의 유일한 방법은 오랫동안 정액이 저장된 후 자연적으로 흘러내리는 몽정(夢精) 정도나 가능하지 않을까? 결국은 꿈에서나 가능하다는 얘기가 될 것이다.

사정을 할 수 없는 고통을 또한 상상할 수 있는가? 조루(早漏)보다 지루(遲漏)가 더 힘들다고 들었는데, 이건 아예 쏟아낼 수 없는 불루(不漏)이니 더 말해서 뭐하랴. 사춘기 시절 『소녀경』이라는 중국 고전에서 접이불루(接而不漏)라는 대목을 읽은 기억이 난다. 섹스 테크닉을 얘기했던 것으로 교접은 하되 사정은 하지 말라고 했는데 결코 동감하지 않는 부분이었다. 오르가슴을 느끼지 말라는 뜻이었으니까 말이다. 아무튼 우리의 의도는 육체적인 것보다는 평생 상상 속의 섹스만 해야 하는 천형(天刑)을 받게 하는 것이었다. 그냥 단순히 귀두를 잘라 사회에 경각심을 주는 단순 행위가 아니라 이만큼 심오한 뜻이 내포됐다는 뜻이다.

경찰 총수는 하루 빨리 범인을 검거해 국민의 불안을 해소하라며 연일 수사진들을 다그치고 있었고, 수사본부에서는 피해자들의 진술을 토대로 범인의 몽타주를 작성해 현상 수배를 한다고 하는 걸 보니, 정말 세간의 이목을 끈 빅뉴스인 것만은 확실한 것 같았다. 현상수배? 어느 서부영화를 보니까 자신들의 형편 없는 몸값에 불만을 품고 더 범행을 저지른 걸 본 적이 있었다. 범행 횟수에 비례해 현상금도 자꾸 높아져갔다. 범인들의 오기나 자존심이라고 표현할 수도 있겠지만 그런 경우엔 상당히 팬들의 시선을 의식한다고 봐야 한다. 현상금의 크기만큼 세상의 주목을 받을 수 있으니까. 우리의 몸값은 얼마나 될까? 처음엔 세인을 의식하지 않고 묵묵히 우리 일만 하려고 했지만 그런 기대는 진작에 포기했다. 워낙 독특한 방법으로 세상을 겁주고 있으니까 뉴스거리인 것은 확실한 것 같았다.

그나저나 우리의 초상화는 어떻게 그려질까? 우리의 정체를 알고 있는 목격자라도 나타났는지, 아니면 주인공들 누가 우리 얼굴이라도 봤다는 말인지? 봤다면 어둠 속에서 명치를 느닷없이 얻어맞고 정신 없는 상태에서 얼핏 봤을 텐데, 과연 몽타주가 제대로 나올지도 의문이었다. 우린 그냥 신경 안 쓰고 즐기는 기분으로 지켜보고 있어도 될 듯했다.

# 제6장

# 양귀비꽃보다
# 더 붉고 고와라

아이가 죽고 나서 넋이 빠져 있던 아내가 어느 날 집을 나갔다. 딸아이를 가슴에 묻은 후 아내가 밥을 먹는 걸 보지 못했다. 아내는 실성한 사람처럼 멍하니 허공을 쳐다보다가 어느 순간엔 침대에 얼굴을 파묻고 심장에서 피를 토하듯이 절규하며 울곤 했다. 가시나무새가 죽을 때 제일 날카로운 큰 가시에 심장을 깊게 박으며 세상에서 가장 슬픈 울음을 운다고 했던가? 그럴 때면 아무 말도 없이 아내를 부둥켜안고 있었는데……. 화장기 없는 아내의 얼굴은 창백했고 머리를 언제 감았는지 머리카락도 넋이 나가 있었다. 여자의 행복은 얼굴을 가꾸는 데 있다고 누구한테 들은 기억이 있지만 아내는 이미 여자로서의 그런 행복을 진작 포기했으니 생활이 말이 아니었다. 그저 하는 일이라고는 거의 하루 종일 딸아이 방에 머문다는 것 말고는 없었다.

내가 그 일 이후 집에 처박혀 지내는 동안 아내와 한마디도 나눈 기억이 없었다. 아이 방을 정리하면서 아이의 소지품을 버리려고 했을 때 "절대 안 돼. 버리지 마."라고 했던 게 아마 대화의 전부였던 것으로 기억한다. 아내는 아이와 관련된 물건은 하나도 버리지 못하게 했다. 장롱 속 옷가지 등을 매일 어루만지고 가지런히 정리하곤 했는데 한번도 그 방에서 무언가를 버린 적이 없었다.

부모 가슴에 대못을 박는다더니 그 말이 딱 맞았다. 가슴이 얼마나 아픈지 심적 고통이 가슴이 찢어지는 육체적 고통으로 이어졌다. 남자인 내가 그래도 중심을 좀 잡아야겠다고 태연을 가장해 이것저것 집안일을 해봤지만, 금세 일이 손에 잡히지 않고 발코니에 서서 맥없이 바깥을 쳐다보는 일이 잦아졌다. 그래도 산 사람은 살아야지 않겠느냐며 억지로 텔레비전도 켜보고 커피도 타주기도 했으나 화면이 눈에 들어올 리도 없고 커피 향이 느껴질 리도 만무했다.

하루 종일 할 일이 없었다. 그간 딸아이라는 매개체를 통해서 부부가 뜻을 같이한 경우도 많았지만, 통나무의 가운데 토막이 갑자기 싹둑 잘려 사라진 것처럼 우리 사이에는 보이지 않는 커다란 강이 생긴 것이다. 새끼의 존재가 얼마나 크고 소중한 건지는 결혼을 해서 자녀를 키워보지 않은 사람은 모른다. 새로운 용어를 지어서 우리 사회에 통용시킬 수만 있다면 부부(夫婦)라는 말을 자녀가 가운데에 존재하는 부자부(夫子婦)로 바꿔 부르고 싶었다. 결국 이 말은 부부 사이에 자녀가 없다면 부부의 존재 또한 성립이 안 되고 의미가 없다는 뜻이다. 진짜 슬하에 자녀가 없는 사람들은 그냥 부부로, 자녀가 있는 사람들은 부자부로 불러야 될 것 같다.

그렇게 살얼음판을 걷듯이 긴장과 침묵이라는 무거운 분위기 속에서 하루하루가 흘러갔다.

사람이라는 게 참 간사했다. 아버지라는 게 어떨 땐 너무 부끄럽기도 했다. 새벽마다 속없이 발기되는 것도 부끄러웠지만 배고픔을 이기는 장사 없다고 했는데 굶주림 앞에서는 그 어떤 장애물도 견딜 수 없는가 보다. 식음을 전폐하지는 않았지만 가끔 텅 빈 위 속에 죽지 않을 만큼만 뭔가를 채웠던 것으로 기억한다. 한 번은 참을 수 없는 허기의 고통에 그만 몇 공기나 밥을 먹어 치웠는지 모른다. 다 먹고 나니 아내 보기가 참 미안했다. 그런데 나 자신에게도 부끄럽고 미안했던 것은 허겁지겁 밥을 먹을 동안엔 정말 딸아이 생각을 하지 않았다는 것이다. 같은 부부라 하더라도 배 아파서 낳은 엄마보다 아빠가 자식에 대한 애정이 부족한 걸까?

사람들은 아무 생각 없이 아이들에게 묻곤 한다.

"너, 엄마가 좋아, 아빠가 좋아?"

이것처럼 바보 같고 난처한 질문은 없다고 생각했던 사람이다. 왜 꼭 그렇게 양자택일을 하도록 강요하는 것일까? 어린아이는 엄마와 아빠 사이에서 어린 마음에 얼마나 눈치를 보고 갈등을 할까? 영악한 아이는 그래서 '다 좋아'로 위기를 넘기지만, 그렇지 않고 어느 한쪽의 손을 들어주면 다른 한쪽 부모는 솔직히 서운한 면도 없지 않아 있을 것이다. 나도 그랬으니까. 허겁지겁 밥을 먹으면서 우리 딸아이 생각을 잠시나마 허기에 빼앗긴 나는 당연히 선택의 대상에서 탈락이 돼야 하는 낙제점 아빠였던 것이다.

거의 보름 만에 집 앞 가게에 나갔다. 머리는 대충 빗어 넘겼지만 깎지 않은 수염이 얼굴을 뒤덮었다. 그간 거울을 제대로 보지 않았구나. 언젠가 회사를 그만두고 자유로운 상태가 되면 그때 머리와 수염을 한 번 길러봐야겠다고 했는데…… 한 번은 동네 미용실에서 커트를 하다가 그런 얘기를 했더니, 남자는 단정해야 더 매력이 있고 그런 지저분한 수염을 좋아할 여자가 없으니 꿈 깨시라며 주인이 웃으며 얘기했다. 하기야 머리를 기르면 자기네들 밥그릇이 줄 텐데 어떤 미용실 주인이 그걸 반기랴.

엘리베이터의 거울을 보니 그리 썩 지저분해 보이지는 않았다. 얼굴을 이리저리 돌리며 수염도 쓰다듬어가며 품평회를 잠시 해봤다. 그러다 문득 찾아오는 나의 이 한심함이여!

며칠이 더 흐른 후 우리 딸아이를 진짜 우리 곁에서 보내줘야 했다. 서류상 이별! 사망 신고를 했다. 생리적으로는 호흡과 심장의 고동이 영구히 정지하는 것을 사망이라고 했다. 생활 기능이 절대적·영구적으로 정지함으로써 권리능력이 상실되는 걸 법률적 사망이라고 잘도 정의해 놓았다. 유감스럽게도 그걸 서류로 증명해야 하는 것이 사망신고였다.

우리 아이가 내 호적에서 제적되다니……. 꼬박 이틀 동안 이어진 산고 끝에 태어나서 이 녀석 명줄도 길겠구나 했던 아이인데, 내 손으로 출생신고도 하고 그 마무리도 내 손으로 하게 됐다. 이제 남은 건 마음으로도 보내주는 것이었지만, 그건 내가 죽어야 끝이 날 것이다.

대단한 결심이라도 필요한 양, 동사무소에 가기 전 수북이 얼굴에 자라 있던 수염을 말끔히 정리했다. 여자가 마음의 큰 변화가 있을 때 머리를 자르는 현상과 같은 걸까?

이제 우리 집 호적등본을 뗄 때마다 두 가닥 줄이 그어진 우리 아이를 볼 것이다. 내 호적초본을 떼보면 내 이름 위에 나를 낳아준 부모 이름이 나온다. 선친은 작고했기에 이름 앞에 망(亡)이라는 글자 한 자가 더 추가해서 기록돼 있다. 그런 것도 초본을 뗄 때마다 마음이 안 좋았다. 부모는 이렇게 시퍼렇게 살아 있는데 자식은 죽음의 검은 띠로 싸여 있는 이런 거꾸로 된 서류를 앞으로 떼야 하는구나. 하지만 이런 서류를 발급받을 일은 없을 것 같았다. 호적등본을 어디에 제출할 일이 내 인생에선 아마 더 이상 없을 듯하니까.

행여나 뭐라고 자꾸 물으면 어떻게 할까 하고 걱정했는데 다행히 동사무소 직원은 무덤덤하게 사무적으로 일을 처리했다. 오히려 사무적인 것이 편할 때가 훨씬 많았다. 어줍잖게 위로나 한마디 거든다고 나섰다면 정말 힘들었을 것이다.

회사에 들러 사직서를 썼다. 아이를 찾아 다니면서 연차휴가를 다 써버려 휴직을 했다. 상사는 다른 일도 아니고 자식을 잃어버렸는데 아무 걱정 말고 정리되면 돌아오라고 했지만 더 이상 부담을 줄 수는 없었다. 회사에 대한 부담도 부담이지만 사실은 우리 딸아이에 대한 부담이 더 컸기 때문이었다. 사람들은 당분간 내 상태를 이해하려고 하겠지만 일이 손에 안 잡힐 것은 뻔한 일일 테고, 그러다 보면 실수를 하거나 성과를 내지 못하는 등 업무에 지장을 줄 것이다. 이유야 어떻든 결국 우리 딸아이가 그 원인으로 지목될 게 뻔했다. 그렇게 되면 어느 순간 권고사직을 당하거나 어디 지방 멀리 내쫓겨 사표를 쓸 수밖에 없는 상황 등 좋지 않은 이미지로 회사를 그만둘 수도 있다. 물론 모든 걸 잊기 위해 더 물불 안 가리고 열심히 일할 수도 있을 것이다. 하지만 그것보다는 우리 딸아이를 사람들의 그런 시선 속에서 지켜주고 싶었다. 또한 인생 자체에 대한 목표와 의욕이 없어진 마당에 구차하게 밥벌이를 하고 싶지도 않았다.

상사에게 사표를 제출했는데 고맙게도, 아주 감사하게도 일언반구 없이 고개를 끄덕이며 사표를 받아줬다. 솔직히 빈 말이라도 한번쯤 만류할 줄 알았는데 역시 회사는 냉정한 곳이었다. 사표를 많이 기다리고 있었다는 뜻이었으나 그렇다고 크게 서운하지는 않았다.

구석진 자리로 옮겨진 먼지 쌓인 내 책상 서랍에서 개인 소지품을 정리하는 동안 사무실에는 정적만이 흘렀다. 나를 의식하고 있는 게 틀림없었다. 오히려 이런 게 좋았다. 동사무소 직원도 그랬지만, 억지로 위로한답시고 가식적인 어떤 액션을 취하는 것보다 그냥 아무 말 없이 모르는 체 시선을 외면하는 이런 상태가 차라리 홀가분했다.

사내 메일함을 열어 그간 너무 감사했고 모든 분에게 행운과 건승을 바란다고 마지막 인사를 남긴 후 몇몇 사람과 악수하고 헤어졌다. 내 사내 메일 계정도 사표 수리와 함께 삭제될 것이기에 내가 남긴 인사에 대해 혹 누군가 답장을 한다 해도 더는 볼 수 없을 것이다. 모든 게 다 정리되는 느낌이었다.

사무실 문을 나설 때는 만감이 교차했다. 회사에 동기들보다 몇 살 더 먹은 상태에서 뒤늦게 입사하고 그 이듬해에 딸아이를 낳았으니까 거의 우리 딸과 나이를 같이한 회사 경력이었다. 그 나이에 회사를 그만 두면 재취업하기도 험난한 시기에 아내와 상의도 하지 않고 회사를 그만둔 내가 조금 무책임하게는 느껴졌지만 후회하지는 않았다. 그 상황에서 일은 내 인생 우선순위에서 한참이나 뒤로 밀려있었다. 그렇다고 딱히 다른 어떤 것이 우위를 차지하고 있지도 않았다. 어떤 카피라이터의 글을 보니까, 그 사람의 취미는 멍청히 지나가는 사람을 쳐다보는 것이라고 했던데 나 또한 멍청히 하루하루를 보낼 것 같았다. 아무 생각이 없었다는 말이다. 한마디로 코쿤이었다.

시내 몇 군데에서 다른 일들을 처리하고 저녁 무렵 집에 돌아왔더니 집이 텅 비어 있었다. 이 사람, 이제 좀 괜찮아져서 미용실에라도 갔나 하고 신경 쓰지 않고 있었는데 밤이 늦도록 연락이 없었다. 휴대폰, 지갑 등 필수 소지품은 그대로 다 제자리에 있었지만 그 소지품의 주인이 돌아오지 않고 있었다. 평소 아내가 있어도 텅 빈 분위기였는데 그나마 나 혼자 있자니 더 쓸쓸하고 공허한 느낌이었다. 덜컥 걱정이 앞섰다. 마음의 상태는 말할 것도 없었고 그간 먹지도 못해 휙 바람만 불어도 넘어질 상태였거늘 이 늦은 시간까지 연락도 없이 어디에서 무얼 하는지…….

그 늦은 시간이 5년이 지난 지금까지 이어지고 있다. 어디에서 변사체라도 발견됐다는 뉴스가 나오면 가슴 한 켠이 쿵 하고 무너지는 소리가 났다. 실제 변사체가 보관돼 있는 병원 영안실도 경찰의 요청으로 몇 번 확인 차 갔었다. 아내를 찾아 우리나라 구석구석 다녀보지 않은 곳이 없었다. 전국의 정신병원이나 요양소, 노숙인 쉼터, 무슨 여성 센터 등은 당연한 거였고 사찰이나 암자 등 산 속 깊은 곳까지 발길 닿는 대로 찾아 다녔다. 내 팔자도 참 기구했다. 아이 찾느라 헤맸던 온 나라를 마누라 찾아 헤매고 다녔으니 말이다.

찾는 데는 난 참 젬병이었다. 초등학교 시절 어디로 소풍 가서 보물찾기라도 할 때면 한 번도 보물을 찾아 득의양양 해본 적이 없었으니까. 길 찾는 것도 젬병이었다. 지금에야 차량 내비게이션이 발달하다 보니 그래도 제법 손쉽게 찾을 수 있지만, 어떨 땐 잘못된 내비게이션의 안내로 목적지를 코앞에 두고도 그 근처를 몇 번이나 뱅뱅 돌았는지도 모른다.

아내는 실종선고를 받은 상태다. 부재자의 생사가 5년 이상 분명하지 않아 법원이 일반실종으로 판결했기 때문에 사실상 아내는 이 세상 사람이 아닌 것이다.

한 건실한 가정의 파멸! 난 누구에게 이 책임을 물어야 하는가? 교회 문턱에도 안 가봤기에 신에게 물을 수도 없다. 루마니아의 작가 게오르규는 설령 메시아가 강림한다 해도 결코 구제될 수 없는 시간을 25시라고 했던데, 그 소설 속의 주인공인 선량한 농부 모리츠가 어찌

나보다 더하랴? 어찌 모리츠의 절규가 나보다 더 깊고 절실할까? 모리츠야 꼬일 대로 꼬여 풀리지 않는 자신의 개인 운명이 한탄스러웠겠지만 차라리 그럴 수만 있다면 그 운명과 뒤바꾸고 싶은 심정이었다. 나는 25시가 아니라 아예 시간 자체 개념을 잃어버린 상태였던 것이다.

언젠가부터 내 가슴 속엔 단단한 돌멩이 같은 게 자리잡고 있었다. 응어리인가? 어떨 땐 숨도 제대로 쉴 수 없어서 주먹으로 사정없이 막 두드려야 겨우 가쁜 숨을 내쉴 수 있었다. 밥을 먹을 때에도 가끔씩 식도가 꽉 막힌 것처럼 넘어가질 않아 역시 가슴을 쳐야 겨우 넘길 수 있었다. 종양인 것 같기도 하고 진짜 악성종양이어도 달게 그 운명을 받아들일 수 있을 것 같은데, 차라리 진짜 그랬으면 좋겠다.

아, 난 누구에게 이 맺힌 한을 풀어야 하는가?

우리 집을 이렇게 산산이 파탄 낸 작자야, 도대체 넌 어떤 인간이냐?

왜 그 많고 많은 사람 중에서 하필이면 우리 딸이었느냐?

도대체 우리 집과 무슨 원한이 있기에, 우리와 도대체 어떤 악연이었기에 그랬느냐?

지금 어디에서 희희낙락하며 하루 밥 세끼씩 꼬박꼬박 처먹고 있느냐?

정말 넌 어떤 놈이냐?

너도 새끼를 키우느냐?

너도 사랑하는 아내가 있느냐?

너도 꼬집으면 아프더냐?

어떤 위인인지, 제발 네 얼굴이라도 봤으면 좋겠다.

왜 그랬는지, 어떻게 우리 딸을 죽였는지, 죽으면서 남긴 말은 없었는지, 얼마나 고통스러워했는지…….

재호의 말이 공감이 갔다. 재호가 언젠가 그랬다.

"증오요? 대상이 있어야 죽이든 살리든 하죠. 아니 살려줄 테니까 제발 누군지 알았으면 좋겠어요. 정 어려우면 꿈에서라도 나타나줬으면 좋겠는데…...."

어찌 그렇게 재호는 내 심정을 그렇게 훤히 꿰뚫고 있었는지, 동병상련이 딱 맞는 표현인 것 같았다.

열다섯 살 중학교 2학년, 한참 꿈 많은 소녀였다, 우리 딸아이는……. 청출어람(靑出於藍)이라고, 제 엄마를 빼어 닮아 예뻤고 명랑하기 그지 없었던 우리 딸. 사춘기에 접어들고부턴 말수가 조금 줄어들긴 했지만 여전히 아빠 앞에선 애교 덩어리였다. 정해진 용돈의 두 배를 받을 정도로 얼마나 애교를 떨었던지. 딸을 키워본 사람들은 잘 알 것이다. 아들 녀석은 커가면서 수컷 행세를 하느라 거칠어지고 무뚝뚝해지기도 한다는데 딸은 커가면서도 앙증맞기 이를 데가 없었다. 아빠한테는 언제나 반말이었다. 하지만 왜 반말도 귀에 거슬리지 않는 그런 반말 있잖은가?

"아빠야, 나 그런 거 하나 사쥐라, 응?"

뭐 갖고 싶은 거 있으면 항시 이런 식이었다.

억지로 뭔가를 시키면 꿈쩍 않고 있다가 다그치면 그때서야 알랑방귀를 뀐다.

"에이 아빠야, 나 그거 하기 싫다. 아빠가 대신 해줘라."

술 한 잔 하고 늦게 귀가하는 날이면 여지없이 제 방에서 강아지와 함께 쪼르르 달려나와 내 입에서 킁킁 술 냄새를 맡고선 앙증맞은 잔소리를 늘어놓는다.

"아빠, 또 술 먹었구나? 에그, 술쟁이! 술 좀 작작 마시지 않고. 나 클 때까지 술 좀 아껴 놔야지 아빠 혼자 다 먹으면 어떻게 하니?"

"이년, 아빠한테 말버릇 좀 봐." 하고 눈을 흘기면,

"아빠는 다 큰 처녀한테 이년이 뭐냐?" 하고 또 앙증스럽게 말대꾸를 한다.

어릴 적에는 뽀뽀도 입술이 닳도록 해줬는데 처녀 문턱에 있는 나이인지라 그건 생략된 지 한참 됐다.

그런 아이였다, 우리 딸아이는 갓 피어난 양귀비꽃처럼 곱디고운 아이였다. 강아지를 제일 예뻐하고 강아지 또한 딸아이를 제일 잘 따랐다. 강아지는 우리 세 식구가 같이 있으면 항시 딸아이 옆에 엉덩이를 붙이고 앉아 내가 불러도 쳐다보지도 않았다. 강아지 눈에 자기보다 서열이 제일 낮은 사람은 다름 아닌 아내였다. 아예 아내의 존재를 무시하려고 작정이나 한 듯 통 아는 체도 안 했고, 문 밖 출입을 하게 되면 외부인인 양 짖어댔으니 아내의 사랑을 애초부터 포기한 녀석이었다. 아이가 없어졌을 때 제일 힘을 못 썼던 녀석 또한 강아지였다.

동요의 가사처럼 우리 집 강아지는 복술 강아지는 아니었다. 제일 흔한 요크셔테리어 종류였는데, 약간 잡종 기가 있어서 덩치가 다른 강아지에 비해 컸다. 이 녀석도 참 파란만장한 삶을 살고 있었다. 딸아이 생일선물로 입양한 지 10년이 훨씬 넘었으니까 사람 나이로 치면 60세 정도 되는 할머니 강아지였다. 처음 우리 식구와 함께 2년 정도 같이 살다가 사정상 딸아이 고모 집으로 보낼 수밖에 없었는데, 우리와 헤어질 때 첫 새끼들과도 헤어졌으니 주인 잃고 새끼 잃고 참 많이 힘들었을 것이다. 평소 고모한테 전화 한 통 하지 않던 딸아이가 틈만 나면 고모한테 전화해서 강아지 좀 바꿔달라고 하면, 고모는 전화 수화기를 강아지 귀에 대줬단다. 그럴 때면 무슨 이산가족이라도 만난

양 전화기에다 반갑게 강아지 이름을 부르기도 하고 말도 되지 않는 여러 얘기들을 했다. 아이 고모 집에서 세 번째인가 출산을 하다가 잘못 돼 새끼는 다 잃고 겨우 제 목숨만 건졌다. 그 뒤론 새끼와 비슷한 신발 같은 거만 보면 부리나케 제 집에다 물어다 놓았는데, 우리 집에 다시 와서도 그 버릇은 버리지 못했다. 강아지도 자기 새끼에 대한 애정이 그럴진대 내 처지를 생각하니 강아지가 정말 안쓰럽다는 생각을 많이 했다.

거제도에서 배를 타고 외도에 갔었다. 한 개인이 사재를 털어 섬 전체를 사들여 낙원처럼 멋지게 꾸민 외도에서 양귀비꽃을 봤다. 아니, 양귀비를 이런 데에서 재배할 수 있나 하고 깜짝 놀라 확인해보니 관상용 양귀비였다. 중국 4대 미인 중의 하나였다던 양귀비의 자태가 얼마나 고왔으면 꽃 이름을 아예 양귀비로 지었을지 상상이 갔다.

"양귀비꽃이 제 아무리 빼어나다 해도 우리 공주님보다 나을까?"

"역시 아빠는 사람 보는 눈이 있단 말이야." 하고 까르르 웃으며 좋아했다.

양귀비를 얘기하고선 사실 좀 후회했다. 양귀비의 말로가 좋지 않았기 때문이다. 아무리 양귀비가 경국지색이었다 하더라도 어떻게 자기 아들의 아내, 즉 며느리를 탐할 수 있었는지 당나라 현종의 인륜을 저버린 부도덕을 탓하고 싶지는 않다. 다만 사랑에 빠진 사람은 그럴 수 있다고 천 번 양보해서 그것까지는 용인한다 하더라도, 그렇게 어렵게 쟁취한 사랑을 끝까지 지켜주지 못하고 결국은 쉬이 죽게 만들었으니 현종의 무능과 무책임을 탓하는 것이다.

"너 양귀비가 누군지 아니?"

"에이, 아빠는 나를 어떻게 보고 그래? 세상에서 제일 예쁘다는 여자 이름 아냐?"

"양귀비의 본명은 양옥환이란다. 이름은 별로이지? 여자 이름이 옥환이가 뭐냐, 촌스럽게. 황제가 귀비(貴妃)라는 직책을 내려 양귀비가 된 거야. 지아비를 버리고 결국은 시아버지의 아내가 됐지만, 아무튼 출세한 거지."

"그래서?"

딸아이도 여자이기에 아름다움에 대해선 관심이 많은 것 같았다.

"세상에서 제일 예쁜 꽃이 있는데, 그 꽃 이름도 양귀비를 따서 양귀비꽃이라고 한단다. 그런데 그 양귀비꽃에는 수많은 사람의 영혼을 빼앗을 수 있는 아편이 들어 있지. 결국은 양귀비라는 여자도 아편처럼 황제의 눈과 영혼을 빼앗은 셈이야. 그러니 속뜻은 썩 좋은 게 아닌 것 같다. 그러니까 아빠가 우리 공주님을 양귀비에 비유한 것은 취소다, 취소!"

"에이, 뭐 그런 게 다 있어? 나도 그쯤은 알아. 그냥 예쁘면 됐지. 괜찮아."

그렇게 양귀비에 관해서 얘기했다.

어쩌다 고깃집에서 외식이라도 할 때면 상추쌈 가득 싸서 아빠 입에다 먼저 넣어주고 나서야 먹던 아이였다. 그런데 꼭 먼저 약을 올렸다.

"자, 아빠야! 입 벌려봐."

내가 입을 벌리면 넣어줄 듯하다가 잽싸게 자기 입으로 되가져가 나를 민망하게 했다.

"이년, 아빠 놀리면 못쓴다."

또 까르르 웃곤 했다.

"너 시집 가서 네 신랑한테 만날 이렇게 싸줄 거니?"

"당연하지. 아빠 그걸 말씀이라고 합니까?"

"어이쿠, 우리 공주 철들었네. 아빠한테 존대를 다하고."

모처럼 아내가 한마디 거들었다. 아내는 항시 말이 없이 조용한 편이었다. 거의 우리 둘의 대화를 빙그레 웃으면서 듣기만 했다.

언젠가 아내한테 물어봤다.

"왜 당신은 말 한마디 안 해?"

"왜요? 난 말 안 해도 좋기만 한데. 꼭 말이 필요하지 않을 때가 많아요."

그런 내성적인 아내였으니 그 충격을 받아들이기가 어쩌면 불가능했을 것이다. 내성적 인간이라는 것은 에너지가 안으로만 향하는 사람일 터. 밖으로 표출되지 못하고 안에서만 끌어안고 있어야 하니, 다른 유형의 사람들이 보면 답답하게 느껴질 수도 있다. 그만큼 내성적 인간들이 받아들이는 감도는 더 크게 느껴지리라.

대신 아내는 아주 섬세했다. 딸아이의 심중이나 그날의 기분 등을 참 잘 헤아려줬다. 나와도 크게 부딪힐 일이 없을 정도로 알아서 모든 걸 다 해줬고, 어쩌다 싫은 소리라도 하면 소리 없이 웃고 넘겼다. 오히려 내가 미안해질 때가 많았다. 한마디로 아내를 표현하자면 전형적인 현모양처 스타일이라고 해도 틀린 말이 아닐 것이다. 요즘 현모양처라고 하면 여성단체나 여권논자들이 벌떼처럼 달려들지 모르겠으나, 그렇다고 억지로 다르게 표현할 마땅한 단어도 생각나지 않기 때문에 시비 걸지 않았으면 좋겠다.

여름방학이 막 끝나갈 무렵 개학을 며칠 앞두고 예비소집인가 한다고 나갔던 아이가 돌아오지 않았다.

"네 언니는 어디 가고 너 혼자만 나왔니?"

조금 늦게 퇴근했더니 딸아이 대신 강아지만 쪼르르 달려 나왔다. 엘리베이터 소리만 나면 언제나 현관 앞에서 마중 태세를 갖추고 있던 강아지이기에, 딸아이가 아닌 나의 등장으로 조금은 실망했겠지만 그래도 나는 반겨주는 축에 들었다.

"우리 공주님은 어디 갔어?"

아내의 표정도 근심이 가득 차 있었다.

"글쎄요, 얘가 이렇게 늦어본 적이 없었는데. 전화도 안 받아요."

"이 녀석, 늦으면 늦는다고 전화 한 통 할 것이지. 평소 안 하던 짓하고 있네. 오랜만에 친구들 만나서 놀고 오는 모양이지 뭐. 조금 기다려 보자고."

내심 아내보다는 나를 안심시키기 위한 말이었지만 솔직히 불길한 예감이 들었다. 확실히 뭐라고 단정지어 표현할 수는 없었지만 분명 좋지 않은 불길함이 온몸 전체로 확연히 느껴졌다.

'우리 공주님, 이제 성으로 돌아오실 시간입니다. 어서 납세요'

문자를 보냈는데 역시 답장이 없었다. 문자를 보냈는데도 답장을 안 하는 것을 요즘 아이들은 '문자를 씹는다'고 표현했다. 우리 딸아이한테 문자가 왔다. 바쁘기도 했지만 굳이 답장을 보낼 정도의 내용도 아니어서 잊고 있었는데 한참 후 '아빠 왜 문자를 씹어?' 하고 와서 그 의미를 알았다.

'너 왜 아빠 문자를 씹니?'

다시 애한테 문자를 보냈는데도 역시 답이 없었다. 여기저기 전화해보고 선생님한테 해보고 친구의 친구한테 해보고 아이 고모한테도 해보고 아이 할머니한테도 해보고 우리가 알 수 있는 번호는 하나도 빼지 않고 전화를 해봤다. 행여나 엘리베이터 문이 열리는지, 청각이 발달한 우리 강아지가 먼저 기척을 하는지, 밖에 나가서 서성이다 돌아오기를 몇 번이나 반복했는지 몰랐다.

시간이 지날수록 불안감과 불길함은 거침 없이 증폭됐고 그 크기도 자꾸 비례해서 쌓여갔다. 안절부절못하는 상황이 계속됐고 참다 못해 새벽 두 시를 넘겨 지구대에 신고를 했다. 사실은 더 일찍 신고를 하고 싶었지만 그런 최악의 상황은 가정하고 싶지 않아서 희망을 갖고 기다렸다.

경찰관에게 하소연을 했다. 학교에 간 우리 딸아이가 지금까지 돌아오지 않는다고. 학교에 알아봤는데, 오늘 예비소집에도 오지 않았다고. 지금까지 한 번도 이렇게 늦은 적이 없었다고……

새벽 두 시의 지구대는 아수라장이었다. 취객의 소동이 계속되고 있는 가운데 싸우다가 연행된 사람들이 아직도 분이 안 풀렸는지 지구대 안에서 삿대질을 해가며 2라운드를 벌이고 있는 등 정말 난장판이 따로 없는 듯했다.

민주화된 사회에서 사람들은 공권력 무서운 줄을 잘 모른다. 취했다는 것 하나만 믿고 경찰의 멱살을 잡지 않나, 지구대의 기물을 파손하지 않나, 아주 겁을 상실한 사람들이 많은 것 같았다.

따지고 보면 쥐뿔도 없는 사람들이 허세를 부린다. 즉시 공무집행방해죄며 기물 파손죄로 수갑을 채워 유치장에 수감한 후 입건을 하게 되면 그때서야 똥줄이 타서 안달인 사람들이 대부분인데 말이다.

취한 게 무슨 버슬인가? 법원에서도 취한 상태에서의 범죄는 형량을 감경한다고 들었는데 참 웃기는 세상이다. 언제부터 우리 사회가 이렇게 취객에게 관용과 아량을 후하게 베풀었는지……. 그렇다면 음주운전 단속도 하지 말아야 한다. 취객에게 단속이라니 언어도단 아닌가? 법원의 논리대로라면 음주운전에 적발돼 100일 면허 정지 사유일 경우 취한 상태를 충분히 감안해서 50일로 줄여주던가 해야 하는데도 여지없이 그대로 적용하는 걸 보면, 그 잣대도 일률적이지 못하고 자기들 마음대로인 것 같다.

보통 사람들이 고이 잠들어 있는 이 시간에도 잠 못 이루는 사람들이 참 많은 것 같았다. 낮과 밤을 바꿔서 생활하는 사람들도 많겠지만, 이렇게 또 다른 면이 있는 밤의 세계에서 주인공 행세를 하려는 사람들도 적지 않은 것 같았다.

그 소란한 틈새에서 우리 딸아이의 인적 사항 및 인상착의 등 몇 가지 물어보고선 일단 신고가 접수됐으니 조금 기다려보잖다. 최근 부모한테 크게 혼난 적이 있느냐고도 했고 남자 친구가 있느냐고도 물었으며 요즘 이상한 낌새는 또 없었는지도 물었다. 주변에 무슨 원한을 산 일이 있었느냐고도 물었다. 그러면서 커가는 아이들은 한 번쯤 연락 없이 그럴 때도 있으니 너무 걱정 말고 기다리라고.

날을 꼬박 샜다. 세상에서 제일 미운 놈들은 이런 상황에서 밤늦게 문자를 찍찍 보내는 사람들이었다. 반가운 마음에 얼른 핸드폰을 열어보면 대출 받아가라는 스팸 문자거나 비아그라 판매 문자였으니, 정말 쫓아가서 패 죽이고 싶었다.

선친이 작고할 무렵에도 그랬다. 곡기를 끊으신 선친의 상태가 안 좋아 형과 내가 교대로 병상을 지키고 있었는데, 내가 집에 있는 날 밤늦게 전화벨이 울리면 쿵 하고 가슴 한쪽이 무너지곤 했다.

"밤늦게 죄송한데요, 거기 누구네 집 아니에요?"

정말 미칠 뻔했다. 그 심야에 자는 사람을 죄다 깨워놓고선 밤늦게 죄송하단다. 더구나 어떤 상황에 처해 있는지도 모르면서 말이다. 그래서 지금도 밤늦게 연락하는 사람이 제일 밉다. 솔직히 그 늦은 시간에 연락하는 사람치고 좋은 일로 연락할 사람은 하나도 없기 때문이다. 심야에 실례를 무릅쓰고 전화할 정도라면 당연히 무슨 사고를 쳤거나 다쳤거나 급히 돈이 필요하거나 경찰에 붙잡혀갔거나 뭐 이런 일일 테니까 말이다.

뜬눈으로 아침을 맞이한 후 애써 태연을 가장하며 아내를 위로하고 출근길에 올랐다.

"이 녀석, 들어오면 당신이 야단을 좀 쳐. 오늘 중요한 일도 많은 데 그 녀석 때문에 잠 한숨 못 자 컨디션이 영 말이 아니네. 아, 참 고년……."

당연히 일이 손에 잡힐 리가 만무했다. 이제나저제나 아내한테 전화 오는지, 딸년한테 죄송하다고 문자 오는지 하루 종일 핸드폰만 만지작거렸다. 점심 때에도 밥을 먹는 둥 마는 둥 했고 일도 하는 둥 마는 둥 했다.

누군가를 이렇게 하염없이 기다린다는 게 얼마나 속이 타는 줄 아는가? 옛날엔 그래서 기다리다 못해 돌이 된 사람도 많았나 보다. 얼마나 사무쳤으면 돌이 다 됐을까? 무슨 망부석(望夫石)이라는 돌을 보면 그 사연이 가볍지 않아 보였다. '친(親)'이라는 글자에 대해 누군가 얘기한 게 기억난다. 떠난 자식이 돌아오는 걸 조금이나마 더 높은 데에서 보기 위해 노구를 이끌고 나무[木] 위에 올라 서서[立] 바라보는[見] 것을 친이라고 했단다. 우리 딸아이가 돌아올 수만 있다면 그까짓 나무가 아니라 백척간두라고 해도 결코 사양하지 않을 것이다.

이튿날부터 연차휴가를 내고 지구대에 찾아가 무성의에 항의하는 것을 시작으로 아이 찾기에 나섰다. 3일째부터 경찰의 수사도 시작됐다. 유괴에 대비해 우리 집 전화에 감청장치인가를 달았고 경찰도 상주했다. 아이 휴대폰에 대한 통화분석도 동시에 진행됐지만 특이사항은 없었고 휴대폰 신호가 끊긴 지점에서 탐문 수사도 이어졌다. 아파트 엘리베이터를 탄 우리 딸아이의 마지막 폐쇄회로 모습을 보고 아내가 얼마나 울던지, 같은 아파트 라인의 주부들도 너무 걱정하지 말라고 위로하면서도 같이 눈물을 흘렸다.

우리 아이 사진이 실린 전단지를 5만 장이나 찍었다. 사례하겠다고……. 지하철역, 버스정류장, 지하상가, 전봇대, PC방, 찜질방, 노래방, 미용실, 백화점, 슈퍼마켓, 커피숍, 만화방, 주차돼 있는 자동차, 학교 근처, 학원, 빵집, 지나가는 사람들, 아파트 곳곳에 이르기까지 우리 부부의 손길이 닿지 않은 곳이 없을 정도였다. 지하철역 입구에서 전단지를 돌릴 때 대부분 사람들은 외면한 채 아예 받으려 하지도 않았다. 어쩌다 한 사람씩 전단지를 받았지만 쳐다보지도 않고 이내 휴지통이나 길거리에 휙 던져버리는 것을 보고 너무 가슴이 아프고 야속하기까지 했다. 그 일을 겪고 나서는 어지간한 광고물도 나는 정성껏 받아줬다.

인터넷에 사연도 올렸다. 전화 몇 통이 오긴 했지만 전혀 다른 내용들의 제보여서 도움이 하나도 되지 못했다. 그래도 우린 희망을 버리지 않았다.

수사를 시작한 지 열흘째, 경찰은 드디어 공개수사로 방침을 바꾼 모양이었다. 처음으로 우리 아이 이야기가 방송에 나왔다. 예쁘게 웃고 있는 우리 딸아이의 사진이 텔레비전 브라운관을 통해 뉴스 시간마다 소개가 됐다.

"아빠야! 나 탤런트 되는 거 어떻게 생각해?"

뜬금없이 어느 날 딸아이가 물었다.

"공주님! 탤런트는 아무나 되나요? 다 타고난 끼도 있어야 하고 든든한 배경도 있어야 해요. 내가 보기엔 우리 공주님 끼가 별로 없어 보이는데?"

"그렇지? 난 다 갖췄는데 그놈의 끼가 없어. 다 아빠 탓이다. 히히히."

"네 이년, 잘된 건 다 제 탓이고, 안 되는 건 전부 아빠 탓이네?"

그렇게 둘이 허허 웃었는데 우리 딸아이가 텔레비전에 나왔구나.

"아빠는 아직 네가 뭐가 됐으면 하는 건 좀 이르다고 생각해. 물론 장래의 꿈을 갖는 건 중요하지만 아직은 네가 세상 물정도 모르고 더 크면 꿈도 많이 바뀌게 된단다. 그러니까 지금은 그냥 공부만 열심히 해. 알았지?"

이렇게 마무리를 지은 딸아이의 꿈. 딱히 뭐가 되겠다고 얘기한 적은 없었다.

우리 집에는 장모가 와 있었다. 혼자 남아 손수 식사를 챙겨야 할 장인어른보다 당장 당신의 딸이 죽게 생겼으니 장모 마음이야 오죽했으랴. 부모는 무조건 죄인 같은 존재다.

아, 그때 우리 강아지도 알아서 제 발로 집을 나가줬다. 정신이 없었던 우리 부부에게 강아지는 안중에도 없었으니, 우리 딸아이가 들으면 서운했겠지만 솔직히 없어져줘서 다행이었다. 아마 이웃과 경찰 등 사람들의 왕래가 잦다 보니 열린 문을 통해 어떻게든 엘리베이터를 타고 내려갔을 것이다. 강아지도 우리 딸을 찾아 헤매고 있을 리는 만무하고 12층 우리 집을 찾지 못해 방황하다 길을 잃었을 것이니, 둘 다 돌아오지 못하고 있는 것은 공통점이었다.

딸아이가 실종된 지 한 달이 넘었다. 세상에 어떻게 그렇게 감쪽같이 사라졌을까? 어느 나라에서는 가득 찼던 거대한 호수가 밤새 물 한 방울 안 남고 다 사라졌다며 난리법석이었다. 또 어떤 나라에서는 전투기들이 추락 흔적도 없이 레이더에서 갑자기 사라져 블랙홀로 빨려들어갔다고 추측이 무성했다. 이 세상에는 그런 불가사의한 일이 비일비재하다지만, 우리의 경우엔 결코 일어날 수 없는 먼 나라의 얘기들이 아닌가. 어떻게 백주 대로에서 그렇게 허망하게 연기처럼 흔적도 없이 증발할 수 있느냐는 것이다. 그것도 남도 아닌 바로 우리 딸이…….

초등학교 시절 재미있게 읽었던 동화에서는 굶주림에 지친 아버지가 어린 일곱 아들을 나무 하러 숲에 가자며 버리고 오는 대목이 있었다. 제일 똑똑한 막둥이가 밤새 부모의 대화를 엿듣고선 다음날 집으로 돌아오는 흔적을 곳곳에 조약돌로 남겼는데, 영리한 우리 딸아이는 왜 그런 것도 못했을까?

찾는 동선을 서울에서 벗어나 인천과 인근 경기도로 확대했다. 말이 인천과 경기도지, 어디 그 땅이 5만 분의 1로 축소 표시한 지도 속의 조그만 지역이던가? 내가 할 수 있는 일은 제한적일 수밖에 없었다. 혹시나 하고 찾아 다닐 곳도 이젠 마땅치 않았고 그런 곳이 도대체 어디인지 전문가가 아닌 나는 알 수도 없었다. 그저 혹시나, 행여나 하고 요행을 바라고 정해 놓은 목적지 없이 이곳저곳 다녔을 뿐이다.

고군분투였다.

세상이라는 게 한편으로는 혼자 힘으로 살아가고 혼자 싸워서 이겨 내야 하는 과정이라지만 정말로 혼자 그렇게 찾아 헤매는 일이 너무 힘들었다. 실낱 같은 희망 한 조각이라도 나타나줘야 젖 먹던 힘이라도 낼 텐데, 주위엔 온통 초나라 군사의 노랫소리만 들려왔다. 경찰도, 언론도 언제 그랬냐 듯이 우리 일에서 멀어진 지 오래였다. 세상 사람들도 그랬다. 간혹 회사 사람들과 친구들한테 왔던 전화도 이젠 끊어진 지 오래였고, 연차 휴가 기간이 지나 휴직처리 했노라고 얼마 전 직원한테 왔던 게 주변 소식의 전부였다. 휴직처리를 했다는 뜻은 돈줄을 끊는다는 표현이었으므로 당장 비용 걱정도 하게 됐다.

이제 내가 할 일이 무엇이지? 경찰도 손을 놓은 상태에서 내가 할 수 있는 건 한계가 있었다. 곳곳에 붙여놓았던 전단지는 다 헐어 없어지고, 그 자리에는 순진한 남자들을 노리는, 060으로 시작하는 이상한 이성 찾기 광고지들이 대신 자리하고 있었다.

그 사이 딸아이 생일이 지나갔다. 아내는 그날 아침 미역국을 끓였다. 대부분 집안일을 장모가 대신 했는데, 그날 미역국은 본인이 끓여야겠다면서 준비했지만 나만 몇 술 뜨고는 아내는 우두커니 딸아이 몫으로 퍼놓은 미역국만 바라보면서 또 눈물을 쏟았다. 생일 때 사주기로 약속했던 화장품 세트도 준비했지만 주연은 사라지고 엑스트라 셋이서 무언의 생일 축하를 그렇게 무거운 분위기 속에서 했다.

드디어 올 것이 왔다. 비보든 낭보든 본인의 희망과는 달리 예고 없이 찾아 드는 게 소식이라지만 정말이지 비보는 인정머리 하나 없이 그렇게 찾아 들었다.

경찰서에서 연락이 왔다. 따님을 찾은 것 같다고. 하지만 마음을 단단히 먹고 오라고 했다. 순간 쿵 하고 마음 전체가 송두리째 내려 앉는 소리가 들렸다. 확실히 쿵 소리를 귓전으로 들은 것 같았고 내 평생 이렇게 큰 소리는 일찍이 들어본 적이 없었다. 대뇌피질을 구성하고 있는 부위 중 청각을 담당하고 있는 측두엽이 아마 깜짝 놀랐을 정도로 마음의 소리가 컸다. 시야도 갑자기 백내장 증상처럼 세상이 한순간 뿌옇게 보였다. 다른 것은 아무것도 보이지도 않았고 들리지도 않았다.

우리 딸이 지금 어디에 있냐고 겨우 정신을 차리고 물었다.

산에 있단다. 나뭇가지에 덮여서……

왜 우리 딸이 산에 있냐고 또 물었다.

자기도 연락을 받아서 자세한 것은 모르니까 일단 오라고 했다. 인적이 드문 청계산 자락에서 나뭇잎에 덮여 있는, 우리 딸아이로 추정되는 사체가 발견됐다고.

실종된 지 석 달여. 8월 여름에 사라져 겨울 초입에서야 이렇게 나타났구나. 이미 사체는 형체를 알아볼 수 없을 정도로 부패했고 근처에 놓여 있는 교복과 명찰을 보고서야 우리 딸아이인지 알았다. 옷들이 흩어져 있는 걸로 봐서 험한 꼴을 당한 게 분명했다. 큰 나뭇가지에 덮여 있어서인지 산짐승들이 건들지 않은 것 같아 그나마 다행이었다.

아내는 딸의 마지막 모습을 봐야 한다며 울부짖었지만 끝까지 나는 이런 참혹한 모습을 아내가 보지 못하도록 했다. 그냥 아내는 그 고왔던 모습만 기억해줬으면 하는 마음에서였고, 이런 모습을 보고 받을 수 있는 엄청난 충격으로부터 아내를 보호하고 싶었기 때문이다. 나만 감식반원들하고 같이 산에 올랐다.

현장 감식이 이루어지고 있는 동안 나는 줄곧 담배만 피워댔다. 차마 딸아이를 쳐다보지 못하고 뒤돌아 앉아 산 아래만 바라보았다. 아무 생각도 없이 그냥 허탈하기만 했다. 사체를 수습해 내려간 이후에도 나는 한동안 일어서지 못하고 그대로 앉아 있었다. 막상 일어서면 툭 쓰러져 산 밑으로 데굴데굴 구를 것 같았고, 그나마 일어설 힘도 없었으며 일어서야겠다는 의지 자체도 없었다. 그냥 이 순간 지금의 나라는 존재가 차라리 다른 사람이었으면 좋겠다는 생각이 들었다. 종종 내가 다른 사람으로 보이기도 했는데…….

우리 딸아이는 부검을 위해 국립과학수사연구소로 옮겨졌다. 워낙 부패 정도가 심해 많은 것은 밝혀 낼 수 없었지만 무슨 검사를 통해 성폭행 사실을 확인했으며, 경추부 부근의 손상 정도로 교사(絞死)를 직접 사인으로 결론 내렸다. 하지만 현장 감식에서도, 부검을 통해서도 가장 중요한 범인의 흔적은 하나도 발견하지 못했고 우리 아이의 이동 행적도 밝혀내지 못했다. 근처까지 차량으로 이동해 그곳까지는 도보로 이동했을 것이지만 그곳은 등산로가 아니어서 목격자를 찾을 수도 없었다. 산 주변이라 CCTV도 있을 리 만무했다.

우리 딸아이를 처음 발견해 신고한 근처 주민을 찾아가 당시 상황을 물었다. 최근 구입한 강아지와 함께 평소 다니던 등산로로 산행을 시작했는데, 앞서 가던 강아지가 없어져 이리저리 찾다가 잎이 다 떨어져 나간 수상한 나뭇가지 뭉치를 발견했다고 했다. 수도권 그린벨트 내에서 누가 나무 할 일도 없고 뭔가를 감추기 위해 덮어놓았을 수도 있다는 생각이 들어 가까이 가봤다고 했다. 이미 경찰에게 상세히 설명했을 텐데 나를 측은히 바라보면서 오히려 본인이 죄지은 것처럼 미안해했다.

이렇게 나의 숨바꼭질은 끝이 났다. 길고 긴 석 달 동안의 숨바꼭질이 허무하게 끝나다니, 그간 한 번도 희망의 끈을 놓지 않았는데 이렇게 무참히 부서지다니, 나는 이제 어떻게 살아야 하나?

티끌 하나 없이 맑고 순수했던 네가 어쩌다 이렇게 전사한 무명용사처럼 이런 험한 계곡에 묻혀 있었느냐, 딸아!

음악시간에 〈비목〉이라는 노래를 불러 선생님과 친구들의 심금을 울려줬다고 자랑했던 네가 그 가사처럼 이렇게 초연이 누워 있단 말이냐?

학교에 간다며 엘리베이터 안에서 해맑게 거울을 보고 있던 네가 왜여기에 싸늘한 주검이 되어 있느냐?

아무도 없는 이 후미진 산 속에서 석 달여 동안 얼마나 무섭고 외로웠느냐?

네 가녀린 목 줄기를 투박한 악마의 손이 휘어 감았을 때 얼마나 두

럽고 무서웠느냐, 딸아!

　네가 그렇게 고통스럽게 죽어갈 때 아빠는 그것도 모르고 누구와 잡담하며 웃고 있었을 텐데, 얼마나 그 순간에 간절히 엄마 아빠를 찾 았겠느냐?

　그것도 모르고, 그런 것도 모르고 네 옆에 있지 못해 미안하다. 너를 지켜주지 못해 너무 미안하다, 딸아!

　'아, 산산이 부서진 이름이여, 부르다가 내가 죽을 이름이여!'

　우리 아이가 한 줌 연기로 사라질 때는 정말 목불인견이었다. 허공 중에 훅 하고 내뱉는 한 모금의 담배연기처럼 그냥 그렇게 흩어져 사 라졌다.

　열다섯 성상, 그 짧은 생애가 한 모금의 담배연기처럼 허무하게 사라 지다니…….

　태백산 장군봉 정상에 있던 주목나무가 생각났다. 살아 천 년, 죽어 천 년이라는 주목나무는 죽은 상태에서도 유구한 세월 동안 존재감을 과시한다는데, 우리 딸아이는 열다섯 해 너무도 짧은 생애를 살고서 소리 없이 한순간에 그렇게 스러졌다. 하지만 나는 안다. 우리 딸아이 는 내 심장 깊은 곳으로 이사를 와 내 목숨이 다할 때까지 주목나무 보다 더 영원히 이 마음에서 살게 된다는 것을 나는 안다.

　아내는 같이 가자며, 보낼 수 없다며 딸아이의 관을 붙들고 놓아주 지 않았다. 목놓아우는 아내를 장모와 처제가 부둥켜 안고 같이 울고 있었다. 나는 그냥 허공만 바라보았다. 평소 같으면 파랗고 아름다웠 을 그 하늘이 그날은 칠흑 같은 밤하늘처럼 어둡고 캄캄하기만 했다.

금방이라도 눈발이 흩날릴 것 같은 하늘이었지만 우리 딸아이가 가는 길에 그날 눈은 내리지 않았다. 우리 딸아이가 올라가서 살 저곳엔 이런 비극은 없어야 한다. 피어보지도 못하고 이렇게 억울하게 중도에 생을 마감하는 이런 황당한 일은 절대 없어야 한다.

가슴 속 깊은 곳에서 뜨거운 뭔가가 한없이 치밀어 오를 것 같았는데 정작 눈물은 한 방울도 나오지 않았다. 우리 애 이름만 목이 쉬도록 하염없이 불러댔지만 눈물 한 방울 나오지 않는 이 현상은 어떻게 설명해야 할까? 남들은 독한 아빠라고 했을 것이다. 저런 아빠는 처음 본다고 얘기했을 것이다. 어떻게 아빠가 돼서 저렇게 태연한지 손가락질을 했을지도 몰랐다.

그건 아빠라는 지위와 역할의 문제가 아니라 인간 고성식의 문제인 것 같았다. 물론 그 상황에서는 아빠와 고성식은 동일인이라는 등식이 성립되어 있는 상황이었기에 사람들한테 그런 오해와 손가락질을 당해도 변명할 여지는 없었지만 말이다. 인간 고성식은 선친의 장례 때에도 울지 않았다. 자정을 훨씬 넘긴 깊은 밤에 걸려온 전화를 받고 부리나케 달려갔던 그 자리에서도, 이승의 마지막 모습이라며 단정하게 화장을 한 염습 때에도, 먼 길을 달려 땅 속으로 부친을 모시는 하관 때에도 나는 울지 않았다. 아마 그때도 사람들은 막내 아들녀석 참 독한 놈이라고 손짓을 했을 것이다.

나도 제발 꺼이꺼이 울어봤으면 좋겠다. 눈물을 펑펑 쏟으며 대성통곡했으면 좋겠다. 드라마나 영화에서 실감나게 우는 연기를 하는 배우를 보면 정말 부럽기 짝이 없었고 무슨 슬픈 장면에서 눈물을 쥐어짜는 여자들이 참 신기하기만 했다. 우는 연기를 잘하는 배우들은 사람의 심금까지 다 젖게 만드는 재주가 있다. 반면에 억지 울음을 울거나 하는 연기자들은 금방 표시가 났고 그런 사람들은 나한테는 경멸의 대상이었다.

아내는 무슨 드라마만 봐도 항상 눈물바람이었다. 어떨 땐 아예 손수건을 옆에 갖다 놓고 본격적으로 울 준비를 했다. 그럴 때마다 여자들은 참 눈물이 헤프다고 생각했는데, 딸아이를 보내는 그날도 가슴 속 깊은 어디에 눈물 보따리라도 감춰놓았는지 마르지 않고 눈물을 폭포수처럼 쉴 없이 그렇게 쏟아냈다.

가슴 속 심연에 자리하고 있는 이 슬픔 덩어리들을 밖으로 내 쏟아야 하는데 도저히 토해낼 수 없었다. 그래야 일종의 정신적 승화작용을 얻을 수 있는데, 이걸 카타르시스라고 하는가? 무의식 속에 잠겨 있는 마음의 상처나 콤플렉스를 말이나 어떤 행동, 감정 따위로 발산시켜 노이로제를 치료하려는 정신요법의 일종으로도 쓰인다는데, 그렇게 할 수 없는 나는 분명 치명적인 환자일 수밖에 없었다.

결과적으로 볼 때 아이러니하게도 나와 재호도 그렇다고 했지만 우리 프로젝트 주인공들의 공통점은 뭔가를 밖으로 쏟아낼 수 없다는 거였다. 그게 눈물이든 정액이든 말이다.

'캐스팅된 주인공을 이렇게 모시기가 힘들어서야 원……'

# 제7장

# 지킬 박사와 하이드

    재호가 대상자를 점 찍어주면 주인공의 행동반경이나 동선을 파악하는 데 적어도 일주일 정도는 걸렸다. 그나마 규칙적으로 출퇴근하는 샐러리맨들은 동선을 파악하는 데 큰 어려움이 없었지만, 오가는 길이며 하루 일과가 똑같아서 오히려 더 힘든 경우가 많았다. 그때는 우리 생업도 거의 포기하다시피 매달려야 했다. 정확히 표현하면 내 생업이 맞지만 말이다. 특별한 직업이 없는 재호는 이 단계에서는 한번도 참여해본 적이 없었고 탐색 작업은 오로지 내가 해야 했다. 철저한 분업에 의해 팀이 운영된다고 봐야 했다. 대부분의 경우 내가 동행했지만 탐색이 끝나면 이 일의 주도권은 길수가 맡았다.

    남의 뒤를 캐는 일이나 남을 따라다니는 일은 세상에 태어나 한 번도 해본 적이 없었기에 처음엔 애로가 많았다. 딱 한 번 대단한 용기를 내서 마음에 드는 여자를 쫓아가본 적이 있었다. 총각이 처녀를 쫓아가는 거야 당시에는 오늘날처럼 흉악범이 날뛰는 어수선한 세상이 아니었기에 애교로 봐줄 수 있는 시대였다. 모르는 체 앞서가던 여자가 갑자기 어떤 집으로 뛰어들면서, 이상한 사람이 따라온다면서 울음을 터뜨리며 사람들의 도움을 청해버렸다. 얼마나 무안하고 허망했는지, 아무 생각 없이 집이나 한 번 알아놓자고 시작했던 그 시도가 당사자에게는 엄청난 두려움과 공포감을 심어줬고 결국은 실패한 미행이 돼버렸다.

주소와 사진이 든 이름 정도를 재호가 건네줬을 때 이 일을 어디서 어떻게 시작해야 할지 막막했다. 휴대폰으로 찍은 것 같은 사진이었지만 요즘은 워낙 휴대폰 카메라도 화소가 뛰어나 어지간한 디지털카메라 뺨 칠 정도로 비교적 선명했다. 대부분 누군가 몰래 지켜보다가 찍은 것처럼 사진 속의 주인공들은 자신이 피사체인 줄 모르고 자연스러운 행동을 하다가 찍혔던 것 같다. 일종의 스냅 사진인 셈이다. 주인공들의 이런 모습을 얻기 위해 또 누군가가 사전 작업을 했을 수도 있다고 생각은 했지만 그게 누구든 크게 개의치는 않았다.

사진과 실제 인물을 대조하는 것도 서툴러 이 사람이 그 사람 같고 저 사람이 이 사람 같았다. 전화번호도 줬지만 전화 거는 것은 금물이었다. 우리가 뭐 바보인가? 사전에 눈치를 채거나 우리 정보를 노출시킬 수 있는 것은 그 어떤 경우든 피해야 했다.

형사들은 이런 일을 밥 먹듯이 할 텐데 얼마나 힘들까 하고 생각도 났지만 그들이라고 처음부터 뭐 잘했을 성싶지는 않다. 또 그들은 이런 일을 밥을 먹기 위해 하는 프로들이고 나는 서툴기 짝이 없는 순수 아마추어 아니던가? 그래서 나의 이런 미숙함을 스스로 용서하기로 했다.

재호의 정보력에 놀란 건 한두 번이 아니었지만 도대체 어디에서 그런 신상 정보를 얻는지는 끝내 함구로 일관했다. 사실 개인정보에 관한 건 다들 민감하지 않던가? 정보를 팔아 먹는 행위도 다반사고 그걸 이용해 마케팅이나 보이스피싱 같은 다른 범죄에 이용한 사례들이 많아서 정보 유출에 대해선 엄청 신경들이 날카로운 게 현실이다. 그런데도 사진이 포함된 세세한 정보를 재호가 건네줬으니 궁금한 것은 사실이었다. 내가 아는 전부는 재호가 시간만 나면 법원을 뻔질나게 드나들지 않았을까 추측하는 것 정도다. 아마 거기에서 우리 주인공들의 과거를 일일이 알았지 않았을까? 우리의 첫 주인공도 재호가 법원 기록이며 관련 신문 기사 등을 내게 제공했으니까……. 그 뒤론 다신 묻지 않았지만 그게 재호의 일이라면 나도 이 일을 충실히 해야겠다고 마음을 다잡았다.

내가 이 일을 맡아서 해보니까 사실 이 일은 길수 일에 비하면 오히려 식은 죽 먹기였던 것 같다. 동선 파악이 거의 끝날 때쯤 길수가 합류했는데 그때부턴 낚아채기를 위해 본격적으로 기회를 엿봐야 했다. 호시탐탐이 적절한 표현일 듯했지만 호랑이의 눈으로 기회를 엿본다 하더라도 순순히 오랏줄을 받을 사람은 없었다. 쥐도 새도 모르게 처리하기가 그래서 쉽지 않았다.

대개는 술 마신 후 귀가하는 인적 드문 길을 선택했다. 말이야 쉽지, 어디 서울 시내에서 인적 드문 곳이 있던가? 어떤 사람이 그래, 나 잡아가 봐라 하면서 기회를 내준단 말인가? 더구나 대부분 자동차를 이용하기 때문에 그 기회를 찾는다는 것은 더욱 어려웠다. 자동차 보험 사기범들처럼 일부러 차를 부딪힐 수도 있겠지만 그런 방법은 우리가 노출되기 때문에 절대 사양이었다.

진짜 기회 잡기가 쉽지 않았는데 이번 주인공은 우리에게는 정말 행운이었다. 술에 취해 걸어가던 주인공이 주위를 두리번거리더니 갑자기 가로등 불빛도 없는 어두운 곳으로 사라졌다. 강아지처럼 오줌 눌곳을 찾았겠지. 부리나케 길수가 뒤따라가더니 금세 먹이를 낚아채서 겨드랑이에 끼고 나왔다. 우리의 주인공은 숨도 못 쉬고 입을 떡 벌린채 몹시 괴로워하고 있었는데 바지의 지퍼도 못 올린 상태였다. 누가보면 영락없이 만취한 사람을 부축하며 걷고 있는 모양이어서, 내가뒤따르며 천천히 운전하고 있던 길수의 자동차에 태우는 것은 그야말로 누워 떡 먹기였다. 차에 태우자마자 사전 각본대로 손을 묶고 창이긴 모자를 눌러 씌워 눈을 가렸으며 휴대폰을 빼앗아 배터리를 분리하는 것을 잊지 않았다.

그렇게 모신 우리의 주인공, 얼마나 술이 취했던지 그 상태로 곯아떨어져 우리의 아지트에 당도해서도 정신을 못 차릴 정도여서 운송과정도 아주 수월했다. 자동차 안에서 난동을 부리거나 극렬히 반항이라도 한다면 신경 쓸 일이 많아지는 것은 당연한 일이다. 다행히 내가운전을 하고 힘 좋은 길수가 뒷좌석에서 우리의 주인공과 같이 여행을 하고 있으니까 주인공의 완력을 걱정할 것은 없었지만 신경은 많이쓰였다. 이 주인공처럼 손 안 대고 코 풀 정도로 손쉽게 일을 처리한다면 걱정할 것이 하나도 없을 것이다.

정작 주인공을 모셔오기는 했지만 50이 넘어 보이는 이 사람의 죄의내용도 아직 자세히 몰랐다. 우리의 검사인 재호가 당도해야 구체적인신문이 시작될 수 있었으니까 길수와 나는 재판을 열 준비만 하고 있었다. 그 정도로 우린 전적으로 재호를 신뢰했고 실제 재호가 찍은 사람들 치고 지금까지 무죄 방면은 없었다.

한 시간 정도 지나 재호가 도착했다.

"선생님! 이 새끼, 아직도 정신을 못 차려요. 얼마나 술을 처먹었는지 아주 인사불성이라니까요. 한 대 갈겨서 정신 좀 차리게 할까요?"

길수의 입담이 시작됐다. 재호의 지시만 있으면 뒷방으로 끌고 갈 기세였다.

"형님! 이 작자 술 좀 깨면 시작합시다. 이렇게 취한 상태에서 우리의 뜻이 제대로 전달이나 되겠어요?"

길수의 제안을 거절한 재호의 얘기에 나 역시 같은 생각이었다. 주인공을 형틀에 뉘인 후 셋이서 바람을 쐬러 밖으로 나왔다. 얼마나 마셨으면 저렇게 인사불성이 됐을까 내심 불안하기도 했지만 시간이 곧 해결해줄 것이다. 그렇다고 등 뒤에서 느닷없이 총질을 해댈 수는 없었다. 서부영화의 총잡이들은 그런 신사적인 면이 있었다. 상대를 죽이지 않으면 자신이 죽는 줄 뻔히 알면서도 그들은 결투라는 방법을 사용했다. 술 취한 사람을 대상으로 재판을 하는 것은 등 뒤에서 총질을 하는 것과 다르지 않았다.

하늘을 올려다 보았다. 별이 참 크고 영롱했다. 서울에서 불과 한두 시간 정도 달려왔을 뿐인데 여긴 정말 별천지 같았다. 이렇게 밝고 맑은 별빛을 보는 것은 서울에선 꿈도 못 꾸는데 칠흑처럼 어두운 산 속에서 나무 사이로 연출되는 장관은 말로 표현할 수 없을 정도였다.

오대산 무박산행을 한 적이 있었다. 금요일 업무 마치고 자정쯤 출발해서 새벽 3시 정도면 목적지에 도착할 수 있었다. 그 추운 겨울날 몸을 움츠리며 새우잠을 잤던 버스에서 내려 하늘을 올려다본 순간, 와! 하고 감탄사가 절로 나왔다. 주렁주렁 매달려 있는 말똥만한 별들이 금방이라도 일제히 쏟아질 것 같았으니까. 구름 한 점 없는 겨울 하늘이 왜 그리 가깝고 별들은 왜 그리 크고 맑았던지. 하늘을 한 번 흔들어대면 별들이 후드득 떨어질 것만 같았다.

후드득! 큰 돌을 머리 위로 들어 있는 힘을 다해 나무에 쿵 충격을 가하면 상수리가 후드득 소리 내며 엄청나게 떨어졌는데……. 주머니에 수북이 담은 상수리로 온갖 내기를 했다. 어린 눈에 주먹만하게 보이는 공포의 큰 말벌들은 다른 데 다 놔두고 하필이면 상수리나무에 벌집을 짓고 살고 있어서 항상 벌들과 전쟁을 벌여야 했다. 돌로 나무를 쿵 하고 찍으면 놀란 말벌들이 한꺼번에 달려들기도 해서 죽어라 도망을 가곤 했다. 말벌의 눈이 위에 붙어 있으니까 쫓아오면 잽싸게 땅에 엎드리면 괜찮다는 믿음을 갖고 있었지만, 어떤 때는 보기 좋게 그 믿음이 깨져 머리에 한두 방은 쏘일 때가 있었다. 그때는 장독 뚜껑을 열고 된장을 듬뿍 찍어 머리에 발랐다. 벌침에 면역이 돼 있었던지 웬만한 벌침에는 크게 겁은 안 났지만 윙윙거리며 달려드는 그 큰 벌들은 공포의 대상이었다. 지금도 성묘를 앞두고 벌초를 하다가 말벌에 쏘여 죽었다는 뉴스를 종종 듣게 되는데, 그런 살인 말벌들과 겁 없이 전쟁을 치렀던 어린 시절이 참 그리웠다.

우리 셋은 특별한 말이 없이 담배도 피우고 하늘도 쳐다보며 그렇게 무료하게 시간을 보냈다. 시간은 가늠할 수 없었지만 한참 후 우리 주인공 곁으로 돌아왔더니, 아뿔싸 의당 있어야 할 주인공이 보이질 않았다. 필사의 탈옥을 감행한 것이다. 쇼생크 탈출이었다.

"어라, 이 새끼 봐라? 줄행랑을 치셨군. 제까짓 놈이 도망가봤자지."

길수가 부리나케 밖으로 용수철처럼 뛰어나갔고 재호와 나 또한 황급히 뒤따라 나갔다.

순간 덜컥 겁이 났으나 나무가 이렇게 빽빽이 자라 있고 칠흑같이 어두운 밤에다가 지리마저 어두워서 찾는 건 식은 죽 먹기일 것이라고 생각을 고쳐 먹었다. 더구나 뒤는 병풍 같은 바위가 버티고 있어 오르기는 불가능하고 앞쪽으로 한참을 달려가면 시퍼런 강물이 가로막고 있는데, 제놈이 도망을 가봤자 부처님 손바닥 안일 거라는 생각이 들었기 때문이다. 그걸 알 리가 없는 주인공은 어디 산 속을 헤매거나 음습한 데 숨어 있을 수도 있겠다. 그나저나 도망을 갔단 얘기는 묶인 매듭을 풀고 눈가리개를 떼었다는 것이고, 그건 곧 우리가 어떤 형태든 허점을 보인 것이며 노출 위험에 처해 있다는 것을 뜻했다.

길수는 우리가 겨우 드나들었던 수풀이 우거진 좁은 도로를 향해 달려갔고 우리 둘은 근처를 수색하기로 했다. 갑자기 어둠 속에서 숨어 있다가 푹 튀어나와 흉기로 우리를 공격할 것 같은 불안감이 내내 사라지지 않았고, 진짜 이러다가 도망이라도 가면 어떻게 해야 하나 하고 걱정도 앞섰다.

한 시간 남짓 지났을까? 길수한테 도망자를 무사히 체포했다는 긴급 뉴스가 날아들었다. 그러면 그렇지, 제 깐 놈이 어딜 간다고?

그렇게 안도의 숨을 쉬고 있는데 찾았다고 휴대폰으로 연락을 했던 길수가 주인공과 함께 나타났다. 역시 길수였다. 주인공이 길수에 의해 질질 끌려오는 걸 봐서 한바탕 신나게 언어맞았을 것이다. 길수 성격에 결코 그냥 내버려두지는 않았을 테니까.

"이 새끼가 글쎄 술 취한 척하고 있었던 거예요. 우리가 올라왔던 길을 얼마나 잽싸게 뛰어 내려가는지 겨우 잡아 왔다니까요. 하, 이 새끼!"

길수는 아직도 분이 안 풀렸는지 여전히 씩씩대고 있었다.

주인공 앞에 있는 지금 우리 얼굴은 어둠 속에서 희미하게 윤곽만 있을 테니까 크게 걱정은 안 됐지만 우리 일 처리 방식에 대한 전면적인 수정이 필요한 것 같았다. 세상에 어떻게 묶인 손을 풀고 달아날 수 있었는지, 술에 만취가 됐다고 섣불리 판단한 우리의 잘못이 더 컸던 것 같았다. 방심이 화를 부를 뻔한 결과였다.

눈가리개를 다시 하고 손의 결박도 강도가 세진 것은 당연한 일, 아지트로 먼저 끌고 내려간 길수가 한 방 더 먹이는 것 같았다. 사전 정지 작업도 필요했겠지만 확실히 분이 덜 풀린 모양이었다. 우리 주인공, 임자 제대로 만났다.

양초 여기저기에 불을 밝혀 우리 아지트 안은 어지간한 백열등 밝기보다 더 밝았다. 주인공은 한쪽 구석에 얌전히 앉아 있었는데 촛불에 비친 그의 모습에서 형용할 수 없는 공포를 읽을 수 있었다. 공포가 온몸에 엄습해 있을 것이다.

"피고, 김영수!"

시간이 예상 외로 지체된 것 같아 내가 말을 꺼냈다. 도망친 것은 꽤 씸했지만 그 상태의 누구라도 기회가 있으면 그렇게 했을 것이므로 크게 문제는 삼지 않았다. 다만 사건의 본질은 비켜갈 수 없었다.

"피고라니? 내가 피고라면 원고는 누구요? 나한테 피고라고 하려면 당당히 원고가 나서시오. 어설프게 판검사 흉내 내려 하지 말고, 숨어서 이렇게 비겁하게 하지 말고 당당하게 합시다. 당신들이 그렇게 정의를 외친다면 그 과정도 정의로워야 하는 것 아니오?"

개정을 알리려고 피고를 호명한 순간 처음부터 강하게 반론을 치고 나왔다.

"너 이 새끼! 말 잘했다. 정의를 얘기하는 새끼가……."

"이것 보세요. 벌써부터 당신들은 나한테 지고 있는 거요. 내 질문에 대답이 그렇게 궁해서 욕지거리로 일관하고 있잖아요?"

길수의 말을 가로채 주인공이 당당하게 맞서고 있었다.

술 취한 척 도망친 걸 보면 알 수 있듯이 절대 만만한 주인공은 아닌 것 같았다.

재호에게 눈짓을 했다. 주인공을 취조하라는 뜻이었다.

"피고는 김미선이라는 여자를 알죠?"

"나를 이렇게 묶어 놓는 것도 모자라 눈까지 가려놓고서 이젠 아예 없는 것도 만들어서 덮어씌우려 하네. 김미선이가 누군지는 모르겠지만 나는 그런 여자 몰라요. 당신들이 찾는 사람이 내가 맞아요? 사람을 잘못 잡아놓고 별 짓을 다하고 있네."

김미선이라는 이름 석 자가 불려지자, 주인공은 '거 봐라, 너희들이 뭔가를 잘못 알고 죄 없는 사람 잡아왔지 않느냐' 하는 투로 재호의 말을 받아 쳤다.

"아, 당연히 피고는 김미선이라는 여자를 모를 겁니다. 개명을 했으니까. 얼마나 과거를 묻고 싶으면 이름을 다 바꿨을까? 현화라고, 당신이 알았던 여자는 김현화요. 당신 집에서 자취를 했던 어린 학생이고 당신이 실컷 갖고 놀았던 사람인데, 설마 모른다고 시치미를 떼진 않겠죠?"

"……"

우리의 주인공이 묵비권을 행사하고 있는지 뜸을 들이고 있었다. 상황 파악을 열심히 하고 있을 것이고 위기를 어떻게 벗어나야 할 것인지 머릿속이 복잡한 상태였을 것이다.

그런데 길수의 표정이 조금 예사롭지 않았다. 아는 여자라도 되는지, 너무 열을 받은 것인지 길수의 평소 모습과는 달리 안절부절못하고 있는 듯한 표정이었지만 재호는 주인공을 취조하느라 보지 못했을 것이다. 하기야 그의 추악함에 그것도 어린 소녀를 대상으로 했다는데에 나 또한 화를 억누르고 있었으니, 길수의 표정이 변하는 것은 어찌 보면 당연한 일이었다.

"더 얘기할까요? 피고 집에서 자취하고 있는 소녀를……."

"나는 또 뭐라고. 그건 벌써 20년이 다 된 일이오. 당신들 그때 내 재판 기록을 본 모양인데, 분명히 난 부인했고 검사도 증거를 제출하지 못했어요. 피해자도 사실이 아니라고 했는데 잘못된 판결로 나 억울하게 몇 년 형 선고 받고 복역하다 나온 사람이오. 나, 그 애 때문에 인생 종친 놈이란 말이오. 세상에 은혜를 원수로 갚은 년이 그년이니까. 그간 거둬 먹인 게 얼만데…… 내게 도대체 원하는 게 뭐요? 이미 다 끝난 걸 가지고 새삼스럽게 이렇게 하는 이유가 뭐냐 말이오?"

"끝나지 않았다는 걸 확인하기 위해 피고를 모신 겁니다. 끝의 개념과 기준이 뭐길래 다 끝났다고 하시는 겁니까?"

내가 점잖게 끼어들었다.

"사건에 대한 종결이죠. 이미 오래전 국가기관의 판결에 의해 결론이 내려졌고, 나는 불합리하지만 악법도 법이라는 생각으로 그 결정에 승복을 해 감옥까지 갔다 왔으니, 이게 끝이 아니고 뭡니까?"

"그건 가해자인 피고 입장에서의 끝이고 피해자는 영원히 그 끝이 없다는 사실을 진정 부인하시는 겁니까?"

"그러니까 억울했지만 죗값을 치른 거 아니오? 그리고 당신들이 이렇게 하는 것이 피해자의 뜻이란 거요, 지금? 그리고 설령 당신들이 어떤 결정을 내려 그걸 집행한다고 해서, 당신 주장대로 그 피해자가 끝이라고 선언이라도 한답디까?"

재호가 대화의 바통을 이어 받았다.

"피고, 말은 바로 합시다. 피고가 복역한 죄목은 사기죄가 아니었소? 그 어린 학생 일은 부모한테 돈을 주고 합의를 이끌어내 고소가 취하됐고, 대신 피고가 과거에 저지른 공갈사기죄 때문에 몇 달 감옥살이를 한 게 전부 아닙니까?"

갑자기 우리의 재판정이 물을 끼얹은 듯 조용해졌다.

"피고! 우리가 피고를 추궁하는 것은 그 사기죄가 아니라 어린 여학생을 항거불능의 상태로 만들어 짓밟은 당신 속의 짐승을 벌주기 위해서입니다. 이제 아셨어요?"

재호가 결론을 유도하고 있었다.

"이것 보세요. 몇 번이나 얘기해야 알아듣겠어요? 그 건은 이미 합의가 다 끝나서 고소가 취하됐던 건데, 이제 와서 무슨 놈의 벌을 운운하는 거요?"

더 이상 피고의 변명을 듣고 있자니 화가 치밀었다. 여기까지 진도가 나왔으면 사건의 전모를 직감적으로 파악할 수 있었다.

"피고! 검은 돈에 의한 추악한 합의로 피고의 과거가 용서되고 피해 청소년의 상처가 다 치유될 수는 없는 일, 피고의 그 부도덕하고 파렴치한 행위를 마땅히 국가가 징벌해야 함에도 반의사 불벌죄(反意思不罰罪)라는 친고죄의 빈틈을 교묘히 이용해서 형벌의 위기를 넘긴 피고를 단연코 우리가 응징함으로써 추락한 우리 사회의 도덕을 반드시 되세울 것입니다."

"아이고, 애국자들 납셨네."

내 준엄한 논조에 대한 우리 주인공의 비아냥이자 우리의 존재를 무시하고 있었다.

"이런, 때려 죽여도 시원찮을 새끼가! 이걸 확 밟아 죽여버릴까 보다. 뭘 잘했다고 비꼬고 지랄이냐, 이 새끼야! 아직도 이 새끼가 정신을 못 차렸는가 보네."

길수가 빠질 리 없었다. 길수는 왕소금 같은 존재였다. 뻣뻣한 배추에 왕소금을 한 줌씩 뿌려주면 금세 배추 순이 절여지듯, 적당한 시기에 한 번씩 내지르는 한마디는 주인공의 기세를 확 꺾어놓곤 했다. 세상에 매 앞에 장사는 없는 듯했다.

재호가 조사한 내용에 따르면, 당시 고등학교 1학년이었던 김미선이라는 피해자는 학교 근처에서 자취를 하고 있었는데, 주인이 집을 팔고 이사를 하는 바람에 젊은 우리의 주인공을 새 주인으로 만나게 됐다. 이사를 온 주인공이 한동안 야릇한 시선으로 바라보던 어느 날, 방에 뭐 수리할 일이 있으니 문을 잠그지 말고 나가라고 했다. 한참 부끄러워할 나이인 사춘기 소녀에게 자신의 방을 공개한다는 것이 꺼림직했으나 대충 속옷 따위를 안 보이는 데에 감춰두고 아르바이트를 마친 후 학교에 갔다가 그날 밤 집에 돌아왔지만 달라진 건 하나도 없었고, 단지 반짝반짝 빛이 나는 시건 장치가 새로 설치돼 있었다.

"학생! 방에 다른 이상은 없고 대신 키가 너무 오래 돼서 새로 달았어. 자, 여기 열쇠! 잃어버리지 말고 문단속 잘해. 원, 요즘 세상이 워낙 무서워서……."

지킬 박사의 선심이었지만 그게 시작을 알리는 열쇠였다.

미선은 며칠 후 늦은 밤까지 공부를 하다 잠이 들었는데 가슴이 큰 바위에 짓눌려 꼼짝달싹 할 수 없는 꿈을 꾸었다. 아무리 바위를 밀어젖히려 안간힘을 써도 엄청난 바위의 압력에 꼼짝도 못하고 발버둥만 치고 있었다. 숨도 제대로 쉴 수 없었다. 갑자기 하체에 찢어질 듯한 통증이 오면서 눈을 떴더니 산적 같은 덩치의 어떤 남자가 자신을 짓누르고 있었다. 깜짝 놀라 몸부림을 치면서 남자를 떨어뜨리려 했지만 꿈속의 바위처럼 요지부동이었다. 옷은 다 벗겨져 있었으며 자신의 살 속으로 이미 남자가 침입을 한 상태였다. 사람 살리라며 소리를 지르고 싶었지만 투박한 손이 자신의 입을 꽉 틀어막고 있었다.

"소리지르면 너 죽을 줄 알아. 그냥 가만히 있어. 아파도 좀 참아. 자고 나면 괜찮아지니까. 그리고 너 이 일을 누구한테라도 얘기하면 학교에 찾아가서 다 소문 내버릴 거야. 너하고 나만 아는 비밀이야. 알았어?"

키를 바꾼 주인의 속셈이 바로 여기에 있었던 것이다. 엄청난 공포와 두려움 그리고 하체에 느껴지는 참을 수 없는 통증과 함께하며 그 날 밤을 뜬눈으로 보냈다.

이튿날은 일터에도, 학교에도 가지 못했다. 이젠 방에 들어와도 빗장을 걸어 잠글 아무 것도 없었다. 자물통을 새로 바꾸지 않는 한 예비 열쇠를 갖고 있는 주인 남자가 언제든지 제 방 드나들 듯 찾아올 것이기에 방문을 잠근다는 것이 다 무용지물이었다. 한마디로 무방비 상태가 돼버렸건 것이다.

가녀린 소녀에 대한 하이드의 집념은 대단했다. 며칠이 멀다 하고 찾아와 욕심을 마음껏 채우곤 했는데 결국엔 덜컥 임신까지 하게 만들었다. 감당할 수 없는 현실에 벙어리 냉가슴을 앓고 있었을 뿐 어디에다 하소연도 대항도 할 수 없었다. 하루 종일 떠나지 않는 고민은 뱃속의 생명체보다 어떻게 저 인간을 죽여야 하는지, 어떻게 하면 저 짐승의 숨통을 끊어야 하는지 생각하다가도 딸깍 하며 방문 키를 여는 소리만 나도 온몸에 힘이 쭉 빠지면서 오들오들 떨기만 했다.

방학이 되자 그는 미선의 손을 붙잡고 집에서 한참이나 멀리 떨어진 외딴 병원을 찾아 마치 자신의 딸년이라도 되는 듯이 아버지 행세를 하면서 뱃속의 생명을 지우게 했다. 그가 미선에게 은혜를 베풀었다고 주장한 것의 내용은 가끔씩 그의 마누라를 종용해 초대한 몇 번의 저녁식사와 옷 두어 벌 살 수 있는 돈과 용돈 몇만 원 쥐어준 게 전부였다.

미선의 집은 평택 근처 시골에 있었지만 어려운 가정형편 탓에 경제적인 도움을 못 받고 낮에 몇 군 데 아르바이트를 하며 야간 상고를 다니는 이른바 주경야독파였다. 협박과 강압을 통한 이런 생활이 고등학교 2학년 말까지 이어졌고 참다 못한 미선이 성폭력피해상담소를 찾아가서야 사건의 전모가 밝혀졌다. 상담소에서는 즉시 경찰에 이를 신고했고 주인공은 곧바로 체포돼 구속됐지만 어떻게 수소문했는지 평택의 아버지에게 거액의 합의금을 주고 미선을 반강제적으로 설득하게 함으로써 고소가 취하됐다. 지금이야 청소년 상대 성범죄는 친고죄와 무관하게 구속되는 걸로 알고 있지만 법이 강화되기 이전엔 아마 그런 게 가능했었나 보다.

새삼 재호의 정보력에 놀라움을 금치 못했다. 어떻게 그리 세세한 부분까지 정확히 조사해서 추궁할 수 있었는지 말이다. 재호에게 상담을 받은 고객이었는지 모르겠지만 확실히 우리 팀워크는 찰떡궁합이었던 것 같았다. 그런 재호이었기에 재호가 캐스팅하는 주인공에 대해선 의심을 하거나 가타부타 얘기할 수 없었다.

재호가 입을 열었다.

"피고! 이 사실 인정하시죠? 과정이야 어떻든 피고는 그 사건이 종결되었다고 하는데 그 피해자는 과연 피고를 용서했을까요? 피해자는 자신의 인생을 망친 그 사건이 종결되었을까요?"

"그래서 나보고 지금 어떡하란 말입니까?"

여전히 반성의 기미는 보이지 않았고 반항의 기미만 있었다.

"피고! 그 김미선이라는 여자, 지금 어떻게 됐는지 아십니까?"

한참을 침묵하던 재호가 물었다.

"내가 그런 것까지 알아야 합니까? 나도 지난 과거를 빨리 잊고 싶은 사람이란 말입니다. 이제 와서 그 여자한테 가서 무릎이라도 꿇고 사죄하란 말입니까? 예?"

"피고! 이미 때는 늦었습니다. 김미선이라는 여자, 이 세상에 없습니다. 죽었단 말입니다. 당신이 그렇게 죽게 만들었단 말입니다. 당신이!"

재호가 상당히 격해 있었다. 항시 냉정을 잃지 않았던 재호였기에

이 예상치 않은 감정의 기복에 약간 놀라웠다. 하지만 이것 또한 몰입이라고 봐야 하지 않을까? 세조와 성삼문의 설전에 벼락같이 뛰어들었던 병사의 역할처럼 재호 또한 우리의 검사이기 전에 한 인간이니까 미선이라는 가녀린 피해자의 입장에서 지금 몰입을 한 상태라고 볼 수 있을 것 같았다.

나도 잠시 숙연해졌다. 한 남자의 쾌락이 무고한 한 생명을 앗아갔다고 생각하니 참을 수 없는 분기를 느꼈다. 비록 피해자가 언제 어떻게 죽었는지는 모르겠지만 우리 프로젝트의 당위성이 더 빛나 보였다. 지난번 주인공도 결국은 피해자가 죽었다더니 이 건 역시 피해자가 죽었구나. 성범죄와 죽음과의 등식이 이렇게 명백히 성립되고 있으니, 이들을 심판하는 우리의 어깨가 더 무겁게 여겨졌다.

소모적인 논쟁에 종지부를 찍으려 내가 최종 선고를 했다.

"한 인생을 그렇게 만들어놓고도 피고는 개전의 정을 보이기는커녕 은혜를 베풀었다고 하고 오히려 원수로 치부하고 있으니 참으로 개탄스럽습니다. 도저히 묵과할 수 없는 피고의 범법행위에 대해 더 이상 이런 불행이 되풀이되지 않도록 피고에게 근원적인 처벌을 하고자 합니다. 본 법정은 피고에게 귀두절단형을 선고하는 바입니다. 탕! 탕! 탕!"

참고로 우린 실제 법정에서와는 달리 판결봉을 두드렸다. 판결봉이라고 해봐야 주변에서 주워온 나무 뭉치에 불과했지만 주인공에 대한 단죄가 끝났고 우리의 의지 또한 명백히 밝힌 만큼 힘을 모아 그 결행을 단행하기 위한 마음의 독려 표시였다. 솔직히 그 판결봉을 두드리고 나면 더 이상의 갈등이나 고민이 없었으니, 어떤 의사를 결정할 때는 확실히 나름대로의 효과가 있는 것 같았다.

우리의 거사, 말은 아무렇지도 않은 듯 서술하고 있지만 솔직히 처음엔 많이 떨렸다. 무슨 일이든 처음 하는 것은 다 가슴이 떨리지 않던가? 첫사랑을 할 때도 두근거리고 처음 사본 복권을 들고서 지켜보는 추첨 순간도 떨렸으며 군 입대할 때도 긴장의 연속이었다. 배우가 무대에 처음 설 때에도 떨리고 마이크를 입에 대는 인터뷰 순간도 입술을 덜덜 떠는 걸 많이 봤다.

'초(初)' 자가 붙은 사람들은 그래서 항상 실수의 연속이고 어설프기 짝이 없는가 보다. 하물며 사람의 신체를, 그것도 온갖 발악과 반항과 사력을 다한 저항 그리고 애원과 통사정과 눈물로 호소를 하는 상황에서 매몰차게 모든 걸 뿌리치고 싹둑 자른다는 것은 보통 마음 갖고는 쉽지 않다는 것을 분명히 말해둔다.

지독한 마음을 먹고 시작은 했지만 많이 갈등을 겪은 게 사실이었다. 저렇게까지 애원을 하는데 그냥 이쯤에서 경고성으로 그치면 안 될까? 이 정도면 충분히 반성을 하지 않았을까 하고 중단하고 싶었다. 도대체 얼마나 인간들이 잔인해져야 하는가 하고 나 자신에 대해 회의감도 들었다. 그렇게 살려달라고 하는데, 그토록 싹싹 빌고 있는데, 우리 딸아이도 그랬을 것 아닌가? 역사에 가정은 없다지만 그렇게 간절히 애원할 때 한 번만, 정말 한 번만 마음 속으로 더 갈등하고 생각했더라면 나와 재호의 비극은 애초부터 시작되지 않았을지도 몰랐다.

마음이 모질지 못하고 여린 탓에 항상 남의 부탁을 거절해본 적이 없었던 나한테는 이걸 뛰어넘는다는 것이 엄청난 고통이었다. 딸아이가 예뻐했던 강아지의 발톱 하나 제대로 깎지 못했던 내가 이렇게 감당할 수 없는 일을 저지르다니……. 온몸을 부르르 떨고 있는 사람한테 우리는 악마의 가면을 써야 했다. 악마는 살려달라는 부탁을 들어줄 리 없으니까. 순간순간 그들에게 연민을 느끼기도 했지만 우린 철저히 이 순간엔 지킬 박사가 아닌 하이드가 되어야 했다. 사람의 신체를 절단하는 게 아니라 우린 악의 종양을 잘라내는 것이라고, 사악한 뱀의 머리를 잘라내는 것이라고, 추악한 범죄의 덩어리를 없애는 것이라고 수없이 마음 속으로 되뇌었다.

물론 자르는 최종 행위는 길수가 했지만 모질고 악한 악마의 마음으로 살 뭉치를 잘라내는 순간은 피가 거꾸로 솟구쳐 오르는 것 같았다. 매사에 두려움이나 거칠 것이 없어 보였던 길수도 처음엔 많이 망설이는 눈치였고 행동 또한 서툴기만 했다. 재단한 부위를 자른다는 게 하마터면 전체를 자를 뻔하기도 했으니까.

가위를 쥔 손가락에 최종적으로 힘을 가하기 전 길수는 꼭 재호를 바라다 보았다. 고대 로마의 검투사는 자신에게 패한 상대방의 목숨을 거두기 전 경기장에 임석한 높은 사람에게 최종적으로 의사를 확인했다. 생사를 가르는 관중의 반응을 살피고선 임석 상관은 엄지손가락을 위로 치켜세워 살릴 것을 알렸고 반대로 엄지를 땅으로 향해 죽일 것을 명했다. 길수는 비장한 표정으로 재호를 쳐다봤고 그럴 때마다 재호는 결연한 표정을 지은 채 엄지를 땅을 향해 꽂는 뜻으로 지그시 고개를 끄덕였다.

재호는 오히려 이런 순간을 즐기는 것 같았다. 사람이 침착하다 못해 냉혹하게까지 보였으니까. 좀 무섭다는 생각도 들었다. 나처럼 마음이 여린 사람만 있으면 우리 일도 제대로 수행해내지 못할 것이다. 솔직히 재호 같은 사람이 있어야 중심을 잡고 프로젝트를 실행해 나갈 수 있을 것이라고 생각은 들었지만 그의 차가움이 썩 마음에 드는 것은 아니었다.

정작 두려움은 모든 행위를 다 끝내고 찾아왔다. 겁 없이 저질렀던 일에 대해 가슴이 두근두근 떨려왔는데, 아무리 진정하려 해도 멎지 않는 딸꾹질처럼 심장의 떨림은 그칠 줄 몰랐다. 심호흡을 하고 냉수를 마셔봐도 도무지 진정이 되지 않았다. 학교 앞 꼬마들이 우르르 몰려가는 구멍가게에서 주인 몰래 껌 하나 들고 나왔던 그 어린 녀석의 두근거림하고 똑같았다.

놀라운 것은 우리의 프로젝트가 거듭될수록 이런 두려움이나 떨림 현상이 점차 사그라졌다는 것이다. 소위 두려움에 대한 내성이 생긴 것이다. 내성이 생긴다는 것은 경험을 통해 어떤 현상에 대해 견디는 힘이 강해지고 그럴수록 감각이 무디어진다는 것인데, 감정 또한 무디어지는 게 사실인 것 같았다.

사람들은 계획이 잘못되거나 일의 방향이 엉뚱한 곳으로 향하거나 결과가 의도한 대로 나오지 않을 때에 '초심을 잊지 말라'고 얘기들을 하곤 한다. 시간이 가고 경험이 쌓일수록 처음의 감정은 온데 간데 없이 사라지게 되고 현재의 느낌과 감정에만 충실하게 되는가 보다.

우리가 그랬다. 횟수를 거듭할수록 죄책감 같은 감정은 사치스러운 것 같았고, 오히려 더 우리의 역할에 충실해지는 걸 보면 숙련된 기술자가 된 느낌이었다. 한마디로 대담한 프로페셔널이 된 것 같았다.

그래서 바늘 도둑이 소도둑 되는가 보다. 그래서 연쇄살인범도 생기는가 보다.

# 제8장

## 주위상을 아십니까?

"전보요!"

지금은 거의 사라졌지만 전화가 보급되기 전에는 가장 빠른 커뮤니케이션 수단은 전보였다. 지금의 전보는 축하 메시지를 보내기 위한 축전 위주겠지만 예전엔 거의 비보를 전하는 저승사자 같은 메시지가 주류였다.

농사일만 하다가 모처럼 동네 계원들끼리 울릉도 여행을 가기 위해 나섰던 대문에서 죽음의 전보를 접하고선 부모님은 여행을 포기해야만 했다. 간발의 차이로 숙부의 사망소식을 전하는 전보였는데, 오랜만의 나들이 기대에 들떠 있던 부모님 마음을 완전히 내동댕이친 매정한 통신이었다.

길수가 죽었다. 무시무시한 화물 트럭에 치어 정확히 말해서 그가 타고 있던 승용차를 대형 트럭이 깔아뭉갠 것이었지만 그 자리에서 즉사했다. 왜 길수가 그 시간에 우리의 아지트가 위치한 지역의 외곽에 주차를 해놓고 술에 취해 부검 결과 만취상태였다고 잠이 들었는지는 모르겠지만 말이다. 가해 차량으로 추정되는 화물 트럭은 현장에서 시동이 걸려 있는 채 발견됐으나 운전자의 알리바이는 완벽히 입증이 됐다. 새벽에 출근을 위해 일어났던 트럭 운전수는 인근 화물차 주차장에 세워놓았던 트럭이 없어져 깜짝 놀라 새벽 시간에 도난 신고한 것이 밝혀졌고, 가족의 증언과 아파트 및 엘리베이터 폐쇄회로 분석 결과도 그의 무관함이 증명됐다.

급정차 흔적도 없었고 차량이 여러 차례 충격을 입은 것으로 감식 결과 밝혀져 누군가에 의한 의도적 살인으로 잠정 결론이 났지만 그 누군가가 누구냐가 문제였다. 1차 충격으로도 모자라 후진을 반복해 몇 차례 더 시도를 했다면 살해 의지는 분명한 듯 보였다.

가해 트럭에서 운전자 외의 특별한 지문은 나오지 않았으나 의미 있는 증거물을 찾았다고 했다. 목격자는 없었다. 그 이른 새벽에 어느 누가 그런 외진 곳을 겁 없이 지나다닐까?

트럭은 왠지 겁부터 났다. 트럭들이 달고 다니는 클랙슨 소리는 왜 그리 큰지, 대부분 사람들은 깜짝깜짝 놀라는 것은 말할 것도 없고 어떨 땐 쫓아가서 패 주고 싶은 심정도 있었다. 주행 중에 트럭을 잘못 약 올리기라도 하면 거의 죽음을 각오해야 한다. 언젠가 좁은 시골길에서 어떤 차를 길가 개울로 몰아붙이는 걸 목격했는데 거의 사고 나기 일보 직전까지 온갖 상소리를 지껄이며 차를 코너로 몰고 있었다. 〈로드킬〉이라는 미국 영화에서도 순간의 실수로 트럭 앞에 끼어든 한 여자가 그 트럭 운전사에 의해 겪게 되는 고초를 잘 표현했던데, 차량의 크기와 잔혹함의 크기가 비례하지는 않는지 모르겠다. 달리는 것은 얼마나 또한 흉기 같던가? 짐을 가득 싣고서 내리막길을 굉음을 내며 질주할 때면 덜컥 겁이 나곤 했다. 속도와 질량이 가미된 그 힘은 가히 상상 이상이었다. 운동의 제2법칙이다.

초보 운전 시절 겁 없이 장거리 운전을 할 때였다. 시골길에서 기름이 바닥날 지경이 되어 조금이라도 기름을 아껴보려고 내리막 길에서 시동을 끄고 내려가기 시작했는데, 어느 순간 속도가 붙기 시작하더니 구불구불한 길에서 코너를 꺾지 못할 상황에 이르렀다. 브레이크도 작동되지 않아 그 순간 나는 죽는 줄 알았다. 다행히 시동 키를 돌려 위기를 넘겼지만 유압식 브레이크의 작동원리를 알고는 가슴을 쓸어 내렸다. 참 무식한 나였다. 그런 달리는 쇳덩어리에 부딪혀 길수가 죽다니…….

전화가 왔다. 죽음의 전보였다. 길수를 아느냐고……. 길수와는 어떤 사이고 그날 어디에서 무엇을 했는지도 꼬치꼬치 캐물었다. 며칠 동안 연락이 없기에 전화를 몇 번 했는데 그게 사건의 단서가 될지 모른다고 판단한 경찰의 직업정신에서 비롯됐을 테지만 말이다.

'가만 있자, 그날 난 어디에서 뭘 했더라?'

특별하게 생활의 변화가 있을 수 없는 나였지만, 진짜 그날 뭘 했는지 기억이 안 났다.

갑자기 물어서 생각은 잘 안 나는데 왜 그러시냐고 물었다.

그랬더니 길수가 죽었단다.

그래서 알게 된 길수의 죽음.

길수가 술이 취해 잠들었기에 망정이지, 그 성질에 깨어 있을 때 그런 일을 당했더라면 죽으면서도 온갖 욕설을 다 퍼부었을 것이다.

길수의 집이 어디였더라? 재호의 집도 모르는데 길수의 집은 더더욱 몰랐다. 설사 안다고 해도 찾아갈 생각은 없었다. 그렇지 않아도 길수와의 연관성을 캐기 위해 색안경을 끼고 바라보고 있을 경찰한테 주목을 받고 싶지도 않을뿐더러, 길수의 죽음을 놓고 울부짖을 가족들의 모습을 지켜볼 자신이 없었기 때문이다. 길수와 우리 딸아이, 길수의 부모와 나. 배역만 다를 뿐 상황은 하나도 다르지 않을 테니까.

솔직히 그간 상가(喪家)에 조문을 가지 않았다. 친구 부모상 등 밤을 새워서라도 위로를 해야 마땅한 자리도 봉투만 보낼 수밖에 없었다. 죽음을 떠올리는 그 어떤 것도 일부러 가까이 하지 않았다.

그나저나 길수가 죽은 그날 나는 어디에서 뭘 했지? 며칠 전인데도 깜빡 하는 걸 보면 나도 늙으면 치매가 올 듯하다. 어떨 땐 금방 물건을 어디에 두고선 그 물건 찾느라 정신이 없었던 적도 있다. 운전하려고 자동차 근처에 왔다가도 키가 없어서 몇 번이나 되돌아가 여기저기 찾았고, 텔레비전 리모컨도 바로 곁에 두고도 헤맨 경우가 한두 번이 아니었다. 핸드폰도 몇 번이나 잃어버렸는지 모른다.

아, 생각이 났다. 재호가 밤늦게 찾아온다고 해서 기다리다가 집으로 가지 않고 소주 한 병을 안주 없이 마시고선 가게에서 일찍 잠이 들었다. 늦게라도 오면 문을 두드릴 것이니까.

잊을 만하면 연락도 없이 불쑥 찾아왔던 재호였지만 그날은 친절하게 전화를 했다. 가끔은 집에 가봐야 기다려주는 사람도 없어서 가게에 딸린 방에서 자곤 했는데, 그걸 입증하라고 하면 어떻게 해명할 수 없을 것 같았다.

어쨌든 그날 밤 재호는 끝내 오지 않았다. 재호가 약속을 어겨본 적은 거의 없었다. 그런 재호의 약속이기에 믿고 기다렸고, 재호에게 피치 못할 사정이 있었겠구나 하는 정도로 가볍게 생각하고 넘겼다. 아침에 일어나 옷을 갈아입기 위해 집에 가려고 가게를 나왔는데 의당

상가 뒤 주차장에 있어야 할 내 차가 보이지 않았다. 깜짝 놀라 두리번 거렸더니 항상 세워뒀던 곳이 아닌 다른 곳에 주차되어 있었다.

'어? 어제 내가 여기에다 차를 세워놓았던가?'

요즘 아무리 건망증이 좀 심해졌다 하더라도 기억이 잘 나지 않았다. 어쨌든 길수가 죽던 날 밤의 상황이었다.

문제는 길수의 죽음에서 끝나지 않았다. 길수를 부검한 결과 다량의 수면제 성분이 발견됐고 다른 사인이 있는지 분석하고 있다고 방송에 보도되기 시작했다. 어쩌면 다른 곳에서 살해당한 후 옮겨져 교통사고로 위장했을 수도 있다고 했다.

수면제라니? 길수가 수면제를 먹고 잘 정도로 신경이 예민한 사람이었던가? 내가 아는 길수는 큰 덩치와 다혈질의 사내로 등만 붙이면 코를 골 정도로 잠이 많은 사람이었다. 어떨 땐 우리의 주인공들과 지루한 설전을 벌이고 있는 걸 지켜보다가도 잠깐 코를 고는 사람이었다. 재호에게 한 소리를 들은 그 뒤로 길수는 우리의 재판과정에서는 절대 앉지 않았다.

고스톱을 칠 때도 조는 사람이 있었다. 한참 고스톱 판에 열중하고 있는데 다음 사람이 패를 내지 않고 있기에, '많이 고심하고 있겠지' 하고 기다렸는데도 영 다음 액션이 없었다. 그래서 다들 올려다 봤더니 글쎄 꾸벅꾸벅 졸고 있는 게 아닌가. 한참을 웃은 적이 있었다.

사실은 나는 지금도 수면제 없이는 잠을 잘 못 이룬다. 수면제는 의사의 처방을 받아야 구입할 수 있기 때문에 정확히는 수면 유도제거나 수면 보조제이다. 항시 숙면을 취하지 못해 비몽사몽 상태로 밤을 지새우기 일쑤였다. 어떤 땐 잠깐 잠이 들었다가도 깊은 나락으로 떨어지는 악몽을 자주 꿔 벌떡 일어나곤 했다. 남들 다 자는 잠을 못 이루고 밤을 꼬박 새우는 그 고통은 이루 말할 수 없는데 그 상태가 며칠간 지속되면 미치기 일보 직전까지 된다. 꿈도 자주 꿨다. 그렇게 간절히 바라던 우리 딸아이는 야속하게도 꿈에 한 번도 나타나주지 않았고, 대신 얼굴 없는 아내의 모습만 종종 등장했다.

제발 잠 한번 푹 자봤으면. 오늘밤은 제발 아무 생각 없이 잠 좀 자봤으면 소원이 없겠다고 염원해보지만 결과는 똑같은 과정의 반복이었다. 낮에는 또 얼마나 피곤한지. 벌겋게 충혈된 눈이 그냥 무겁기만 했다. 아무것도 안 해도 그냥 피곤에 지치지만 그렇다고 낮잠도 오지 않았다. 한번은 모친 집에서 잠을 잤는데, 그날도 나는 뜬눈으로 지새웠지만 모친은 내가 코를 드렁드렁 골면서 잤다고 얘기를 했다. 그래서 나 나름대로 얻은 결론이 불면증은 잠을 못 이루는 게 아니라 숙면을 못 취한다는 것이다. 불면증과의 전쟁을 견디다 못해 약국을 찾은 후 모처럼 아침 늦게까지 죽음보다 더 깊은 숙면을 취했고 세상에 내 몸이 날아갈 듯 가뿐했으며 컨디션이 그리 좋을 수 없었다. 그간 내 몸을 억누르고 있던 불면의 귀신들이 내 몸에서 미련 없이 떨어져 나간 듯해서 정말 기뻤다. 그 뒤로 나는 수면제의 포로가 됐다. 사람들이 세상살이가 고달프고 견딜 수 없는 충격을 받았을 때 그래서 그토록 편한 영면(永眠)을 꿈꾸는지도 몰랐다.

그런데 길수가 수면제를? 앞뒤가 맞지 않은 대목이었다. 진짜 수면제에 취해 있었다면 그럴 만한 사정이 있었거나 우리를 혼란에 빠뜨리기 위한 고도의 심리전인지도 몰랐다.

길수의 통화기록과 금융거래내역이 철저히 파헤쳐지고 있고 중요한 단서를 확보했다고도 보도가 됐다. 단순 보도내용만 놓고 보면 마치

기자라는 작가에 의해 쓰여지는 소설같이 잘 짜이고 있다는 느낌이었다.

많이 답답했다. 재호와도 연락이 되지 않았으니까.

'정보의 비대칭'을 아는가? 상대방이 정보를 독점함으로써 결국 내가 손해를 볼 수밖에 없는 현상인데, 가장 흔한 예로 중고차 매매 사례를 들기도 한다. 사고 유무나 차량 상태를 사고자 하는 사람은 전혀 알 수 없어 중고차에 대한 품질에 의문을 품게 되고 결국은 이런 게 합당한 중고차 시세로 이어지지 않아 파는 사람이나 사는 사람이나 손해를 볼 수도 있다는 것으로, 길수에 대한 정보를 경찰이 독점하고 있는 한 우리에게는 선택의 폭이 좁을 수밖에 없었다.

그나저나 재호와 연락이 닿지 않는다는 것은 좋지 않은 징조가 아닌지 모르겠다. 아무리 전화를 받지 않는다 해도 이렇게까지 며칠씩이나 무심한 적은 없었다. 길수를 시켜 통화를 하거나 그것도 아니면 공중전화를 통해서라도 무슨 일이 있냐며 연락을 했던 재호였다. 하도 불안하고 답답해서 혹시 내 전화를 피하고 있는 것은 아닌지 몰라 다른 전화로 시도를 해봐도 마찬가지였다.

재호의 집 또한 어디였지? 구로 어디였다고 얼핏 들은 것 같기도 했는데……. 하지만 우린 서로의 집을 방문해본 적이 없었다.

예전 같으면 친한 친구 집에서 술도 마시고 밤늦게 도란도란 얘기도 해가면서 잠을 자기도 했지만 지금은 그런 낭만이 아예 없어진 것 같다. 피치 못할 경우가 아니라면 바로 택시를 타거나 만취했을 경우엔 대리 기사를 부르거나 찜질방도 도처에 널려 있어 피곤한 한 몸 정도는 가뿐히 손쉽게 해결할 수 있으니까. 교통이 불편하고 휴대폰도 없었던 시절에나 가능했던 게 바로 외박이 아니었을까?

친구랑 젊은 날 술이 떡이 돼 다른 친구 포함해서 세 명이 시골 그의 집에 묵을 일이 있었다. 그중 다른 친구 하나가 어디에서 났는지는 기억이 안 나지만 살아 있는 산비둘기를 한 마리 갖고 있었다. 늦은 밤 예고 없이 찾아온 우리에게 친구 마누라는 결코 호의적이 아니었을 것은 자명한 일. 한밤중 대사 중 기억에 남는 말은 "어머, 비둘기 참 예쁘다."였다. 불청객의 무례를 비둘기가 대신 용서받은 셈이었다. 얌전했던 우리가 포식자의 식탐과 잔인함으로 무장한 건 안방 문을 닫고 친구 부인이 사라지고 난 후였다. 냉장고에 있는 술을 죄다 꺼내 마시면서 모자라는 안주 감으로 생각했던 게 그 싱싱한 산비둘기였으니, 곧바로 처형이 시작됐고 깃털이 뽑힌 살 조각이 뜨거운 프라이팬에서 춤을 췄다. 그때 기억으론 산비둘기 고기 맛이 사냥꾼의 입담처럼 그리 맛있지 않았고 아주 퍽퍽했다는 것이다. 배 부른 상태였기에 그랬을까? 경제학에서 나오는 한계효용체감의 법칙에 충실했던 것 같다.

다음날 아침 우린 밥도 못 얻어먹고 쫓겨나왔다. "이 야만인들!" 하고 지른 그 비명이 지금도 귀에 쟁쟁하다. 술에만 안 취했더라면 비둘기 털 등 잔해물을 말끔히 치우고선 날려보냈다고 시치미를 뗄 수 있었을 텐데 쫓겨나오면서 참 입맛이 씁쓰름했다. 그리고 비둘기한테도 정말 미안했다. 그렇게 맛도 없었을 거라면 허망하게 생명을 잃지 않아도 됐을 텐데. 요즘 도심 곳곳에 활개치고 있는 비둘기야 누가 돈을 주고 먹으라고 해도 먹을 사람은 없겠지만, 산비둘기라면 하고 혹 누가 시도를 한다면 도시락을 싸 가지고 다니면서 말릴 것이다. 정말 맛이 없으니 꿈도 꾸지 말라고. 어쨌든 참 별난 외박이었다.

피해 차량에 대한 정밀 감식 결과가 또 나왔단다. 차량 소유자 길수 말고 지문이 여럿 발견됐으며 소위 귀두사건 피해자들의 지문도 있어 이 차량과의 관련성을 수사 중이라는 내용의 기사였다. 길수와의 통화 기록 분석, 피해 차량의 이동 경로를 파악하기 위해 도로 곳곳에 설치 되어 있는 방범용 CCTV를 분석하고 있다고도 했다. 또 한 가지, 가해 트럭 안에서 수거한 의미 있는 증거물에서도 피해 차량에서 채취한 지 문과 동일한 사람의 지문이 나왔다고 보도가 됐으나 그 의미 있는 증 거물이라는 게 뭔지는 알려주지 않았다.

요즘 세상에 워낙 사건사고가 많기 때문에 공중파 위주의 예전 방 송에서는 제한된 뉴스 시간에 이런 걸 일일이 다 다루지 못했지만, 지 금은 뉴스 전문 케이블 채널이 많이 늘어 거의 매시간 단위로 세세히 보도가 되고 있었다. 정보화 세상에서 확실히 신속하게 잘 보도가 되 고 있는 걸 보면 세상 참 많이 달라졌다는 생각이 들었다.

귀두사건 피해자의 지문 얘기가 좀 마음에 걸렸지만 나하고는 직접 적인 인과관계가 없는 길수의 죽음이었기에 그냥 별 의미 없이 이런저 런 생각을 하고 있었는데 어느 순간 누가 내 머리를 탁 치고 가는 느 낌이 들었다. 정신이 번쩍 났다.

'아니, 뭐야? 그럼 나밖에 없는데? 지금 내 얘기를 하고 있는 거 아 닌가?'

재호는 항상 앞서서 자기 차로 다니는 바람에 길수 차를 탄 사람은 나밖에 없었다. 타깃은 바로 나라는 뜻이지 않나? 더구나 언론에 이 정도 나올 정도면 수사는 상당히 진척이 됐다는 뜻이다.

언론이 이럴 때는 내겐 선각자라는 생각이 들었다. 물론 다른 매체보다 먼저, 다른 매체가 모르고 있는 부분을 세세히 다뤄야 매체의 신뢰도나 속보성에서 앞서 가기 때문에 이들의 경쟁으로 인해 수사 당국으로서는 골머리를 앓을 수도 있겠지만, 그 사건 당사자한테는 귀중한 정보가 될 수 있을 것이다.

점점 나를 향해 조여오고 있는 것이 본능적으로 느껴졌다. 중국에서 큰 지진이 나기 전 두꺼비들이 몽땅 어디론가 이동해서 동물들이 그 징조를 먼저 알았다고들 했는데, 위험을 감지하는 탁월한 능력이 내게도 있었나? 개구리의 울음 소리로 비올 것을 알거나 허리가 욱신욱신 쑤시는 걸 보고 날이 흐리다고 하는 등 자연의 그런 예지능력을 기상예보에 활용을 하고 있으니까 내게 그런 능력이 꼭 없으리라는 법은 없을 것 같았다.

생각해봤더니 며칠 전부터 가게 건너편에 낯선 차 한 대가 줄기차게 나를 지켜보고 있었던 것 같았다. 유리창이 짙게 선팅 되어 있어 그 안에 누가 있는지는 잘 모르겠지만 얼핏 지나는 길에 보니까 두 명 정도가 차에 드나들었던 것 같다.

마음이 조급해지기 시작했다. 갑자기 어떤 충격으로 술이 확 깨는 것처럼 혼미했던 정신이 순간 번쩍 들었지만 마음은 진정되지 않았다. 머리는 맑고 가슴은 뛰는 이런 걸 평소 같으면 냉철한 이성에 따뜻한 감성이라고 표현했겠지만, 이성과 감성보다는 당황해 하는 내 행동이 문제였다.

어느 집에 불이 났단다. 온 집안이 화염에 휩싸이기 시작하고 연기가 방 안을 자욱이 덮고 있는 긴박한 상황에서 화재 사실을 안 부자의 대화가 생각났다.

"아버지, 우리 집 불 났어요. 빨리 119에 신고해요."

당황한 아버지 왈.

"그래, 아들아! 근데 119가 몇 번이지?"

어딘가에서 본 유머로 내 상황이 이것과 별반 다르지 않았다.

누구라도 이런 상황에서는 그렇게 결정했겠지만 일단은 자리를 좀 피해 있어야겠다. 비겁하다고 손가락질 해도 병법 36계 중 소위 줄행랑이라고 하는 주위상(走爲上)을 써야겠다. 위기에서는 도망가는 것도 뛰어난 전략일 수 있으니까. 원래 줄행랑이라는 말은 대문 근처에 있는 방, 즉 행랑채의 방 중에서 맨 끝 방을 일컫는 말로서, 주위상이라는 계책이 병법 36계 중 제일 마지막에 있으니까 재미있는 표현이 아닐 수 없다.

가게 문에 휴업이나 폐업이라고 방을 써 붙여야겠지만 그것은 내가 도망간다라고 광고하는 꼴이 되니까 참아야겠다. 필요한 걸 대충 챙기기 시작했는데 갑자기 뭔가가 곧 쫓아올 것 같은 불안한 마음을 감출 수 없었다. 몇 번이나 가게 문 밖을 살피면서도 안심이 되지 않았다.

어릴 적 꿈의 공통점은 나쁜 놈이나 괴물한테 쫓기는 것이었다. 한결같이 곧 손에 잡힐 것처럼 쫓아오는 괴물과의 간격이 가까워졌는데도 내 걸음은 천근만근이나 된 것처럼 죽어도 움직여지지 않는다는 것이었다. 오줌을 쌀 것 같은 답답하고 미칠 것 같은 상황에서 괴성을 지르며 잠에서 깨곤 했는데 그땐 등줄기가 땀으로 흠뻑 젖어 있었다.

지금 내 상황이 그랬다. 뒷문으로 살짝 도망치듯 빠져 나왔다. 뒷문은 가게에 딸린 화장실에나 갈 때 사용했던 문이었지만 이렇게 줄행랑을 칠 때 사용할 줄은 꿈에도 생각지 못했다. 뒷문을 잠그면서 가게 안을 마지막으로 휙 둘러봤다. 다시 돌아오지 못할 것이 분명했기 때문이다. 내 애마도 그대로 거기에 주차돼 있었으나 주차장에서 나오려면 분명 잠복하고 있는 친구들에게 들통날 것은 뻔한 일이기에 그대로 두고 나왔다.

딸아이를 보내고 아내가 사라지고 내 희망과 인생도 사라졌을 때에도 배고픔은 사라지지 않았다. 빼앗긴 들에도 봄이 오는 건 당연했지만 이런 상황에서도 배고픔이 찾아오는지 그땐 너무도 기가 막혔다. 어느 날 절박하게 나를 노크한 생계의 문제, 그래서 시작한 것이 이 가게였다. 평생을 특별한 기술 없이 소위 펜대만 굴렸던 나로서는 마땅히 선택할 업종이 많지 않았다. 그래서 시작한 것이 공인중개사 사무소였다. 지금이야 무슨 고시처럼 어려운 시험이 되어버렸지만 내가 시험을 볼 때는 초창기여서 비교적 쉽게 자격증을 취득할 수 있었다.

부동산을 오픈할 때 에피소드가 하나 있었다. 상가는 원래 부동산 사무소 두 개가 이미 선점을 하고 있었고 건너편에도 하나가 있었으니까 나까지 합치면 근처에 네 개나 됐다. 간판 이름이 한결같이 'ㅇㅇㅇ 공인중개사 사무소' 이런 식이었고 나 또한 그렇게 간판을 달았다. 그 중 한 곳은 예전부터 소위 복덩방을 운영해오고 있는 사람이었는데, 자격증을 따지 못해 공인중개사에 대한 스트레스를 많이 받고 있었던 모양이다. 더구나 '공인'이라는 단어가 주는 그 신뢰성의 가치는 대단한 거 아닌가! 결국 그 사람은 가게 간판 이름을 아예 바꿔버렸다. 'ㅇㅇㅇ 공인부동산 사무소' 이렇게……. 그래서 사람들은 그곳도 공인중개사가 일하는 걸로 알고 있다.

회사에서 퇴직금 중간정산을 미리 했기 때문에 손에 쥔 퇴직금은 몇 푼 되지도 않았다. 그나마 그간 아이 찾아, 아내 찾아 삼만 리를 헤맸으니 수중의 돈도 남아 있지 않은 상태였다. 이 가게에 들어가 있는 보증금 걱정은 안 해도 될 것 같았다. 형이 상당할 정도로 돈을 빌려주면서 상가 임대차 계약을 형 앞으로 했기 때문에 보증금 회수 문제는 형이 알아서 할 것이기 때문이다.

어쨌든 몇 년간 내 손 때가 묻은 가게를 돌아보는 심정은 한마디로 자식 같은 느낌이었다. 배고픔을 해결하기 위해서라기보다는 모든 걸 잊기 위해서 더 열중했던 가게였기에 내 마음이 잔뜩 묻어 있었던 것 같다.

▶▶▶

은주한테 전화를 했다. 신문사 사회부 차장으로 있는 대학 후배다. 군 제대 후 복학해서 내가 4학년일 때 은주가 같은 과 1학년이었으니까 나이 차이는 6~7년 정도 났다. 물론 그때야 체육대회 같은 과 행사를 통해 얼굴은 몇 번 봤지만 은주를 썩 잘 알지는 못했고 내가 우리 딸아이 일을 당한 후에야 또 다른 대학 후배를 통해 그 사실을 새삼 확인할 수 있었다.

"선배! 죽고 싶죠? 그럼 까짓 것 죽어버려요."

엥, 뭐야? 그 상황에서도 이 독특한 화법은 내 귀를 자극했다. 죽는 것이 뭐 누구한테 귀찮은 거라도 줘버리는 것처럼, 까짓 것 죽어버리란다.

사람들은 대개 힘 내라, 이겨내야 한다, 산 사람이라도 살아야 한다, 시간이 해결해줄 것이다, 모친을 생각해라, 빨리 잊어라 등등 상투적이고 어쩌면 가식적인 나를 위로해준 그들한테는 미안하지만 표현으로 일관했다. 차라리 아무 말도 하지 않고 손에 힘을 주어 악수만 했던 사람들이 솔직히 더 고맙게 느껴졌다.

"하지만 죽더라도 지금은 아니죠. 선배 인생을 이렇게 종친 인간은 어떻게든 찾고 죽어야 하지 않겠어요? 억울해서 어떻게 죽어요. 그러니까 그때까진 아무 말도 하지 말고 그놈만 생각하며 살아요. 제가 이 자리에 있는 한 어떻게든 선배 일을 도와드릴게요."

전형적인 'Yes, But' 화법이었다. 일단 긍정을 해서 상대방의 환심을 산 다음, 하지만 어쩌고 저쩌고 하면서 자기 할 말을 다 해버리는 그런 화법 말이다. 영업계통에 있는 사람들은 화법의 ABC로 알고 있을 정도로 가장 많이 쓰여지고 있는 이 방법을 은주가 일부러 썼을 리는 없을 테지만, 보통 그녀의 대화가 대부분 그런 식이었다.

그런 일상의 위로 속에서 갑자기 죽으라고 은주는 얘기했으니 독특할 수밖에 없었다. 취재 과정에서 얻은 수사 진행 상황이나 중요한 정보도 내게 알려줬다. 한국 사회에서 누군가를 잘 알고 있다는 것이 참 많이 힘이 되는 것을 새삼 다시 느끼게 해줬다.

여하튼 내가 그 일을 당했을 때 기자가 아닌, 사람 냄새를 풍기며 나를 위로해줬던 사람이 바로 은주였다. 앞서 얘기했듯이 보통 사람의 그런 위로가 아니라 냉정함과 침착함 그리고 인내심 같은 평정심을 잃지 않도록 해줬으니까 나로서는 다른 면의 위로였다. 은주의 그런 모습을 보고 감정에 치우치지 않고 사건을 군더더기 없이 본질만을 바라볼 수 있도록 기자 수업을 참 잘 받았을 거라는 생각이 들었다. 어쨌든 많이 위안을 받았는데 이제 내가 은주에게 선물을 줘야 할 것 같았다.

"선배! 요즘 사업은 잘돼요? 요즘 정신이 없어서 연락도 못했네요."

신문사 근처의 커피숍 의자에 앉으면서 은주가 물었다. 은주를 볼 때마다 느끼는 거였지만 한참 아래의 누이동생처럼 참 편안했다. 사람 관계가 내가 덕을 보는 것도 아닌데도 괜히 부담이 가고 거부감도 느껴지고 이유 없이 미운 사람도 있는 법인데, 은주는 그냥 아무 말 없이 앉아 있어도 마음이 불편하지 않고 지루하지도 않은 그런 사람이었다.

회사 그만두기 한참 전에 홍보팀에서 기자들 대하는 일을 한 적이 있었다. 처음엔 경험 부족에서 그랬겠지만, 편하게 식사하면서 이런 저런 얘기를 주고 받다 보면 그 다음날이나 그 다다음날쯤 회사 관계자가 이렇게 얘기했다며 내 말을 인용해 기사를 써서 나를 당황하게 하곤 했다. 그렇다고 사석에서 이 얘기는 '오프 더 레코드(Off the Record)'라고 일일이 얘기할 수도 없어서 다음부턴 그들한테 절대 속내를 얘기하지 않았다. 기자들 세계에서 지켜지지 않는 게 오프 더 레코드와 엠바고인 것도 그때 알았다. 기사 가치가 있고 독자를 위한다는 구실로 그 단어는 한낱 말의 성찬에 지나지 않았다. 그리고 같은 사람이었지만 자연인과 기자를 구분해야 했다.

그렇게 이분법적으로 철저하게 구분해왔던 경계선을 은주는 확실히 없애게 해줬고 기자에 대한 시각을 바꾸게 해줬으며 믿음도 갖게 해줬다. 그렇다고 은주로 인해서 그런 게 한꺼번에 확 달라졌다는 게 아니라 기자도 이런 기자가 있구나 하는 정도니까, 행여 보통 기자들은 나의 변화를 너무 기대하지 않는 게 좋겠다. 그래 봤자 별 것도 없지만……

우리 딸아이 사건에 관한 것도 당연히 사실에 근거해서 썼으나 정말 피해자인 내가 공감이 갈 정도로 우리 사회 저변에 대한 문제점을 통렬히 비판하며 인간적으로 기사화했던 은주였다. 그 뒤로도 관련된 기획기사를 몇 번 썼다.

"나, 폐업했어, 오늘 부로. 내 인생도 곧 폐업할 거야."

눈이 휘둥그래진 은주가 정색을 했다.

"와, 영광이네요. 선배 인생 폐업을 내가 신고 받다니……. 에이, 선배! 농담이 지나치시네요. 무슨 일 있어요? 표정도 썩 좋아 보이지 않으시고."

기자다운 예리함이 느껴지는 대목이었다. 감투가 사람을 달라지게 하듯이 직업도 그 사람을 달라지게 하는 게 있나 보다. 기자라는 직업을 결부시켜서 그런지는 모르겠지만 은주는 눈매도 예사롭지 않았다. 더구나 안경을 쓴 모습은 더 이지적이고 날카롭기까지 했다.

은주한테 덕을 본 게 또 하나 있었다. 매주 은주네 신문에서 지역별 아파트 시세를 비교해서 싣는 면이 있는데, 내가 영업하고 있는 동네의 아파트 시세는 내가 매주 제공을 했고 신문에서는 조그맣게 우리 부동산 이름도 같이 표기를 해 홍보가 많이 됐다. 그 일을 은주가 힘을 써서 해줬던 것이다. 그렇다고 엄청나게 영업적으로 이익을 본 건 사실 없었다. 종종 시세에 대한 전화 문의로 인해 조금 귀찮은 면이 오히려 있었다고 하면 은주한테는 서운할지 모르겠다.

"나, 은주한테 폐업 기념 선물 주려고."

"무슨 선물요? 폐업하면서 남은 아파트라도 한 채 가져 오셨나? 팔다 남은 건 싫어요. 나를 위한 특별한 거 아니면 사양할래요."

웃으면서 얘기했지만 여전히 내 표정을 읽느라 바쁜 모양이었다.

"기자한테 가장 좋은 선물이야."

기자한테 가장 좋은 선물은 당연히 기사거리일 것이다. 예전에도 그랬다. 내가 다녔던 업종을 담당했던 기자들도 하나 같이 무슨 좋은 기사거리 없느냐며 만날 때마다 졸랐다. 홍보맨들이야 당연히 좋지 않은 일은 감추고 회사의 홍보성 기사만 제공하려고 하는 터라 그들의 입맛에 맞을 일이 별로 없었을 것이다. 내가 경험한 바에 의하면 그들이 제일 좋아하는 것은 당연히 독자의 관심을 끌만한 것이어야 하고, 어떤 특정 회사 하나만 들먹이는 것보다는 업계 전체 정보까지 같이 모아서 비교해서 쓰도록 신뢰성 있는 자료를 모아주는 것이다. 그런 기사는 발로 뛰어 취재한 노력의 결과가 되기 때문에 다들 좋아했다.

"피, 선배! 이젠 사건 끄나풀로 전직하셨나? 무슨 일이에요?"

그걸 당연히 모를 리 없는 은주가 농담을 섞어가며 관심을 표시하고 있었다.

"선배! 기사거리 싫어하는 기자는 없지만요, 기사거리도 되지 않는 걸 갖고 장난치면 그거 기자 희롱죄로 걸려요. 호호호. 뭔데 그렇게 뜸을 들이고 그래요? 기사거리가 되는지 안 되는지는 내가 판단할 문제니까 선배가 그 어려운 숙제 하려고 하지 말고 나한테 줘봐요."

"내 자서전인데, 실망했지?"

"에이, 선배! 뭔데 그렇게 뜸을 들이고 그래요? 선배의 인생도 기사가 될 수 있을 것 같긴 하지만 선배가 그런 일로 나를 보자고 했을 리는 만무하고……."

가방 속에서 두툼한 서류봉투를 꺼내 들었다. 그간 주인공들의 죄목과 휴대폰에서 출력한 형 집행 장면 사진, 내 일기장 그리고 우리 프로젝트의 당위성이나 사유 등을 기록해 놓은 것들이었다.

사실 우리가 프로젝트를 수행하면서 기록을 남길 것인가에 대해 많은 논란이 있었다. 제일 반대했던 게 재호였고 길수 또한 탐탁지 않게 생각했다. 하기야 길수는 언제든지 재호의 편이었고 재호 말이라면 한 번도 토를 단 적이 없었기에 재호의 의사가 우리 전체의 의사라고 표현해도 과히 틀린 말은 아닐 듯싶었다.

"형님! 우리 일은 쥐도 새도 모르게 해야 한다는 거 잊으셨어요? 이런 거 남겨놓으면 언젠가는 우리를 옭아맬 부메랑으로 돌아온다니까요."

아파트 앞 공원에서 우리 딸아이는 어릴 적에 부메랑 던지는 걸 무척 좋아했다. 발정 난 강아지처럼 여기저기 뛰어다니지 않더라도 한 번 던지면 거의 제 자리로 돌아올 수 있었으니까 활동력이 강하지 않은 여자아이가 갖고 놀기 좋았다.

길수도 동조했다.

"저요! 선생님 말씀이 옳다고 봐요. 무슨 영화 같은 거 보면 사람 죽이는 걸 취미로 생각하는 새끼들이 제 방 천장에다 피해자들 사진을 도배해 놓았던데요. 괜히 우리도 그런 자식들이랑 똑같아지는 거 아니에요?"

"그래도 우리 일의 정당성 확보를 위해선 어느 정도 기록은 필수적이라고 보는데? 우리가 뭐 도둑질이라도 하는 건가? 그렇다고 사람을 죽이는 것도 아니잖아? 우리 앞에서는 잘못 했다고 하면서도 나중에 오리발 내밀 걸 대비해서 꼭 필요한 부분은 남겨야 할 것 같아."

내가 설득을 거듭했지만 재호의 완강한 반대에 피드백 할 때까지만 보관했다가 나중엔 폐기하는 조건으로 휴대폰으로 사진이랑 찍기로 했다. 그리고 정 그렇게 그때까지라도 기록으로 남겨야 한다면 자기는 절대 그 기록에 남고 싶지 않기 때문에 어디에든 흔적이 나와선 안 된다는 조건이었다. 실제 제반 기록에는 그래서 재호와 관련한 어떤 것도 찾을 수 없는 게 사실이었다. 어쨌든 피드백이 끝나면 폐기하기로 약속했던 것인데 협정을 위반하고 둘 모르게 보관해왔던 기록들이었다.

"와, 이게 뭐예요, 선배? 판도라의 상자라도 되나? 이거 열어보면 세상이 뒤집히는 거 아니에요? 어디 좀 봐요."

역시 은주는 확실한 민완 기자였다. 벌써부터 냄새를 맡았으니까. 심각한 내 표정과 두툼함이 주는 서류 뭉치의 부피에서 직감적으로 뭔가를 느꼈을 법했다.

"아니, 지금 말고. 내가 떠날 때 줄 테니까 그때 열어 봐. 좀 있다가 줄게. 대신 잘 보고 기사도 좀 잘 써 줘."

"사람 약 올리는 게 선배 취미셨나? 며칠 굶은 배고픈 사람한테 향기로운 음식을 앞에 두고 참으라고 하는 거와 똑같네."

우리 집 강아지가 그랬다. 먹이로 사료를 줬는데 한 번은 심하게 앓더니 몇 날 며칠이고 사료를 먹지 않았다. 딸아이는 이러다 강아지 죽는다면서 햄이며 비린 것을 이것저것 섞어 줘봤지만 식욕을 잃은 강아지는 거들떠보지도 않았다.

"괜찮아. 그런 거 주지 마라. 사람이든 짐승이든 배고프면 다 먹게 돼 있다. 어디 텔레비전을 보니까 아프리카 들개들은 한 달을 안 먹고도 잘만 견디더라."

"아빠는! 그 아프리카 들개하고 우리 집 강아지하고 같아?"

딸아이가 눈을 흘겼다.

"같지 않은 건 뭔데?"

"에구, 아빠! 아프리카 들개들이야 그런 환경에서 원래부터 자라서 적응을 한 거고, 우리 집 강아지는 온실에서 자란 건데 어떻게 똑같을 수 있어?"

"그럼, 지금부터라도 적응을 시키면 되겠네. 뭐."

"이럴 땐 아빠하고 대화가 안 된다니까."

강아지가 딸아이 인생에서 차지하는 비중이 거의 첫 번째를 다투고 있는지라 다른 사람의 강아지에 대한 편견을 제일 싫어했다.

어린 나는 식탁에 내 입맛에 맞는 반찬이 오르기를 식사 때마다 학수고대했다. 하지만 예전 시골 생활에서 지금처럼 아이들 입맛에 맞는 햄이나 소시지, 라면이나 김 같은 게 풍부하게 있을 리 만무했으니, 만날 어른들도 거칠게 먹을 수밖에 없는 김치, 고추, 오이 이런 것들이 대부분이었다.

한 번은 심술이 나서 투정을 많이 부렸나 보다. 숟가락만 들고선 고개를 푹 숙이고 씩씩거리며 투정을 했다. 일종의 데먼스트레이션이었다. 평소 같으면 '우리 착한 성식아, 다음엔 맛있는 거 해줄 테니까, 오늘은 그냥 먹어라.' 이렇게 어르고 달래곤 했는데, 그날따라 엄마의 표정은 찬바람이 휙 돌았다. 아버지도, 말없이 옆에서 밥을 먹고 있는 형도 내 우군이 아니었다. 식구들 식사가 끝날 때까지 한마디도 않던 엄마는 벌떡 일어나 내 앞에 있던 밥까지 휙 걷어가더니 설거지까지 일사천리로 다 끝내는 게 아닌가? 물론 내 숟가락도 빼앗겼다. 얼마나 서러웠는지 한참을 울어도 누구 하나 거들떠보지도 않았다. 다음 식사 때에도 역시 내 입맛과는 관계없는 메뉴가 등장했다. 어린 나도 자존심이 있었다. 그래서 또 굶었다. 숟가락만 움켜쥐고서……. 간식거리 하나 제대로 없던 그 시절, 온종일 쫄쫄 굶었던 세 번째 저녁 식사에서는 이 세상에서 제일 맛있는 반찬이 김치란 걸 알았고 된장에 고추와 오이를 듬뿍 찍어 먹는 그 맛이야말로 꿀맛이 따로 없다는 것도 알았다. 그렇게 해서 내 반찬 투정 버릇은 없어졌지만, 그때 일만 생각하면 지금도 엄마가 야속하기 이를 데 없다. 세상에 그 어린 꼬마한테 그렇게까지 상처를 줘가며 매정하게 대했어야 했는지……. 그런 나한테 강아지의 단식은 가소로울 수밖에 없었다.

강아지가 제 컨디션을 찾더니 밥을 달라고 하는 눈치였다. 걱정으로 지켜봤던 딸아이가 사료에 햄과 향기로운 냄새를 풍기는 다른 것을 푸짐히 섞어서 강아지의 식탁을 한 상 뚝딱 차려냈다. 막 먹으려고 하는 강아지한테 "안 돼. 기다려!" 하고 갑자기 브레이크를 걸어봤다. 보통 때에는 그런 명령어가 발효되면 '끼이익' 소리를 내며 급정차를 하고선, '먹어!'라고 할 때까지 주인의 눈치를 보면서 기다렸던 녀석이었는데, 주인의 명령 따위는 한마디로 '개 짖는 소리'에 불과했던 모양이다. 참을 수 없던 허기를 허겁지겁 채워가는데, 사람이든 짐승이든 시장이 반찬이고 배고픈 데 장사 없는 것이다.

은주가 강아지처럼 재촉하고 있었다.

"기사거리가 되든 안 되든, 그 봉투의 처리는 은주한테 맡길게. 어떻게 하더라도 상관 안 할게. 대신 이 취재원은 이쯤에서 사라질 테니까 보완 취재할 생각은 하지 마."

그렇게 은주한테 흔적을 남겼다. 판권 전체를 은주한테 넘긴 셈이었다. 어차피 수사관들의 먹이가 되는 걸 피할 수 없다면 차라리 언론의 고수레 밥이 먼저 되고 싶었다.

들녘에서 새참이라도 먹게 되면 모친은 밥 한 숟갈을 떠서 휙 뿌리며 '고시레!'라고 외쳤다.

"엄마! 고시레가 뭐야? 뭔데 만날 밥 먹기 전에 고시레, 고시레 하는 거야?"

어린 나는 궁금한 게 참 많았다.

"응, 우리 농사 잘되라고, 우리 식구 건강하라고 신한테 먼저 바치는 밥이다."

후덕한 지주 고씨(高氏)에 대한 감사의 표시(禮)에서 유래되었다는 고시레는 근처를 다스리는 지신(地神)과 수신(水神)에 대한 예의와 잡귀를 추방한다는 주술적인 의미를 담고 있었다. 그 뒤론 소풍을 가서도 먼저 고수레를 외치며 김밥 한 덩어리를 산 속에 던졌다.

언론은, 적어도 은주는 우리의 뜻을 왜곡하지는 않을 것 같아서였다. 그렇다고 우리가 뭐 시대의 영웅이 되고 싶은 마음은 추호도 없었다. 단지 우리가 왜 이렇게까지 해야만 했던 것만 사실대로 알려줬으면 하는 바람뿐이었다. 경찰을 통해 발표되는 내용들은 그들의 수사 방식에 의해 다 짜맞춰져야 하고 그들의 치적을 위해 대부분 다르게 포장될 것이 분명했다.

"선배! 이 안에 뭐가 들어 있는지는 모르겠지만 한 번 살펴볼게요.

혹 선배가 준 이 기사거리로 진짜 특종이라도 하게 되면 한 턱 낼게요. 나중에 연락해요."

그러면서 핸드폰을 들어 보였다. 핸드폰으로 연락하자는 의미일 것이다. 나 또한 핸드폰을 들어 보였지만 대신 난 고개를 흔들었다.

은주의 이 말을 뒤로 하며 커피숍을 나온 후 은주의 기대와는 달리 휴대폰 배터리를 빼버렸다. 보나마나 은주한테서 수없이 전화가 올 것이고 더구나 당분간 나는 잠적해야 하는 도망자 신세이기에 내 위치를 노출시키는 어리석음 따위는 저지르고 싶지 않았다

막상 커피숍을 나왔지만 방향을 잡지 못했다. 이제 어디로 가야 하나? 딱히 갈 곳을 정하고 나오지 않았기 때문에 한동안 망설였다. 말 그대로 정처(定處) 없는 인생이었다.

군대생활을 소위 '젓가락 사단'이라고 하는 데서 했다. 그 부대는 무슨 훈련 나갔다 하면 몇 날 며칠이고 죽어라고 걷는 게 주 임무였다. 발바닥과 발가락엔 온통 물집 투성이였고 밤새 행군을 마치면 기진맥진해서 쓰러졌다. 낮엔 산 속에서 숙영하고 주로 밤에만 산길을 걸어서 작전을 수행했는데, 하도 걷는 게 지긋지긋해서 소대원 몇 명이 옛날 가요를 행군 중에 나지막이 불렀다.

"오늘도 걷는다마는 정처 없는 이 발 길~♬"

조금이라도 힘을 내기 위해서 소위 사가(私歌)를 불렀는데, 융통성 없는 소대장은 군가를 부르지 않고 사가를 부른다며 숙영지에서 혼을 냈다.

은주와 헤어지고 나서 정말 정처 없이 시내를 돌아다녔다. 광화문에서 동대문까지 청계천 물길 따라 걷기도 하고 인사동에서 차도 한 잔 마셨으며 대학로 소극장에서 연극도 한 편 봤다. 저녁엔 포장마차에서 소주를 세 병이나 마시고 근처 모텔에서 잠이 들었다.

아무 목적 없이, 그저 발길 닿는 데로 돌아다녀 보기도 참 오랜만이었다.

▶▶▶

다음날 가판대의 신문에선 대문짝 만한 우리의 기사가 반짝반짝 빛을 내고 있었다. 당연히 은주네 신문에서만 단독 보도한 특종이었다. 밤새 작업했을 것이다.

'대한민국을 뒤흔든 희대의 성 의적 드디어 전모 밝혀져', '귀두절단 현장 본보 단독 입수' 뭐 이런 식의 기사 제목부터가 자극적이었다. 내용이 아무리 좋아도 한눈에 시선을 확 잡아 끌 기사의 제목이 정말 중요하다. 편집부의 재능이겠지만⋯⋯.

그간 우리가 실행한 일들이 세세히 나와 있었고, 왜 그렇게 할 수밖에 없었는지 우리 입장을 최대한 대변해준 것 같았다. 피해자의 실명은 밝히지 않았지만 그간 주인공들이 저지른 일들이 자세히 보도됐고 일부는 눈을 가린 상태의 사진까지 싣고 있었다. 주간지 등 잡지를 보면 사건 연루자들의 사진을 실을 때는 꼭 직사각형 모양의 검은 띠로 눈 주위를 시커멓게 지워버려 그 사람의 진짜 얼굴을 모르게 처리하는데, 우리 주인공들 사진이야 눈가리개를 한 상태였으니까 당연히 그렇게까지 할 필요도 없었다. 물론 우리의 뜻과 다르게 표현되고 우리 생각과 다른 부분도 없지 않아 있었지만, 이건 어디까지나 기자의 시각을 존중해야 한다고 생각했다. 특정 정치적인 사안이 아닌 사건사고 기사야 신문사의 논조 등과는 무관한 것인 만큼, 신문도 기자의 판단을 존중해줘야 하고 독자를 상대로 입맛에 맞게 장사를 해야 하는 부분도 있으니까.

어쨌든 은주는 역시 내 믿음을 배신하지 않았다. 독자의 시선을 확 잡아 끌 기사였으니까 억지로 은주를 칭찬하고자 하는 것은 아니었지만 설령 기사가 신문에 나지 않았다 하더라도 나는 은주한테 서운함을 느끼지는 않았을 것이라는 뜻이다.

내가 은주한테 베푼 것이 보시(布施)였다면 은주는 어떻게 생각할까? 아무 조건 없이, 자비의 마음으로 다른 사람에게 베푸는 것을 보시라고 했는데, 어떤 대가를 바라지 않고 했으니 분명 보시는 맞는 것 같았다. 만약 대가가 뒤따르는 보시라면 부정보시가 되기 때문에 주고도 욕을 먹게 된다. 재물을 베푸는 재시(財施)와 진리를 가르쳐주는 법시(法施), 두려움과 어려움으로부터 구제해주는 무외시(無畏施)로 나눈다고 했거늘, 이 경우엔 우리가 추구하는 진리를 알려줬으니 법시가 되나?

경찰들의 발등에 불이 붙을 것 같았다. 국민과 언론과 권력으로부터 질타를 당할 것이고 조속한 검거를 위해 온 나라를 이 잡듯이 뒤져댈 것이다. 당장 언론에서는 늑장 수사라느니, 경찰의 안이한 대응이 희생자를 더 키웠다느니 하는 식의 비판 기사가 주류를 이룰 것이다. 야당은 경찰총장 해임 안을 거론할지도 몰랐다.

반면 은주는 스타가 되겠지. 대한민국 경찰도 못한 일을 한 여기자가 해냈으니 은주는 깃발을 날릴 것이다. 은주네 신문 기사를 인용해 온 언론이 더 확대 재생산할 것이니, 우리가 추구한 목적은 어느 정도 이룬 것이 아니던가! 꼭 신문에 나려고 그런 것은 아니지만 우리의 뜻이 전달됐으니까.

문제는 경찰의 집요한 요구에 은주가 얼마나 버텨 주느냐다. 소위 취재원의 보호냐 공익 우선이냐의 문제로 공방을 벌일 것이고 신문사 입장에서는 2탄, 3탄까지 최대한 시리즈로 우려먹고 나에 관한 정보를 못 이기는 체하고 넘겨줄 것이다. 당장 경찰은 신문사에 관련 서류를 넘겨줄 것을 공식 요청했다고 텔레비전 뉴스에서 보도가 됐다.

다행히 내 실명과 사진 은주 입장에서는 얼마든지 내 사진을 구할 수 있었을 테지만 은 싣지 않았다. 나한테 도피 시간을 벌어줄 의도인가? 그렇지 않다면 독자들의 궁금증을 더 유발해서 구독률을 높이자는 고도의 계산이 아닌지 모르겠다.

이룰 수 없었던 꿈이었겠지만 딸아이가 잠시나마 가졌던 탤런트의 꿈이 만약 실현돼 텔레비전에 나왔다면 얼마나 좋았을까? 그렇게 됐다면 이런 내용으로 신문에 등장하지 않아도 됐을 것이다. 결국은 딸아이는 범죄의 피해자로, 나는-곧 내 정체가 밝혀지겠지만-범법자로 언론에 등장할 테니, 부녀간에 매스컴을 탄 운명이 참 기구하다는 생각이 들었다.

이걸 재호도 분명 봤을 텐데 소식이 없었다. 공중전화로 재호한테 통화를 시도해봤지만 역시 묵묵부답이었다. 이럴 땐 무소식이 희소식은 아닐 것이다.

재호가 나를 피하는 것이 확실해진 것 같았다. 내 전화를 안 받는다는 것은 나를 만나고 싶지 않다는 뜻이고, 만나지 않겠다는 것은 나와의 관계를 단절하겠다는 뜻일 게다. 이런 걸 꼬리 자르기라고 하는가 보다.

나와의 관계를 끊겠다는 것은 이 일에서 자기만 빠지겠다는 뜻인가? 내가 아는 재호는 결코 그럴 사람은 아닐 것이다. 그렇게 저 혼자 살겠다고 나 몰라라 할 정도의 사람이 아닌 것은 내 느낌상 확실했다. 이 일에 의기투합할 수 있었던 것은 다름 아닌 재호의 확고한 신념과 그 성격을 믿었기 때문이었고 내가 그렇게 사람을 허투루 보지는 않았다.

재호만 사전에 연락이 닿았다면 신중하고 치밀한 재호가 어떻게든

지침을 알려줬을 것인데, 그렇게만 했더라면 이 기록들을 은주한테 줄리도 없었을 테고 다른 방법을 모색할 수도 있었을 것이지만 내가 잘했는지 어떤지 판단이 서지 않았다.

▶▶▶

따로 적어놓은 주소를 꺼내 들었다. 조금 위험한 일이기는 했지만 더 늦기 전에 확인을 좀 해봐야겠다. 우리 주인공들의 근황을…… . 결과를 눈으로 확인하고 우리 신념에 대한 확신을 다지고 싶었다. 우리 성과를 확인함으로써 우리 일에 대한 정당성을 더 다지고 싶었던 것이다.

사실은 그런 일 이후 주인공들이 어떻게 하고 있는지 진작 조사를 좀 하고 싶었지만, 그때는 잠수를 타야 했고 또 굳이 위험을 무릅쓰고 싶지도 않았으며, 앞으로의 할 일이 더 많아서 엄두도 내지 못했다. 지금에야 코너에 몰려 있는 상황에서 앞으로는 이런 기회도 오지 않을 것이기에 더 이상 미룰 수도 없을 것 같았다. 내게 주어진 며칠을 최대한 활용해야겠다.

그들을 만나면 딱히 뭘 어떻게 해야 하는지도 정한 것은 없었다. 그들이 나를 알아볼 리도 없을 것이다. 좀 감각이 있는 사람 같으면 내 목소리를 알아들을 수 있을까? 하지만 그럴 일은 없을 것이다. 그냥 눈으로 확인할 것이기 때문에 내 목소리는 사용할 일이 없을 테니까.

범인은 범행 현장을 다시 찾는다는 격언이 있다지? 이유야 어떻든 나도 그런 생각을 할 정도니까 그런 현상을 진짜 인정해야겠다. 범행 현장에서 끈질기게 잠복하고 있다가 다시 찾은 범인을 붙잡은 사례는 많이 있는 것 같던데, 그들이 다시 찾는 심리는 무엇일까? 분명 그런 사례를 범인들도 잘 알고 있을 것이지만 다시 찾는 걸 보면 참 불가사의한 현상 중의 하나일 듯싶다. 뻔히 죽을 줄 알면서 불에 뛰어드는 불나방의 행위나 다를 바 없을 듯한 이 현상을 나도 비슷하게 하고 있는 거 아닌가?

해가 뉘엿뉘엿 기울 때쯤, 주인공 중의 하나가 살고 있는 구의동 어느 아파트 앞 편의점에서 담배를 한 갑 사서 나왔다. 근처에서 담배를 하나 꺼내 아무 생각 없이 막 피워 물었을 때 어디서 나타났는지 갑자기 정복을 입은 경찰 두 명이 내 쪽으로 걸어오고 있었다. 편의점 뒤쪽엔 순찰차도 멈춰서 대기하고 있었다. 순간 갑자기 다리에 힘이 쑥 빠지더니 지남철에 붙은 쇠붙이 모양 두 발을 뗄 수 없었다. 어릴 적 나쁜 놈에게 쫓길 때 다리가 떨어지지 않았던 그 현상이 현실 세계에서 그대로 되풀이되고 있었다. 평온하던 심장이 갑자기 쿵쾅거리기 시작했고 시선을 어디에 둬야 할지 갈피를 못 잡고 눈동자가 좌우로 빙그르르 막 흔들리는 것 같았다.

이럴 때 표정은 어떻게 해야 하나?

어떻게 해야 태연을 가장할까?

저들이 나를 붙잡으려고 하면 그냥 순순히 포기해야 하나, 아니면 튀어야 할까?

만약 도망을 간다면 어디로 가야 하지?

한 발 한 발 다가오는데 호흡이 거칠어지더니 갑자기 숨도 막혔다.

"아저씨!"

그중 한 명이 나를 불렀다. 드디어 올 것이 왔구나. 한순간 심장이 딱 멈춰버렸다.

"네? 왜, 왜 그러시죠?

겨우 마음을 가다듬고 반문을 했지만 말더듬이처럼 말이 갈피를 못

잡았다.

"담뱃갑을 뜯었으면 쓰레기통에 버려야지, 이렇게 길거리에다 버리면 어떡합니까?"

휴, 멈췄던 심장이 재가동하기 시작했다. 불과 단 몇 초 만에 이렇게 내가 천당과 지옥을 오가게 될 줄은 꿈에도 생각지 못했다.

"예? 아, 예. 죄송합니다."

나를 한 번 힐끗 위아래로 쳐다보더니 아무 일도 없다는 듯이 가던 길을 가버렸다. 등에 식은 땀이 흥건해진 것 같았다. 세상에 죄짓고는 못산다더니, 수배 중인 도망자들은 도대체 얼마나 강심장이길래 그렇게 오랫동안 숨어 지낼 수 있을까, 새삼 그들을 다시 생각하게 됐다. 그들이 누구이든 간에 말이다.

우리 주인공을 한 번 보겠다는 생각이 갑자기 뚝 떨어졌다. 정나미가 떨어진 것이다. 그래, 그까짓 놈들 보면 뭐하랴. '나 귀두 없는 성기를 달고 있소' 하며 어디 광고를 하며 다닐 리도 없고, 그렇다고 속이 훤히 들여다보이는 팬티를 입고 다닐 일도 만무할 터. 오히려 그런 인간일수록 남들 앞에선 더 호기를 부릴 수도 있겠다. 그런 걸 프로이트는 반동형성(反動形成)이라고 했던가. 금지된 충동을 억제하기 위하여 그 반대의 경향을 강조함으로써 스스로 수용하기 어려운 충동을 제어하려는 심적인 태도 또는 습성이 반동형성인데, 자신의 약점 등을 감추기 위해 오히려 큰 소리로 떠벌리는 현상 말이다. 그렇게 허세라도 부려야 핸디캡을 커버할 수 있는 게 사람의 보통 심리라고 봤을 때, 치명적인 성 능력의 장애를 갖고 있는 우리 주인공들도 남들 앞에서는 열심히 침을 튀기며 자신의 성적 능력을 무용담 삼아 얘기할 것이다. 비록 이불 속에서는 자신의 신세를 한탄할망정······.

아, 주인공의 부인들은 평안하실까? 성적 결합을 할 수 없는 부부관계가 얼마나 오래 갈 수 있을지 결론은 뻔할 것이다. 더구나 귀두가 우연히 길을 걷다 넘어져서 절단 되는 게 아니지 않은가? 매스컴을 비롯해서 온 나라가 이 사건으로 시끌시끌한데 그걸 모를 부인들이 어디에 있겠나. 당연히 자기 남편의 행실이 문제가 될 것은 명약관화한 일일 것이다. 그러니 잘린 성기를 지닌 남편과 사는 것도 그런데, 그 성기가 왜 잘렸는지를 모를 리 없는 부인들이 행여나 행복하게 잘도 살겠다. 그 부인들과 자녀들한테는 가정이 깨질 수도 있어 어찌됐든 미안한 일이었지만 사회의 독버섯 같은 그런 남편과 같이 사느니 차라리 차제에 헤어지는 것도 나쁘지는 않을 것이다.

주인공들을 한 번쯤 보고 싶다는 생각을 접자, 진짜 이젠 어디로 가야 할지 망설여졌다. 어제도 정한 곳 없이 바람 부는 데로 다녔는데…….

사람들이 가출을 하면 먼저 어디를 갈까? 돈이라도 많다면 어디 여행 삼아 전국일주라도 하겠지만, 여행가기 위해 가출하는 사람은 없을 것 아닌가?

그럼 사랑을 찾아 가출을 한다? 그건 바람나서 도피행각을 벌이는 거지, 집이 싫어 나가는 것은 아닐 것이다.

야반도주를 한다? 그것 또한 빚쟁이들한테 쫓기거나 돈을 떼먹고 줄행랑을 치는 경우니까, 이것도 가출하고는 거리가 좀 있겠다.

딱히 어디로 가겠다고 목적지를 정해놓고 가출을 할까? 내가 지금 그 처지에 있고 보니 가출은 정말 할 게 못 되는 것 같았다.

초등학교 때 친구녀석이 부모님 돈을 훔쳐 나왔다. 지금 생각해보면 어린 나이로는 꽤 컸던 금액으로 기억되는데, 맛있는 거 실컷 사주겠다는 친구의 유혹에 그만 눈이 멀어 또 다른 친구와 함께 셋이서 무작정 버스를 타고 나가 서울 가는 기차를 탔다. 중도에 기차가 멈춰선 곳은 대전이었고 너무 멀게만 느껴졌던 서울에 대한 두려움으로 대전

땅을 밟았다. 낯선 곳에서 두리번거리는 우리 일행은 누가 봐도 촌놈들이었다. 역 대합실 근처에서 구두를 닦는 사람으로서 눈 한쪽이 흰자위로만 덮여 있는 인상이 고약한 사람이 우리를 보더니 구두 닦는 걸 멈추고선 화장실 뒤 한적한 곳으로 끌고 갔다. 그러고는 있는 돈 다 꺼내놓으라며 호주머니를 다 뒤져 잔돈 하나 남기지 않고 빼앗아갔다. 집에 갈 차비라도 달라며 애원했지만 그 청을 들어줄 위인은 아니었다.

하지만 그건 사실 연극이었다. 친구가 훔친 돈 중 지폐 한 장은 이미 내 양말 속 깊이 고이 간직되어 있었기 때문에 그것마저 빼앗기면 진짜 오도 가도 못할 것은 분명할 터, 더 몸수색을 하기 전에 미리 연막을 피운 것이다.

양말 속에 돈을 보관하는 방법은 모친에게서 배웠다. 모친은 어디 출타할 때 허름한 버선 속에 항시 큰 돈은 보관하고 나머지 잔돈만 주머니에 넣고 다니는 걸 어린 나이에 보았다. 어쨌든 내 기지 덕분에 무사히 마귀의 손아귀에서 벗어났지만 이틀 만에 돌아온 그 친구는 자기 아버지한테 얼마나 맞는지 죽다 살아났다. 그렇게 모지게 맞은 걸 봐서 친구 아버지는 정작 아들 걱정보다 다 써버린 돈이 아까웠는지도 몰랐다.

우두커니 서서 담배 한 개비를 또 피워 물었다. 오늘밤이야 어떻게 한다지만 허구 한날 어디에서 뭘 하며 지내야 하는지 생각만 해도 아찔했다. 예전 어떤 이는 죽으면서도 오늘밤 어디에서 묵을지 그걸 걱정했다던데……. 더구나 차를 두고 왔으니 기동력도 없겠다, 전화도 쓸 수 없으니 답답하기까지 했다.

차라리 취하기라도 했으면 좋겠다. 몇 년 전 전에 직장에서 모셨던 CEO를 만날 기회가 있었다. 오랜만에 뵈어 반갑기도 했지만 워낙 술도 좋아하는 분이라 한두 잔 주거니 받거니 한 술에 헤어질 때는 대취했다. 취중에도 정신을 가다듬어 겨우 전철을 탔는데 깨어보니 같은 전철 안이었다. 대충 헤어진 시간이 8시 정도 됐고 정신을 차린 시간이 밤 12시, 그러니까 약 네 시간 정도를 지하철 2호선에서 서울을 계속 뺑뺑 돌았던 셈이다. 얼마나 다행이었던지, 만약 도시를 순환하는 지하철을 타지 않고 잘못해서 천안이나 동두천 가는 전철을 탔다면 낯선 곳에서 지도 밖의 행군을 하고 있었을 것 아닌가.

선친을 한 번 뵈어야겠다.

사람들은 뭔가 주변을 정리할 때면 부모의 묘소 등을 찾는다더니, 나도 사람이라는 범주의 소속이다 보니 이런 내 행동 또한 자연스러운 현상일 것이다. 수구초심(首丘初心) 같은 뿌리를 찾는 일이 아닐까?

큰 일을 시작할 때도 역시 그런 것 같았다. 정부의 무슨 높은 자리에 오르거나 정당 대표가 되면 공적으로는 여지 없이 국립 현충원을 참배하던데 이것 또한 무관치는 않을 것이다.

클 때는 몰랐지만 가정을 이뤄보니 아버지의 마음을 알 것 같았다. 선친은 잔정은 없는 분이셨다. 그때야 먹고 살기도 어려울 때여서 지금처럼 세세히 자녀를 돌보거나 같이 놀아주거나 할 시대는 아니었으니까 충분히 이해는 갔다. 다소 말이 없으셨고 웬만해서는 내게 화도 내지 않으셨다. 투정을 부리거나 떼를 써도 어지간하면 그냥 넘어가실 정도로 마음이 넓으신 분이었지만, 한 번 화를 냈다 하면 물불을 가리지 않을 정도로 무서운 면도 있었다.

무슨 일인지 기억은 안 나지만 중학교 때 등교하기 전 부모님한테 투정을 부렸다. 소위 '속아지'라는 것을 부렸는데 내 성질도 참 모났다. 모든 일은 정도껏 하고 넘어가야 했거늘 어린 나이에 감히 아버지와 맞섰으니 동물의 세계에서는 금방 물려 죽었을 것이다. 참고 계셨던 선친이 드디어 폭발했다. 그날 내 책가방은 물이 가득 찬 논 속으로 내동댕이쳐졌고, 타고 다니던 자전거마저 논구덩이로 처박히는 신세가 됐다.

"이놈의 자식, 너 학교 다니지 마! 그까짓 놈의 학교 다녀서 어디다 쓸래?"

한마디로 인간이 되라는 말씀이셨는데 지금도 그 말은 잊을 수 없다. 선친은 집에서는 무뚝뚝했으나 동네 분들과는 정말 잘 어울리셨고 놀기도 잘하셨다. 정확히 음력 언제였는지는 모르겠지만 해마다 7월경 모가 무성하게 자랄 무렵이면 동네에서 '술메기'라는 일종의 추수감사절 행사를 했다. 온 동네 사람이 마을의 큰 정자 나무 아래에 모여 막걸리를 마시면서 꽹과리, 징, 북, 소고 등을 치며 성대히 풍악 놀이를 했다. 어린 나이에 우리 아버지가 제일 앞에서 꽹과리를 두드리며 그룹을 이끄는 사람이었으면 좋겠다는 생각을 했지만, 아쉽게도 매번 선친은 제일 뒤에서 뭐가 그리 신나는지 고개를 좌우로 흔들며 리듬에 맞춰 소꿉장난 같은 소고를 두드리셨다. 소고마저 차지할 수 없을 때에는 소고를 두드리는 사람의 뒤에서 아무것도 없이 덩그렁덩그렁 춤도 추셨다. 그런 모습이 조금은 창피했지만 선친은 개의치 않으셨다.

당신의 회갑 때에는 술 드시면 흥에 겨워 중얼거리던 춘향가 중의 '쑥대머리'라는 창을 일가친척들이 모두 모여 경청을 하는 가운데 정식으로 데뷔 무대도 가졌다. 우리 아버지라서 그런 게 아니라 정말 놀랐다. 얼마나 박수를 많이 받았는지…… 우리 아버지에게도 이런 면이 있으셨나 하고 새삼 다시 보게 됐다. 지금도 내 MP3에는 어느 명창의 쑥대머리가 보관돼 있는데 그 창을 들을 때마다 선친이 생각난다.

여름날의 추억이지만 등목을 할 때면 그냥 물만 퍼붓는 게 아니라 꼼꼼히 때도 벗겨주셨다. 하루 종일 땀 흘려 놀고 난 뒤의 그 찬물의 시원함은 정말 얼음장 그대로였다. 양손을 바닥에 짚고 있었기 때문에 때를 밀다 보면 시간이 오래 걸려 힘도 들었지만 북북 힘을 주어 살갗을 미는 그 아픔이 더 컸다. 조그마한 어린 녀석이 웬 때가 그리 많던지……. 그때가 참 행복이었다. 그만큼 아버지가 젊고 힘이 있었다는 말이니까.

곡기를 한 달 넘게 끊으셨던 선친의 임종은 지켜보지 못했다. 마지막 순간에 '성식아!' 하면서 크게 나를 부르고 돌아가셨단다. 얼마나 그 소리가 컸던지 모친은 물론 교대로 선친의 곁을 지키던 형마저 깜짝 놀랐다고 했다. 어디서 그렇게 큰 소리가 나왔는지, 왜 마지막 순간에 그렇게 막내아들 이름을 크게 부르셨는지……. 지금도 그걸 생각하면 가슴이 뭉클하다.

그 선친을 뵈러 터미널에서 버스를 탔다. 한참을 걸려 도착한 산소에는 추석 전에 벌초를 했음에도 수풀이 조금 자라 있었으나 수풀도 계절을 이기지는 못하는 것 같았다. 여름 같으면 한 달 정도 지나면 봉분 전체가 수풀로 무성했을 텐데 가을 날씨다 보니 세력이 많이 약해져 있었다. 벌초할 때 제일 골치 아픈 것은 칡넝쿨과 아카시아 나무였다. 얼마나 그 생명력이 강한지 뽑아도 뽑아도 새로 뿌리를 내렸다. 근원적으로 해결을 하기 위해 뿌리에다 또 얼마나 많은 제초제를 뿌렸는지도 모른다. 하지만 몇 달 후 가보면 다시 세력을 확장하고 있었으니 참 미운 존재들이었다. 이들에게도 진짜 근원적인 해결책이 필요했다.

선친의 봉분은 합장 묘이다. 향후 당신의 부인을 모실 공간을 옆에 마련해뒀다. 하지만 선친의 묘가 있는 동네 사람들은 산 송장은 절대 그 마을에 들어올 수 없다며 극구 반대를 예고하고 있어서 모친의 마음을 불편하게 하고 있었다. 모친 또한 굳이 당신의 남편 옆에 묻히는 것을 달갑게 생각을 하지 않고 화장을 원하고 있어 동네 사람들과 부딪힐 일은 없어 보이지만 그래도 아쉬운 생각이 많이 들곤 했다. 생전의 선친 뜻이었는데……. 선친과 마을 사람의 뜻을 동시에 충족하려면 모친 사후에 다른 곳에 2~3년간 가묘를 써서 모셨다가 나중에 이장하는 방법밖에 없을 듯하지만 그것마저도 모친은 펄쩍 뛰며 반대를 하고 있다.

'젠장, 송장은 다 송장이지, 송장에도 산 송장 있고, 죽은 송장 따로 있나?'

동네 사람들 만나면 그렇게 퍼붓고 싶었지만 그렇게 못했다. 선친이 그 동네에 묻혀 있는 바람에…….

당신 생전에 친히 만드신 상석 위에다 준비해간 술 한 병과 안주를 차린 후 깊게 절을 올렸다. 쫓기는 몸이기에, 경우에 따라서는 영어의 몸이 될 상황이었기에, 앞으로 여길 다시 찾기는 쉽지 않을 것이다. 선친의 묘를 뒤로 하고 떠나올 때 몇 번이나 뒤를 돌아다봤는지 모른다.

서울에 다시 올라와 찜질방에서 하룻밤을 보내고선 우리 아지트를 찾을 생각이었다. 찜질방 휴게소의 텔레비전 뉴스에서는 시간별로 우리 소식을 전하고 있었다. 상당히 수사가 구체적으로 그리고 깊게 진행되고 있다는 느낌이었다. 그들의 수사상의 작전이었는지는 아직까지 내 이름이 거론되고 있지는 않았지만 괜히 나를 알아보는 사람들이 있을까 봐 마음이 켕겼다. 도둑이 제 발 저리는 격이었으니 내가 생각해도 나의 소심함에 한심함을 느꼈다.

우리 아지트는 버스에서 내려 한참을 걸어야 했다. 만날 자동차로 다녀서 거리감을 몰랐는데 걷다 보니 만만치 않은 길이었다. 소나무 사이로 난 수풀이 우거진 작은 오솔길은 역시 사람의 흔적은 없었다. 걸으면서도 혹시 누가 나를 뒤쫓아오는 건 아닌지, 누가 나를 지켜보는 것은 아닌지, 덤불 많은 숲 속 어딘가에서 갑자기 달려 나와 나를 덮치는 것은 아닌지 초조함과 불안감으로 발걸음을 재촉했다.

특별히 이곳 우리 아지트에서 내가 해야 할 일은 없었다. 그냥 쫓기는 입장에서 딱히 갈 데도 없을뿐더러, 아무도 모르는 이곳에서 며칠 동안 생각을 정리하고 싶었을 뿐이다. 수석을 수집할 때와 아내를 찾아 다닐 때 익히 봐왔던 곳이라 여긴 언제 봐도 낯설지 않았다. 음침한 아지트는 대낮인데도 침침했다. 한참 지나니까 주위가 시선에 들어왔다. 이렇게 어두운 것에 적응하는 것을 군대에서는 '적응시'라고 해서 야간 훈련에서 많이 활용했다. 밤에만 우리의 프로젝트를 수행했기 때문에 촛불을 꼭 켰지만 암 적응이 된 상태에서는 굳이 촛불은 필요 없었다.

주위를 둘러보니 형틀이며 주인공들을 청각의 공포로 몰아넣었던 숫돌 등은 그대로 다 있었는데 숫돌 옆에 두었던 가위가 보이지 않았다. 항시 형 집행이 끝나면 가위에 묻은 피를 말끔히 닦아 소독약과 함께 숫돌 옆에 두었다. 형 집행은 대개 길수가 하고 뒤처리는 내가 했기 때문에 가위엔 온통 내 지문투성이였을 것인데 가위가 보이지 않다니……. 길수를 죽게 한 화물 트럭 안에서 길수 차량에 묻은 지문과 같은 의미 있는 증거물이 나왔다고 했던데 그게 가위였을까? 형 집행을 한 후 주인공과 함께 차량 두 대로 항시 같이 움직였기 때문에 누군가 이곳을 따로 다녀간 게 틀림이 없었다. 누군가를 의심한다는 것 자체는 벌써 팀워크에 금이 간 것이라고 봐야 한다. 신뢰에 때울 수 없는 흠집이 나버렸으므로······.

그간 내 행적의 추적을 따돌리기 위해 분리해 놓았던 휴대폰의 배터리를 끼워 전원을 넣었다. 재호한테 다시 한 번 전화를 해서 확인하고 싶었다. 비밀스런 이곳의 존재를 아는 사람은 재호와 길수였지만 물어볼 사람은 재호밖에 없었으니까. 휴대폰을 열자 경찰서로 추정되는 전화번호와 모친으로부터의 전화, 그리고 은주로부터의 전화와 메시지가 수없이 찍혀 있었다. 하지만 그 속에 재호는 역시 없었다. 큰 기대는 하지 않았지만 전화도 받지 않았다.

휴대폰이 참 편리한 문명의 이기인 것은 틀림없지만 가장 야속하기도 한 게 휴대폰 같았다. 발신인의 전화번호가 뜨다 보니까 일부러 안 받아버리기도 하는데 그런 사람일수록 조금 비겁하다는 생각도 평소에 많이 했다. 당당히 받아서 싫으면 싫다, 아니면 아니다, 이렇게 명쾌히 의사 표시를 하면 될 걸 가지고 남의 애를 다 타게 만든다. 하기야 본인들은 아쉽지 않을 것이다. 애가 타서 전화를 줄기차게 하는 사람만 아쉬울 뿐이지만······. 예전에 모셨던 상사 한 분이 꼭 그랬다. 휴대폰도 없던 시절이니까 유일한 연락 수단은 집 전화뿐이었는데도 그분은 사택에 도착하자마자 광주 집으로 전화 한 통 하고선 곧바로 전화 코드를 뽑아버렸다.

"국장님! 급한 전화라도 오면 어쩌시려고요?"

"내가 아쉽나? 나는 아쉬울 게 하나도 없네. 전화하려는 사람이 아쉽겠지."

휴대폰을 끼고 사는 젊은 사람들에겐 꿈도 꾸지 못할 상황이었다.

생각이 복잡했다. 며칠 쉬면서 하나하나 반추를 해봐야겠다.

'선배! 잡히기 전에 나 좀 꼭 봐요. 꼭 나한테 먼저 좀 잡혀줘요.'

은주의 이 메시지는 나를 웃게 만들었는데, 이 상황에서도 웃음이 나오다니 나도 어떻게 된 사람인지 몰랐다. 그냥 만나고 싶다가 아니라 잡히기 전에 꼭 보잖다. 잡히는 것이 어디 중국음식점에서 자장면 시켜먹는 것처럼 일상적인 일인 것 같은 투였다. 누가 은주 아니랄까봐 독특한 화법을 쓰고 있었다.

'나, 선배 어디에 있을지 대충 짐작이 가요. 힘들게 찾게 하지 말고 나 좀 마중 나와 줄래요?'

데이트 중인 연인 같은 친근함이 느껴졌지만 메시지를 더 확인할수록 혼란스러울 것 같아 더 이상의 개봉을 포기했다. 배터리를 다시 분리한 후 버스를 타기 전 슈퍼에 들러 구입한 물건들을 꺼내 정리를 했는데 우선 잠자리부터 마련하기 시작했다.

춥지 않아서 다행이었다. 이불은 아예 꿈도 꾸지 못했지만 산 속의 가을 밤은 추울 것이다. 뭔가 덮을 만한 것이 있는지 찾아봤으나 한쪽 구석에 상여 나갈 때 쓰는 만장(輓章) 같은 더러운 천 몇 개 말고는 아무것도 없었다. 사람이 죽으면 상여 뒤로 길게 늘어서 들고 갔던 깃발이 만장인데 어렸을 적에 본 적이 있었다. 이런 게 왜 여기에 있는지는 잘 모르겠지만 이것도 추우면 요긴하게 쓰일 것이다. 내가 뭐 호텔에 숙박한 것도 아니고 산림욕을 온 것도 아니니까 호사스러운 밤을 보내지는 않을 터이다. 그런데 진짜 왜 만장 같은 것이 여기에 있는지는 의문이었다. 보통 사람이 죽으면 초상을 치른 후 상여꾼들이 망자의 관을 운구한 그 상여 틀 등을 따로 상엿집에 보관을 했다. 동네에서 한참이나 멀리 떨어진 외딴 곳에 조그맣게 집을 지어 보관했고 동네 꼬마들한테는 공포의 대상이었다. 아주 잘못을 해서 벌 받을 일이 있거나 담력을 시험한다고 호기를 부릴 때 가는 곳이었지만, 막상 근처에 가서는 제대로 쳐다보지도 못하고 걸음아 나 살려라 하며 혼비백산해서 도망 오곤 했다. 가만히 생각해보니 상여 뒤에서 긴 대나무 장대에 매달고 갔던 만장은 망자의 다른 물건과 함께 태웠던 것 같다. 제사를 치르고 망자를 불렀던 지방(紙榜)을 불사르는 것처럼……. 워낙 오래되고 낡아서 뭐라고 글씨가 써 있었는데 판독은 불가능했지만 그런 차원에서 본다면 만장이 아닌 것은 확실한 것 같았다. 약간의 꺼림직함이 사라지는 순간이었다. 대한민국 수도 서울을 위시해 어지간한 변두리에는 무당집이 있다. 무당집들의 공통점은 한결같이 대나무 장대에 빨간색과 하얀색의 깃발을 높이 매달아 펄럭이게 하던데 아마 그런데 쓸려고 했던 것 같다.

추위 걱정과 꺼림직함이 사라지고 나니 한 친구 생각이 났다. 친구 하나가 예전 회사를 그만두고서 심마니가 됐다. 다른 사람들은 실업급여도 타고 다른 제2의 직장을 찾아서 열심히 뛰고 있는데도 이 친구는 아주 독특한 일을 하고 있었던 것이다. 다섯 살이나 어린 사람을 사부로 모시고 있었는데 처음 만났을 때 그 사부가 물었단다.

"당신, 이 일을 생계로 할 겁니까, 아니면 취미 삼아 할 겁니까?"

당연히 취미 생활이었던 그 친구의 말을 빌리면 생계로 하는 경우에는 삼이 잘 눈에 띄지 않는단다. 욕심으로 인해 마음을 비우지 못하기 때문일 것이다. 실제 금방 삼을 발견하고도 잠시 벗어놓은 배낭에서 뭔가를 가지러 갔다 오면 삼이 귀신 같이 보이지 않을 때가 많았다고 했다. 그 친구는 사부와의 약속대로 삼을 몇 뿌리 캐서 자기가 모셨던 직장 상사 중 병고를 앓고 있는 사람에게 아낌 없이 줬다고 했다. 그 친구는 사부와 함께 한 번씩 삼을 찾아 나서면 보통 5일 정도를 목표로 전국 깊은 산 속을 헤매는데, 음식물의 변질을 막고 배낭 무게를 줄이기 위해 생쌀을 준비하고 대용량 쓰레기 봉투를 갖고 다닌다고 했다. 의외의 쓰레기 봉투 얘기에 삼을 캐는 심마니들은 자연보호 의식도 강하구나 하고 생각했지만 침구로 쓴단다. 깊은 산 속 아무 데서나 해가 기울면 쓰레기 봉투를 쓰고 잔다고. 산 속의 추위가 보통 추위가 아닐 텐데 그걸로 견디는 걸 보면 보온성이 아주 탁월한 물건 같다. 비록 그 쓰레기 봉투는 없었지만 그래도 이 만장 같은 천 몇 개로 밤을 지새울 수 있다는 것은 그 친구에 비하면 오히려 호강일 것 같았다.

빵과 우유로 저녁을 때웠다. 밥맛이 없거나 밥 하기가 귀찮거나 간단하게 요기할 때면 가끔씩 빵과 우유로 식사를 대신했다. 빵은 '보름달'이라는 일종의 카스텔라를 제일 좋아했다. 마트에 가도 꼭 보름달은 챙겼다. 딸아이는 '아빠 보름달 없으면 무슨 낙으로 살까? 뭐가 그리 맛있다고 만날 보름달일까? 아빠야! 피자 빵 이런 거 한 번 먹어봐. 얼마나 맛있는지?' 이렇게 비아냥거렸다.

형틀에 천을 깔고 누웠다. 딱딱했지만 그래도 나름대로의 편안함이 느껴졌다. 온몸의 근육을 풀고 다리를 뻗어 누울 수 있다는 것은 평상시에는 느낄 수 없는 큰 행복이었다. 우리의 주인공들은 이 형틀에 누워서 공포의 순간을 맞이했겠지만, 형을 집행했던 한 사람으로서 이 자리에 눕는다는 것이 참 미묘했다. 같은 자리라 하더라도 이렇게 피해자와 가해자의 느낌은 천양지차인데, 그들은 단순히 어떤 느낌 없이 공포감만 맛보았을까?

부엉이와 소쩍새 소리 그리고 온갖 풀벌레 소리가 밤새 나의 동무가 돼줬다. 부엉이 소리와 소쩍새 소리는 들을수록 애달픈 느낌이 들었고, 찌르르 하는 풀벌레 소리는 초가을 밤의 낭만이자 정취였다. 그 풀벌레 속에서 뱀이라도 기어나올 것 같은 무시무시한 밤이었지만 그렇게 비몽사몽 하다가 어렴풋이 새벽녘에야 깊은 잠이 들었던 것 같다.

누군가 나를 흔들어 깨웠다.

"형님! 저요. 저 때문에 형님이 고초를 겪을 것 같아 참 괴롭네요."

재호였다. 한동안 숨어 있었던 것인지 수염도 깎지 않아 덥수룩했고 초췌한 모습에 피곤함이 많이 묻어 있었다.

"어? 언제 왔어? 어떻게 내가 여기에 와 있는 줄 알고? 그간 어디에 있었기에 연락이 안됐던 거야?"

궁금하던 것을 속사포처럼 한꺼번에 물었다. 재호는 예전의 그 무표정한 도사 같은 모습 그대로였다.

"죄송해요. 다 그럴 만한 사정이 있어서였어요."

"사정이라는 게 뭔데? 이 사람아! 이런 상황에서 갑자기 연락을 그렇게 뚝 끊어버리면 어쩌자는 거야?"

많이 화를 참았다. 하지만 늦게나마 재호가 나타나줘서 너무 고마웠고 힘이 되는 것 같았다. 그간 내가 얼마나 재호를 의지했는지 여실히 증명이 된 것이다. 그리고 그간 잠시나마 재호에 대해 가졌던 의구심이나 서운함이 순식간에 사라져버렸다. 또한 그를 의심했던 게 한없이 미안해지기도 했다.

하지만 재호는 여전히 묵묵부답이었다. 대답을 안 하기에 재차 물으려고 했더니 갑자기 재호가 벌떡 일어나 밖으로 뛰어나갔다.

재호는 언제나 그랬다. 온다 간다 말 한마디 없이 언제나 제 마음대로였다.

"야, 재호야! 어디 가? 거기 서. 거기 서란 말이야."

부리나케 나도 재호를 쫓아 달렸다. 다른 때야 또 언제든지 휙 나타날 수도 있겠지만 지금 상황은 그럴 것 같지 않았다. 이번에 재호를 놓치면 영원히 만나지 못할 거라는 불길한 예감이 찾아왔다.

하지만 평소 재호의 행동답지 않게 얼마나 날쌔게 달리는지 뒤따라가기가 만만치 않았다. 소나무 숲 사이로 요리조리 한참을 달리던 재호가 한순간 남한강물이 시퍼렇게 바라보이는 바위 끝에 멈추더니 부동자세로 서 있었다.

한 발만 다가서면 바로 추락할 위기의 순간이었다. 백척간두였다.

"재호야! 안 돼! 뒤로 물러서. 위험해."

다급해진 내가 다가서지도 못하고 그 자리에서 멈춰서며 위험을 경고했다.

"지금 뭐 하자는 거야? 뛰어내리려고? 그렇게 극단적인 방법으로 모든 걸 끝내면 뭐가 남는데? 네가 거기서 투신해버리면 나는 어떡하라고?"

대답대신 힐끗 나를 돌아본 재호가 하늘을 올려다보았다. 한 폭의 그림이었다. 대개 사람의 뒷모습에서 외로움 같은 것도 느껴지곤 했는데, 벼랑 끝에 서서 아무런 무서움 없이 하늘을 올려다보는 재호의 모습은 한마디로 신선이었다.

'이 친구, 이런 상황에서도 하늘을 올려다보는 여유는 있군' 하고 나 또한 하늘을 보고 시선을 다시 옮겼더니 바위 끝에 있어야 할 재호가 없어졌다.

"재호야!"

깜짝 놀라 부리나케 재호가 있었던 바위 끝까지 달려와 강물을 내려다 보니 재호가 하얀 행글라이더를 타고 물 속으로 유유자적 날고 있었다.

'뭐야, 행글라이더가 하늘을 날지 않고 물 속에서 날다니? 세상 참 별 일도 다 있네.'

혼잣말로 중얼거리고 있는데 물 속에 있던 행글라이더가 갑자기 푹 치솟더니 나를 대뜸 낚아채 그대로 곤두박질 치는 것 아닌가!

"악!"

비명을 질렀다. 놀이기구가 허공 높이 떠올랐다가 갑자기 밑으로 푹 추락하면 심장이 오그라들었고 그것은 공포의 서늘함 그 자체였다. 갑자기 치솟았다가 푹 떨어지는 무서운 일…… 세상의 온갖 직업 중에서 전투기 조종사만은 할 게 못 된다고 그럴 때마다 생각했다.

놀라 눈을 떴다. 꿈이었다. 깨어보니 형틀에 있어야 할 내 몸이 바닥에 굴러 떨어져 있었다. 행글라이더가 나를 바닥으로 떨어뜨렸나 보다. 밤새 추웠는지 내 몸은 새우처럼 바닥에 구부리고 있었다. 해는 이미 중천에 떠 있는 것 같았다. 지형상 오후엔 아지트 뒤 큰 바위에 가려 햇빛이 들지 않았지만 오전엔 햇살이 곳곳을 환하게 비추고 있었다.

정신을 못 차릴 정도로 술에 취했다가 아침에 눈을 뜨면 낯선 환경이 눈에 들어오곤 했다. 친구 집이나 여관 같은 데서 술에 취해 아침이 되면 밤새 느끼지 못했던 낯섦이 눈에 잡혔다. 구부정한 자세로 바닥에서 눈을 떴을 때, '어? 여기가 어디지? 내가 왜 이곳에 있지?' 하고 잠시 혼란이 왔지만 그것도 잠시, 형틀 침대에 다시 올라와 비몽사몽 상태로 한동안을 꼼짝하지 않고 누워 있었다.

그렇게 아침의 나른함을 즐기고 있었는데 멀리서 사이렌 소리가 아스라이 들려왔다. 재호가 꿈속에 등장한 게 길몽인지 흉몽인지 모르겠다. 이럴 줄 알았으면 해몽법이라도 어디서 배워둘 걸…….

'꿈은 왜 꾸나요?'

하루도 건너뛰지 않고 매일 꿈을 꿨다. 백마 탄 왕자가 되어 아름다운 공주를 만나는 그런 달콤한 꿈이 아니라, 만날 칼을 든 도둑놈이나 괴물한테 쫓기는 동안 죽어라 달리는데도 발길이 떨어지지 않는 그런 이상한 꿈 말이다. 어떨 땐 바지에 오줌도 쌌다. 다 큰 녀석이 오줌을 쌌다고 혼이 날까 봐, 그런 날엔 일어나자마자 밥도 안 먹고 밖에서 요란하게 뛰어 놀다 일부러 바지를 흠뻑 물에 적셔서 위기를 넘겼다. 하지만 젖어 있는 담요에서 항시 들통이 나곤 했다. 초등학교 1학년이 되자 제일 먼저 선생님한테 한 질문이 '꿈은 왜 꾸나요?'였다. 원인만 알면 밤마다 도둑놈한테 쫓기는 그런 악몽은 꾸지 않아도 됐을 것 같아서였다. 선생님은 세상의 모든 것을 다 알 거라고 물었는데 뭐라고 답변을 했는지는 잘 기억이 나지는 않지만, 밤새도록 꿨을 것 같은 꿈이 실상은 불과 몇 초 동안의 일이라고 했던 것은 기억에 있다.

꿈속의 여러 현상들을 가지고 프로이트를 위시한 학자들이 정신분석학적인 측면에서 여러 이론을 정립한 것 같아 성장한 후에 관련 책들을 읽어봤지만 명쾌한 답은 얻지 못했다.

밤마다 꿈속에서 사는 친구도 있었다. 자정이 넘어서 내무반에서 불침번을 서고 있었을 때 자대 배치를 받아 우리 부대에 갓 전입해 온 '쫄따구' 한 녀석이 벌떡 일어나더니 밖으로 나갔다. 화장실에라도 다녀오겠지 했지만 한참 동안이나 소식이 없었다. 이 추운 밤에 바람을 그렇게 오래 쏘일 리도 없고 내 근무 시간이 다 끝나도록 돌아오지 않아 부리나케 당직사관에게 보고했다. 중대는 작은 소동이 일었고 한참이나 더 지나서 돌아온 그 친구는 아무 일도 없다는 듯이 불러도 대답도 않고 침상으로 들어가 자는 것이었다. 이런 일이 매번 계속돼 한 번은 소대장의 지시로 몇몇이 뒤를 쫓아가 봤다. 추운 날씨인데도 그 쫄따구는 내복차림으로 영내 사격장이며 문 닫힌 취사장이며 눈 쌓인 연병장을 한 바퀴 돌고선 다시 돌아오는 행동을 반복했지만 문제는 본인은 전혀 기억을 하지 못했다는 것이다. 그게 수면보행증(睡眠步行症)이라고 부르는 몽유병(夢遊病)이라는 걸 알았다. 어떤 의식 상태이기에 밤마다 그렇게 걸어 다녔을까? 성인들은 공격성이나 적개심을 표출하지 못할 때 대개 그런 증세가 나타난다는데, 쫄따구의 입장에서 고참들한테 엄청난 심적 압박을 받아서가 아니었을까? 그 친구의 눈동자는 마치 죽은 이의 그것처럼 초점이 맑지 않았고, 먼 데 산을 바라보는 것 같은, 마치 꿈꾸는 눈동자였다.

'꿈보다 해몽'이라고 했던가? 재호가 나타난 꿈을 나름대로 해석해보려고 했지만 영 감이 잡히질 않았다. 다른 꿈들은 대개 아침에 일어나면 큰 부분만 남고 대부분 연기처럼 홀연히 사라져버리고 꿈속의 달콤함 같은 것은 더 빨리 잊혀졌다. 그런 것일수록 더 오래 기억하고 싶었는데 말이다. 그래서 사실은 꿈을 꾼 다음날 해몽을 하고 싶어도 스토리가 다 분실돼서 하려야 할 수도 없었는데, 이 꿈은 비교적 아주 선명하게 남아 있었지만 정작 해몽을 할 줄 몰랐던 것이다.

형틀 침대에 다시 올라와 그렇게 한가로움을 즐기고 있다 보니 한참 전에 들었던 사이렌 소리가 산 밑 가까이에서 들려왔다.

'어라? 이 산 속에 사이렌 소리라니?'

아무 생각 없이 그렇게 생각하다가 후다닥 몸을 일으켰다. 저 사이렌 소리는 지금 나를 잡으러 오는 거 아닌가?

경찰들은 범인을 검거하거나 할 때 왜 조용히 다가오지 않고 저렇게 요란을 떨면서 오는지 모르겠다. 지금 너 잡으러 가고 있으니까 빨리 도망가던지, 아니면 포기하고 오랏줄을 받을 준비를 하던지, 그것도 아니면 지금 네가 저지르고 있는 범행을 즉시 중단하라고 하는 뜻인지, 그쪽에 대한 지식이 없는 내가 알 리는 만무했다.

가만히 생각해보니 어제 재호에게 통화를 시도했던 게 잘못된 거 같았다. 내가 여기에 있다는 것을 나 말고는 아무도 모르는데, 재호는 꿈을 통해 나를 찾아왔고 현실은 휴대폰 전파를 타고 내게 다가오고 있었다.

정신이 없었다. 이럴 땐 내가 어떻게 해야지? 사전 준비되지 않은 이런 상황을 누가 예측이라도 했을까마는 너무 당황스러웠다. 허둥지둥, 허겁지겁, 허방지방, 갈팡질팡 등 정신을 차릴 수 없는 온갖 단어를 다 붙여놔도 내 상태를 적절히 표현하는 말은 없을 듯싶었다.

소를 몰고 꼴을 베러 갔다. 소도 배불리 풀을 먹이고 한 짐 가득히 지게에 꼴을 지고서 산을 내려오는데 예상치 않게 비가 억수로 쏟아지기 시작했다. 마음은 급한데 배탈이 났는지 뒤도 참을 수 없이 마려웠다. 그때 갑자기 요란한 천둥소리와 함께 번개가 번쩍이자 놀란 소가 펄쩍 뛰더니 냅다 주인의 손에서 도망치기 시작했다. 이럴 땐 어찌해야 하나? 바지를 내리고 볼일은 봐야 하고, 그러자니 시골의 재산 목록 1호인 고삐 풀린 소는 사정없이 도망쳐서 자칫하면 소를 잃어버릴 것 같고, 어떤 것부터 해야 하는지 우리는 배꼽을 잡고 그 얘길 듣고 웃었다.

며칠 동안 생각을 정리한다고 왔는데 생각이고 자시고 눈앞이 캄캄했다. 주위를 다시 둘러봤다. 만장 같은 천에 붙어 있는 노끈이 보였다. 노끈을 잡아 빼서 올가미를 만든 후 천장의 서까래에 줄을 휙 던져 감고선 또 하나의 만장에서 노끈을 빼서 매듭을 만들었다. 오래된 물건이어서 그런지 노끈은 튼튼해 보이지 않았다. 마치 준비된 일처럼 망설임 없이 기계처럼 그런 동작들이 자연스럽게 이어졌다.

준비를 마치자 상황이 아무리 급해도 내 모친과는 마지막으로 통화를 해야겠다는 생각이 들었다. 이 세상에 존재의 끈을 이어준 모친이기에 그 끈을 내가 스스로 먼저 끊어야 하는 모친에 대한 죄책감 때문에서였다. 딸아이를 먼저 보내고 나서 이렇게 고통을 겪고 있는데, 내가 모친의 마음을 똑같이 아프게 하는 것이기에 사전 정지 작업은 필요할 것 같았다. 아무도 모르게 죽게 된다면 나의 사체를 쉬파리 떼와

구더기에게 통째로 맡기고 싶지 않았다. 다행인지 불행인지 그 걱정은 하지 않아도 됐다.

배터리를 다시 연결하는데 손이 수전증 걸린 것처럼 덜덜 떨려 제대로 맞춰지지가 않았다. 신호가 울리자마자 '여보세요!' 하며 그리운 모친의 음성이 들렸다.

"엄마! 저예요, 성식이⋯⋯."

"성식이냐! 이놈아, 성식아!"

모친이 말을 못 잇고 있었다. 나 또한 무슨 말을 해야 할지 '엄마'만 불러댔다. 모르긴 몰라도 경찰도 같이 모친과의 통화를 감청하고 있을 것이다.

눈물이 앞을 가렸다. 내 기억으로는 성인이 돼서 처음 눈물을 흘려 보는 것 같았다. 10여 년 전 선친이 세상을 떠났을 때도, 내 분신이었던 우리 아이와의 이별 때에도 나오지 않았던 눈물이 주체할 수 없을 정도로 이렇게 흐르고 있는 이유는 뭐지? 지천명을 바라보는 이 나이에 그간 아껴놓았던 눈물 보따리가 한꺼번에 풀린 느낌이었다. 눈물도 이기심이 있는 건 아닌지 모르겠다. 내 피붙이였던 사람들의 죽음에도 나오지 않던 눈물이 정작 나의 죽음을 맞아 나오다니, 난 정녕 이기적인 인간이던가? 결국 그토록 간절히 원했던 눈물을 인생의 마지막 순간에 선물 받는 순간이었다.

세상에 미련은 없었다. 먼저 간 아이를 만날 수 있어 삶을 버리는 것이 아깝지도 않다. 하지만 정말 딱 하나, 모친이 맘에 걸렸다. 그게 안타깝고 서러웠던 것인가? 하지만 그렇다고 해도 이 눈물의 정체가 파악이 안 됐다. 어쩌면 맺힌 한을 풀지 못하고 힘겨운 삶의 짐을 내려놓아야 하는 억울함이었는지도 몰랐다.

성삼문은 죽음을 맞이할 때도 눈물 대신 시를 읊었다는데⋯⋯.

격고최인명(擊鼓催人命) 서풍일욕사(西風日欲斜)
황천무객점(黃泉無客店) 금야숙수가(今夜宿誰家)

중학교 때 국어 선생님이 한시를 칠판에 적고 나서, 누가 성삼문의
심정을 가장 잘 표현하는지 숙제를 내줬다.

북소리는 둥둥 울려 사람의 목숨을 재촉하고
해는 서산으로 기울어지려 하는구나.
황천에 가면 인가 하나 없다던데
오늘밤은 뉘 집에서 잠을 잘거나.

선생님이 1차 의역해서 소개해줬다. 집에 돌아와 골똘히 생각한 끝
에 형장에 선 성삼문의 입장이 되려고 부엌의 날 푸른 식도를 내 목에
대고 눈을 지그시 감았다. 기겁을 한 모친이 고래고래 소리를 지르며
달려왔고 집안은 한바탕 큰 소동이 벌어졌다. 그렇게 해서 내 의역시
는 탄생되었고 선생님한테는 많은 칭찬을 받았다.

북을 울려 망나니는 내 목을 치려 하고
서산 위의 저 해 또한 내 운명과 같네
저승 가면 내 한 몸 쉴 곳 없으니
아, 오늘밤 당장 어디에 이 몸 뉠까

"엄마! 저 어디 좀 오래 다녀올게요. 지난번 당뇨주사 넣어드린 거
아직 다 안 쓰셨죠? 엄마 약은 28단위예요, 28단위. 아마 형이 제 대신
찾아가서 할 거예요. 꼭 잡곡밥 잡수시고 틀니는 돈 아깝다고 돌팔이

한테 하지 말고 약속대로 꼭 치과에서 다시 하셔야 돼요. 저 찾지 마시고 다시 뵐 때까지 오래오래 건강하세요."

최대한 침착하게 아무 일도 아닌 것처럼 얘기했지만 모친은 울면서 뭐라고 하고 있었고 모질게 내가 먼저 전화를 끊었다.

또 눈물이 앞을 가렸다. 한참 동안 쉼 없이 쏟아지는 눈물과 함께하고 있는데 경찰차의 요란한 사이렌 소리가 가까이 들려왔다. 이젠 더이상 이 세상에 지체할 시간도 여유도 내게 허락하지 않았다. 하지만 차에서 내려 여기까지 걸어 올라오려면 적어도 5분 정도는 걸릴 것이다. 충분히 전력질주 하지 않더라도 베이스에서 세이프 되고도 남을 시간이었다. 더구나 나는 숨 오래 참기에서 항상 졌을 정도로 숨이 짧았으니까 시간은 충분할 것이다.

정말 때가 된 것 같았다. 이때를 놓치면 나는 많은 고통의 대가를 두고두고 치러야 한다.

심호흡을 길게 한 번 내쉬고선 결연한 마음으로 형틀에 올라섰다. 그러고는 조용히 밧줄을 목에 감고 준비된 매듭을 두 손에 뒤로 묶은 후 눈을 감았다.

저승 가면 내 한 몸 쉴 곳 없으니
아, 오늘밤 당장 어디에 이 몸 눌까?

"컥!"

허공으로 몸이 내팽개쳐지면서 목을 감쌌던 밧줄이 갑자기 조여오자 나도 모르게 외마디 소리가 나왔다. 목소리라기보다는 항문을 통해 나오는 방귀처럼 갑자기 기도가 닫히면서 나오는 바람 소리가 정확한 표현이었다.

고공 낙하 시 비행기에서 뛰어내려 가속도로 하강을 하다가 어느 순간 낙하산을 활짝 폈을 때의 그 당김 현상 같은 느낌이라고 할까, 갑자기 목이 쭉 빠져나간 것 같았다. 보리 이삭이 팰 때쯤 이삭을 잡아 뽑으면 갓 올라온 보리 모가지가 쭉 빠져 나왔고 보릿대를 입에 물고 있으면 미미하지만 단맛이 느껴졌다. 그 조그마한 달콤함을 맛보기 위해서 어린 녀석들은 가끔씩 길 주변에 있는 보리를 그렇게 못살게 굴었다. 출렁거리는 물결 사이로 드리운 찌의 움직임을 포착해 순간적으로 낚아챈 후 느껴지는 낚시대의 손맛 같은 그런 떨림도 밧줄을 통해 내 목에 잔잔하게 전해져 왔다.

어떤 텔레비전 프로그램이 생각났다. 태국 북부 라오스 접경지역의 카렌족이라는 부족의 여성들은 성장하면서 놋쇠로 된 고리를 목에 끼워 그 길이를 늘린다나. 그래야 미인이란다. 맹수에게 물려 죽지 않으려고 목을 보호했다는 데서 유래했다는데, 정작 놀라운 것은 그 놋쇠 고리를 목에서 다 제거하면 목이 부러져 죽는다고. 그래서 한 번 끼우기 시작하면 죽을 때까지 함께해야 한다. 순망치한(脣亡齒寒)처럼 목과 고리는 공생관계가 되어 있는 것이다. 모가지가 길어 슬픈 짐승이다.

교수형을 집행할 때 대부분의 사람은 질식사에 앞서 갑자기 허공으로 육신이 내팽개쳐 치면서 그 충격으로 목뼈가 부러진다고 누군가에게 얘기를 들었던 기억이 있는데 내 목은 안녕하신지 모르겠다. 평소에 목에 힘을 주고 다녀봤자 이런 상황에 부딪히면 다 무용지물인 것이다.

언젠가 개를 나무에 목매단 걸 본 적이 있다. 지금도 뇌리를 떠나지 않는 것은 개 주인을 포함해 회희낙락하는 사람들 앞에서 나무에 매달린 개는 죽을 때까지 꼬리 흔드는 걸 멈추지 않았다는 것이다. 자연적인 근육 활동의 일환인지는 모르겠으나 그 모습을 지켜보는 것만으로도 엄청난 충격이었다. 죽으면 혀가 쭉 빠져 나오는지는 모르겠지만 개의 혀가 엄청나게 길다는 것도 그때 알았다. 더구나 부드러운 고기 맛을 얻는다는 목적 아래 매달린 개를 몽둥이로 후려치는 그 잔인성 앞에서 나 자신이 사람이라는 게 한없이 부끄러웠다. 대롱대롱 매달려 있는 지금 이 상황의 내 몸을 누군가 몽둥이로 사정 없이 후려친다면 나무에 매달린 개처럼 저항도 못하고 꼼짝 없이 당할 수밖에 없겠지만 그 아픔을 느낄 수 있을까?

시골 메주도 생각이 났다. 모친이 직사각형 모양으로 다듬어서 틀을 만들면 선친은 어느 정도 메주가 굳은 후 처마 밑 서까래에다 주렁주렁 새끼줄로 엮어 매달아 놓았는데, 콩을 쒀 반죽을 만들 때 모락모락 김이 서린 맛도 괜찮았다.

시골 얘기가 나오니까 또 하나 생각나는 게 있다. 동네에서 돼지를 잡거나 팔 때는 그 무게를 가늠하기 위해 수평 잡기의 원리를 이용한 작대기처럼 기다란 대저울을 사용했다. 네 다리가 묶인 돼지는 쇠꼬챙이 같은 고리에 꿰어져 장정 두 명이 힘껏 어깨에 맨 저울에 대롱대롱 거꾸로 매달려 있었고, 쇠뭉치 같은 저울추로 무게 균형에 따라 이리저리 눈금을 맞췄다.

받치고 올라서 있던 형틀을 반동을 주어 밀어 넘어뜨린 후 허공에 뜬 내 육신은 벽시계 불알 추처럼 좌우로 움직였다. 움직일 때마다 목이 빠질 것 같아 목에 힘을 줘야 했지만 내 중력을 감당할 수는 없을 것이다. 아파트 공터의 그네가 머리를 스쳐갔고 어릴 적 단옷날 큰 소나무에 휘감긴 긴 그네도 생각났다. 애기 때의 딸아이는 '하나 둘' 하면서 그네를 살살 밀어주면 까르르 웃으며 좋아했는데…….

그나저나 아, 이게 멈춰야 하는데 고통이 너무 컸다. 나도 모르게 발이 허공을 가르고 있었다. 이게 발버둥인가? 온몸은 지구의 인력(引力)을 따라 아래로만 축 늘어져만 가고, 죽을 힘을 다해 참고 있던 턱 근육도 점점 나사 풀리듯 힘이 빠져갔다.

예전 세수대야에 얼굴을 처박고 누가 숨을 오래 참나 시합을 했다. 지지 않으려고 안간힘을 다했지만 번번히 실패했다. 친구 녀석은 왜 그리 오래 잘 참던지, 하도 신기해서 머리를 처박는 시늉만 하고 곁눈으로 살짝 지켜봤더니, 한동안 잠수해 있던 녀석이 슬그머니 얼굴을 꺼내더니 숨을 고르고 태연히 다시 잠수했다. 그러면 그렇지…….

제일 힘들고 겁이 났던 죽음의 방법은 다름 아닌 교수형이었다. 결국에 죽는 것은 마찬가지겠지만 그 몇 분 동안의 고통을 어떻게 참아내느냐 하는 것이기 때문이었다. 아니, 참아서는 안 되지, 참지 말고 죽어줘야 하는 것이니까. 죽음을 참지 않고 기꺼이 맞이해야 하는 그 형벌은 생각만 해도 끔찍했다.

개인적으로 선택할 수 있다면 순식간에 숨통이 끊어지는 총살을 원할 것이다. 물론 전쟁 중의 군인에게만 주어진 혜택이겠지만 말이다. 북녘 땅 어디에선 양민을 상대로도 그런 특혜를 베푼다고 하던데……. 어디 뷔페 식당처럼 죽음도 고르면 안 될까? 아니면 제비 뽑기를 하든지. 다른 나라에서는 독극물을 투입하는 방법도 있고 전기의자에 편안히 앉아서 죽음을 맞는 것도 있으며, 고대 어디에서는 양을 이용해 간지럼을 태워 죽게도 했다던데, 왜 우리나라는 그렇게 천편일률적으로 한 가지만 고집하고 있는지 모르겠다.

총살은 순간적으로 심장을 멈출 수 있는 유일한 방법인 같았다. 하기야 그렇게 생각하면 예전 참수형도 술 취한 망나니의 서슬 퍼런 전주곡이 공포스럽고 길게 느껴져서 탈이었지만 그래도 집행은 금방 끝이 난다. 하지만 순식간에 목을 벤다지만 썩 유쾌한 형벌은 아닐 것 같았다. 댕강 잘린 머리가 땅바닥에 나뒹굴면서 부릅뜬 눈을 통해 무슨 놀이 기구처럼 세상이 뒤죽박죽으로 보일 것 아닌가?

호스피스 병동에서 근무하는 어느 간호사한테 들은 거지만, 임종 후 사람의 감각 기관 중에서 청각이 제일 오래 남는단다. 그래서 숨을 거두면 귓속에다 편히 잘 가라고 마지막 인사를 잊지 말라고 했는데…….

예전에 어른들도 그러셨다. 사람이 숨을 거둘 때는 대부분 그 사람을 부르며 울고 불고 하는데, 그럴 땐 굳이 붙잡지 말고 편히 가도록 해야 한다고, 그래야 진짜 편히 간다고 했다. 그 말이 사실이라면 참수형 당한 사람은 세상이 뒤죽박죽 보이는 게 아니라 땅바닥에 데구르르 구르는 균형 잡히지 않은 머리 바퀴 소리가 마지막으로 들릴 것 같았다.

몸이 부르르 요동을 치면서 정신이 혼미해졌다. 왜 내가 손을 앞으로 묶지 않고 뒤로 묶었을까? 세상에 태어나서 이 순간처럼 후회해본 적이 없었다. 내 결심이 흔들릴까 봐, 중도에 참을 수 없어 포기할까 봐, 결연한 각오로 의자 같은 데에 올라 목에 줄을 당겨 단단히 동여맨 후 미리 준비한 매듭을 힘들게 손에 묶었다. 말 그대로 손을 쓸 수 없는 속수무책 상황이었다.

이렇게 죽음을 택한 수많은 사람도 지금의 나처럼 이런 고통의 과정을 겪은 후 숨을 거두었을까? 내가 알고 있었던 사람 몇몇 중 어떤 이는 차고 있었던 넥타이를 풀어 죽음의 도구로 썼고, 어떤 이는 백화점 포장끈으로, 또 한 사람은 자기 아들 줄넘기 끈으로 죽음을 선택했다. 각자 처한 상황은 달랐겠지만 그들도 결연한 마음으로 의자에 올라 반동을 주어 그 의자를 넘어뜨린 후 되돌릴 수 없는 속수무책 상태에서 나처럼 후회를 하다 죽었을까?

한때 청소년들 사이에서 기절시키기 게임이 있었다고 들었다. 반죽음 상태까지 친구의 목을 조르는 지극히 위험한 행동이었지만 그들은 특별한 죄의식이나 위험성도 모르고 재미 삼아 그런 놀이를 했다고 했는데, 전적으로 자신의 목을 조르는 친구를 신뢰하지 않으면 이루어질 수 없는 짓이었다. 담력과 일종의 쾌감을 위한 그런 짓들은 내가 겪고 있는 고통으로 미루어봤을 때 강력하게 만류하고 싶다.

짧은 시간이었겠지만 한계점을 향해 치닫고 있는 내게는 참을 수 없는 긴 시간이었다. 1라운드가 3분인 권투 경기를 열심히 지켜보는 관중은 그 시간이 짧게 느껴지겠지만 혈투를 벌이고 있는 선수들 본인들은 라운드 종료를 알리는 종소리를 목이 빠지도록 갈망하고 있는지 잘 모를 것이다.

그 짧은 순간이 얼마나 길게 느껴지는지는 지금이라도 각자 실험을 해보기 바란다. 군대에서 소위 '원산폭격'이라는 기합이 있다는 것은 군대를 다녀온 남자들은 다 알 것인 바, 머리를 땅에 박고 두 손은 열중 쉬어 자세로 허리에 올린 후 한쪽 다리로만 균형감각이 없는 사람은 두 다리도 괜찮지만 본인의 체중을 유지하는 그 상태로 3분을 버텨보면 얼마나 긴 시간인지 알 수 있을 것이다.

뭐 그렇게 힘들게 시도하지 않아도 간단히 실험해볼 방법은 있다. 입을 다물고 코를 손가락으로 막고서 가만히 있지 말고 나처럼 몸을 격렬하게 흔들며 숨을 참아보기 바란다. 고통스럽게 3분을 참아낼 사람은 많지 않다. 혹 그 이상을 참을 수 있는 사람은 폐활량이 대단할 수 있으니까 신체 특성에 맞는 직업을 찾아보기를 권하고 싶다.

영화 대미를 장식하는 엔딩 크레딧처럼 많은 이들의 이름과 추억들이 순식간에 스쳐 지나갔다. 어떤 것들의 자막은 크기도 있었고 밝기도 했지만, 어떤 것들은 그냥 휙 스쳐 지나칠 정도로 내 인생에서 의미 없는 것들도 많았다.

그 와중에서도 염려되는 것이 하나 있었는데 책상 서랍 속의 USB에 담겨 있는 내 유서를 발견할 수 있느냐는 것이었다. 그간 꾸준히 업데이트를 해놓았지만 거기에 내 유서가 있다는 말을 누구한테도 해본 적이 없었으니까. 유언장의 효력은 자필로 써서 인감을 꾹 눌러 찍은 후 공증은 못하더라도 두 명 정도의 증인의 서명까지 갖춰져야 완벽하겠지만 컴퓨터 워드 작업을 통해서 작성한 내 유서의 효력을 그렇다고 누군가가 꼬투리 잡을 일은 없을 것이다. 가진 것도 없고 다툴 일도 없으며 뭔가를 특별히 조작할 일도 없을 정도로 별 볼일 없는 내 재산 상태였으니까 말이다.


'나 고성식은 나의 갑작스런 사망 또는 뇌사 등으로 인한 사후 혼란을 방지하고, 나와 관련된 사랑하는 사람을 보호하기 위해 다음과 같이 유서를 작성해 보관한다.'

이렇게 시작하는 나의 유서.


— 나의 각막과 장기가 손상되지 않았다면 필요한 사람에게 기꺼이 기증할 것.

— 불의의 사고나 질병으로 나의 의식이 회복되지 못하고 호흡기 등으로 연명해야 할 경우, 존엄사 할 수 있도록 해줄 것.

그래, 이건 나의 자존심이었으니까 이 대목은 참 잘 썼던 것 같다.

— 나의 시신은 화장해 사랑하는 이들이 나를 찾는 데 힘들지 않도록 가까운 곳에 안치해줄 것.

— 나의 사망 사실을 모르는 친구나 지인들에게 장례를 치른 후, 내가 언제, 어떻게 죽었는지 알려주고, 나의 장례식에 참석한 사람들에게

는 정중히 감사 인사를 보내줄 것.

확실한 애프터서비스 정신을 실천하는 거지 뭐. 사실 내 이름으로 감사 인사를 보내라고 하고 싶었지만 괜히 유령 소동 날까 봐 참았다.

— 나의 사후 도와주겠다는 사람들이 접근할 경우 다음 사람은 금전과 관련해 절대 신뢰하지 말고 도움을 청하지도 말 것.

몇 사람의 이름이 그 순간에도 떠올랐지만 생략해야겠다. 내 최후의 순간에 비열한 인간들을 떠올리고 싶지 않았으니까.

— 남겨진 재산은 나의 모친에게 전부 유증하니 혼란이 없도록 할 것.

하기야 상속법 상 당연히 상속순위 제2위인 모친이 갖게 돼 있다. 또 뭐가 있었더라?

— 모친이 매일 주사하는 인슐린 용량은 28단위이므로, 주기적으로 찾아가 이 일을 누가 대신 해줄 것.

모친이 자꾸 떠올랐다.

엄마!

이 나이 먹었어도 막내인 나는 지금껏 엄마라고 부른다.

— 나의 제사는 지내지 말고 간단히 추모만 해줄 것.

불행하게도 누가 내 제사 밥을 챙겨줄 사람도 마땅히 없는데…….


이것 말고도 구체적인 내 재산목록 같은 걸 적어 놓았다. 무슨 교육인지 생각은 안 나지만 어떤 교육 프로그램 중에 유언장 작성 시간이 있어서 처음으로 그걸 써볼 기회가 있었다. 유서를 쓴다는 그 자체와 유서의 내용보다는 그 시점에서 나 자신의 지난 일들을 한 번 쭉 돌아볼 수 있어서 아주 의미가 있었다.

그 뒤로 죽음이 언제 찾아올지 몰라 그냥 습관처럼 자주 유서를 고치곤 했는데 최종적으로 수정하지 못한 게 못내 아쉬웠다. 불의의 사고를 대비한 유서였지, 이렇게 계획적인 죽음을 실행하리라고는 꿈에도 생각지 못했다.

유서대로라면 난 스스로 목을 맸다고 동네방네에 소문을 내야 했으니 얼마나 부끄러운 유서였던지……. 지금이라도 내 목을 휘감고 있는 이 노끈을 풀고 내려설 수만 있다면 좋겠다.

몸부림과 발악이 계속되면서 내 양복도 난리가 난 듯했다. 점잖은 체면에 이게 웬 망신이란 말인가? 오줌을 바지에 흠뻑 적시는 것은 말할 것도 없고 생똥도 나온 것 같고 온몸의 구멍이란 구멍에선 형체도 알 수 없는 분비물들이 쏟아져 나온 것 같았다. 그래서 형을 집행하기 전에 사형수들의 온갖 구멍을 솜털 같은 걸로 꽁꽁 다 틀어막나 보다.

돼지를 잡을 때도 그랬다. 동네에서 무슨 잔치를 앞두고 꼭 우물가 시멘트 바닥에서 돼지를 잡았는데, 네 다리가 묶여 하늘을 보고 누워 있는 돼지는 죽는다고 소리를 질러댔다. 소위 돼지 멱따는 소리였으니, 시퍼런 칼을 가지고 진짜 돼지 멱을 따면 검붉은 피가 목에서 콸콸 쏟아져 나왔고, 사람들은 양동이를 들이대 그 피를 선지로 끓여 먹었다. 그때 돼지의 사형 현장에는 꼭 돼지 똥이 시멘트 바닥을 수놓았다.

사람이 이승을 떠날 때는 마지막까지 몸 안의 축적물을 다 비우고 떠난다고 했는데, 오래전에 작고한 어느 시인은 임종을 앞두고 '야, 나 똥쌌다!' 하며 반색을 했다고 들었다. 선친도 그러셨다. 돌아가시기 전에 한 달 넘게 곡기를 끊으셨지만 어디서 나오는지 모르겠으나 마지막엔 많은 양을 비우고 가셨다.

죽음이 임박해지면 몸에 힘이 없어지는 것은 당연할 터. 그간 자연스럽게 힘이 들어가 있었던 괄약근이 이완되면서 직장 내에 남아 있던 게 쏟아지는 것이 아닐까? 평소 항문에 힘을 주고 있었던 것은 결국 살아 있다는 존재감의 표현이었던 것이다. 태아도 배 속에 똥을 갖고 태어난다. 그걸 배내똥(태변)이라고 하는데, 2~3일간 그걸 비우고 나서 배 속 밖에서의 새로운 똥의 역사를 만들어 간단다.

아, 그나저나 정말 숨을 쉴 수 없다. 이미 숨이 막혀 아무 소리도 낼 수도 없었고 모르긴 몰라도 핏빛 색깔일 얼굴의 온도는 아마 물의 비등점 이상으로 끓고 있을 것 같았다. 금방이라도 심장이 터져버릴 것 같은데, 이 고통이 빨리 끝났으면 좋겠다.

아, 이런 게 죽는 거구나. 이렇게 의식의 끈을 놓는 거구나.

굿 바이, 세상이여! 아듀, 인생이여!

시계추처럼 점잖게 움직였던 내 육신이 로데오 경기처럼 한동안 격하게 흔들리다가 배터리가 소진돼 멈춰버린 듯 한순간 고요해지고 갑자기 고통이 거짓말처럼 사라지면서 세상이 환해졌다. 오랜 정전 끝에 들어오는 전깃불처럼, 영화가 끝나면 일순간에 실내등을 환하게 켜는 극장처럼 어두웠던 주위가 한순간에 대낮 같이 밝아졌던 것이다.

이렇게 깊고 예쁜 빛의 터널도 있었던가? 딱히 뭐라고 형용할 수 없을 정도로 아름답고 신비로운 빛의 터널이 나를 유혹하고 있었다. 형상도 없는 아지랑이처럼 아련한 깊은 터널로 한없이 훨훨 날아가는 나의 의식 세계가 보였다.

내가 어디까지 지금 빠져드는 걸까?

나는 지금 어디로 날아가는 거지?

밤마다 꿈을 꿀 때면 천길 만길 깊은 낭떠러지나 깊이도 알 수 없는 땅 속 끝까지 떨어지곤 했는데 이렇게 끝도 없이 날아가는 나는 지금 정녕 꿈을 꾸고 있는 것인가?

미국 어느 대학에서 실험을 했다지. 죽음 직전 밝은 터널을 지나거나 영혼이 몸 위에 떠있기도 하고 또한 평화로운 느낌을 갖는 이 임사

(臨死) 체험은 산소공급이 끊긴 뇌가 죽어가면서 전기 에너지를 발생시켜 마지막 불꽃을 태우는 것이라고.

실험 중에서 죽음 체험 같은 게 제일 어려울 것 같다. 실제 어떤 이는 죽은 지 며칠 만에 예수처럼 살아나서 자신의 사후 경험담을 실감나게 얘기하기도 했던데, 멈추지 않았던 자신의 뇌 활동의 영향은 아니었는지 모르겠다. 산 자의 본능적인 두려움 중의 하나는 죽음의 세계일 것 같고 그래서 사후의 위안을 얻고자 종교가 필요한지 모른다.

아무튼 어떻게 그렇게 형이상학적이 아닌 생물학적인 실험을 해서 그런 결과를 얻었는지는 모르겠지만 지금 나는 그런 걸 따질 정도로 한가하지 못했다.

나는 그야말로 한 치 앞도 볼 수 없이 죽느냐 사느냐의 사투를 벌이고 있었던 것이다.

# 제9장

# 도둑 맞은
# 나의 자화상과 허상

　"피고에게 살인 및 살인미수, 불법체포감금, 납치, 약취유인, 범죄단체 구성, 폭력, 절도, 중상해, 공무원자격 사칭죄 등을 적용해 무기징역을 선고합니다."

　정확한 죄명이 기억나지 않지만 대충 이런 식의 죄목이었다. 몇 가지가 더 있었던 것 같기도 했다. 솔직히 법원의 양형 기준에 대해 문외한이었기에 망정이지, 판결 순간에 각 죄목의 형량을 하나하나 계산하고 있었다면 내 신세가 참 처량했을 것이다.

　칼자루는 높은 사람이 쥐고 있는 만큼 할 말은 없었다. 국민은 국가에 충성하는 것은 물론이고 국가의 명령에도 복종해야 하는 것은 당연한 일이기도 했다. 악법도 법이라며 독배를 든 사람도 있지 않던가?

하지만 다른 것은 몰라도 길수에 대한 살인죄를 내가 뒤집어쓴 것은 너무 억울했다. 한 배를 탔던 사람을 내가 죽이다니, 내가 그렇게 사악하지도 않고 독하지도 않거늘, 그렇지만 무죄를 입증할 방법이 없었다.

길수가 죽던 날 밤, 우리 아지트 방향으로 운행했던 내 차의 모습이 사고 현장에서 멀리 떨어진 곳의 CCTV에 포착됐고 그들은 친절하게도 CCTV에 아주 선명하게 내 차량의 번호가 확실히 찍힌 걸 확인시켜주었다 그날 밤의 알리바이도 입증하지 못했으며 가해 차량에서 발견된 내 지문 묻은 증거품 등을 이유로 나는 살인범이 된 것이다. 트럭을 운전할 때 가위를 들고 타는 사람이 어디에 있느냐며, 이건 나를 음해하기 위해 누군가 증거를 조작했다고 항변했지만 보기 좋게 기각을 당했다.

'억울합니다. 난 그날 밤 차를 운전한 적이 없습니다. 누군가 밤새 내 차를 몰래 운행한 것이 분명합니다. 매일 주차해놓았던 그 자리가 아니라 아침에 깨어나 보니 다른 곳에 주차돼 있었던 것만 봐도 누가 나를 모함하기 위해서 그런 겁니다.'

이런 내 말은 동네 개 짖는 소리에 불과했다. 누구나 일상에서 그런 건망증이나 착각쯤은 할 수 있다. 더구나 검사가 제시한 증거 앞에 나 자신도 할 말을 잃을 정도였으니, 어느 누가 내 말에 귀를 기울여줄까?

'난 그날 분명히 소주 한 병을 안주 없이 먹고 가게에서 잤단 말입니다.'

웃기지 말란다. 그럼 그 차량은 유령이 운전했고 가게에서 혼자 잔 것을 입증할 수 있냐고 물었다.

'내가 길수를 죽여야 할 살인 동기가 없잖습니까? 무차별 살인도 아니고 내가 왜 무엇 때문에 길수를 죽입니까? 내가 길수를 죽여서 득이 될 게 뭔가요?'

그 살인 동기는 내가 더 잘 알고 있을 거라고 반문을 들었다. 핵심적인 종범을 없애서 증거를 인멸하는 차원이라는 거였다.

'길수와의 통화내역이랑 당신들이 다 확보했잖아요? 그걸 좀 분석해보라고요. 통화 내용 어디에 길수의 죽음과 연관되는 상황이 있는지?'

그런 걸 다 예측하고 교묘히 저질렀을 것이란다. 그리고 지금까지 쭉 나와 길수와의 통화 기록을 조사한 결과 충분히 살인의 동기가 있고 그럴 개연성이 너무 크다고 했다.

'아니, 법을 다루는 사람들이 어떻게 가정을 전제로 판결을 하려고 합니까?'

자신들은 가정이 아니라 철저히 증거에 의해 기소를 했고 재판을 진행한다고 했다.

'난 그런 대형 트럭을 한 번도 운전해본 적이 없습니다.'

하지만 당신은 1종 대형 면허를 가지고 있지 않느냐고 물었다. 사실 난 1종 대형 면허를 갖고 있었다. 운전면허 시험을 볼 때는 무조건 큰 차 면허가 좋은 줄 알았다. 아무 쓸 곳도 없는 면허를 나는 왜 취득했을까? 면허 취득 후 딱 한 번 운전한 적은 있었다. 재호랑 얘기를 하고 있었던 어느 날, 가게 앞에다 어떤 사람이 탱크 같은 엄청난 트럭을 세워놓고 연락이 없었다. 가게를 딱 가린 상태여서 그렇지 않아도 기분이 안 좋았는데, 트럭 뒤에 주차했던 어떤 사람이 차를 빼지 못해 클랙슨을 울려대며 안달이었다. 참다 못해 나와봤더니 차 문도 열려 있었고 키도 그대로 꽂혀 있었다. 누가 이런 차를 훔쳐갈 리 만무하다는 생각이었을 것이다. 그래서 차를 조금 앞으로 빼준 일은 있었다.

"형님! 언제 이런 면허는 따두셨습니까? 대형면허는 어디에 쓰려고요? 차 운전은 다 똑같더군요. 큰 차 몬다고 큰 면허가 왜 필요한지 모르겠어요."

이 말은 재호도 이런 차쯤은 운전할 수 있다는 뜻이었을 텐데, 생각해보니 내가 살인 누명을 뒤집어쓰려고 이 따위 쓸데 없는 면허를 따 놓았는가 보다.

법원은 더구나 당연히 누려야 할 죄 없는 많은 사람의 행복을 빼앗아, 그로 인해 결국은 몇몇 가정의 해체를 주도한 가정파괴범이라고도 했다.

'여보세요, 재판장님! 나는 가정이 단순 해체된 것이 아니라 아예 가정과 가족이 송두리째 산화했단 말입니다. 아세요? 아무것도 남지 않았다고요.'

막 퍼붓고 싶었다.

막 쏟아내고 싶었다.

막 토해내고 싶었다.

나에게 평생의 멍에를 씌운 이들은 어처구니 없게도 의당 평생의 멍에를 씌워야 할 사람에게는 무죄라는 달콤한 선물을 줬다.

'그들이 죄가 없다고요? 그들이 죄가 없다면 우리 또한 무죄입니다. 명명백백한 사실 하나 밝혀내지 못하고 무죄라는 면죄부를 준 사람이 누군데요? 왜 나한테는 그런 면죄부를 주지 않고 사약을 내리는 건가요?'

그나저나 살인미수라니? 우린 사람을 죽인다고는 꿈에도 생각지 않았다. 이미 그런 끔찍한 일들을 다 경험했는데 사람을 죽이다니? 살인할 의도가 전혀 없었는데도 살인미수란다. 행여나 과다출혈 등으로 죽을까 봐 얼마나 전전긍긍했는데, 비록 신체의 일부를 잘라냈지만 우리 나름대로는 정말 최선을 다해 신속히 병원에도 데려다 줬는데, 현대 의술로도 절대 죽지 않게 할 수 있는데 살인미수라니? 생식기가 인체의 급소 중의 하나라면 저들이 그렇게 몰아가도 할 말은 없었다.

범죄단체 구성이라는 죄목도 납득이 가지 않았다. 사회의 정의 구현을 위한 우리의 모임을 단순 범죄 집단으로 매도하다니. 아주 무엄했다. 범죄단체 수괴는 사형까지 가능하다고?

그래서 이 판결에 불만이 많았다. 다른 사람들의 변론에는 야무졌던 내 변호사는 나한테는 영 신통치 않았다. 한마디로 맥을 못 썼다. 하기야 애초부터 변호사의 직업적 승리를 기대했던 건 아니었으니까 그리 실망하지도 않았다.

한 가지 이채로운 것은 재판 과정에 주로 여성단체에서 내 구명운동을 활발히 전개하고 있다고 들었다. 성폭행으로 딸을 잃고 아내까지 없어졌으니 오죽했으면 그랬겠느냐며 동정 어린 여론이 많은 것도 들었다. 우리 사회에 만연돼 있는 이런 성폭력 사태에 대한 반성과 구조적인 문제, 그리고 처벌 강화에 대한 언론의 기획 취재도 활발하다고 들었다. 내 구명을 위한 백만 명 서명운동을 벌이고 있기도 했고, 이름만 대면 알만한 꽤 이름 있는 사람들로 구성된 변호인단도 구성됐다고 들었다. 국회의원 몇 명이 소매를 걷어붙이고 일을 추진한다고도 들었지만 내게 돌아온 것은 결국 냉혹한 현실이었을 뿐이다.

나는 안다. 그들이 그렇게 소리 내어 나를 돕겠다고 했던 것에 대해선 고마움을 느꼈지만 결코 그런 현상들이 오래가지 않을 것임을 나는 누구보다도 더 잘 안다. 하루 밥 세 끼 먹던 사람이 어느 날 한 끼를 걸러 잠깐 배고픔을 느끼는 그런 정도의 현상임을 나는 잘 안다. 무슨 일이 터지면 곧 세상을 다 바꿀 듯이 떠들어대다 언제 그랬느냐 하고 금세 잠잠해지는 게 세상 인심인 것이다.

결국 내 생각대로 시민단체 어느 누구 하나, 변호인단 어느 누구 하나, 국회의원 어느 누구 하나 나한테 면회 신청을 했다는 소식을 들어본 적도 없고, 서명운동 결과가 어떻게 됐다고 귀띔해주는 사람 하나 없었다. 다 말의 성찬이었을 뿐이다. 그렇다고 내가 그들의 도움에 크게 기대를 한 것은 물론 아니었다. 내가 우리 딸아이 문제 때문에 수사당국과 언론, 시민단체 등에 얼마나 많은 기대를 했던지, 지금 생각해보면 참 내가 너무 순진했던 것 같다. 그런 학습효과를 갖고 있는 내게 그들의 이런 호들갑에 오히려 연민이 느껴졌다. 그렇게 쉽게 끓었다가 쉬이 식어버리는 냄비 현상이 나를 슬프게 했다.

아무튼 그렇게 해서 나는 팔자에 없는 자랑스런 무기수가 됐다. 죽은 자가 입는 수의(壽衣) 대신 갇힌 자의 상징인 수의(囚衣)를 입고 있고 있으니, 이 얼마나 인생의 극 전개 치고는 아이러니한 일인가? 전자의 수의는 나를 고통으로부터 방생시켜줄 천사의 날개였지만 후자의 수의는 남은 인생을 철저히 옥죌 지옥의 갑옷이었다.

모친은 오래전 당신이 나중에 입고 갈 수의(壽衣)를 장만해서 장롱 위에다 두고 가끔씩 살펴보곤 했다. 행여나 좀이 먹지는 않았는지 그 수의를 바라보면서 모친은 어떤 생각을 했을까? 언젠가는 닥치겠지만 그럴 상황을 생각하기 싫어서 모친의 그런 모습을 보면 잔소리를 했다.

"에이, 엄마는 또 수의 꺼내놓았네. 없어졌을까 봐 그래요? 아주 닳겠네, 닳겠어."

나이를 한두 살씩 먹어가면서 모친의 그런 심정을 조금이나마 이해하게 됐다. 친히 당신이 입고 갈 옷을 고른다는 것은 일이 닥치기 전 정신이 멀쩡할 때 선택을 하고 마음의 준비를 하는 것이고, 그런 일로 자식들한테 신세지고 싶지 않아서였을 게다. 치매나 병들어 거동조차 못할 상황이 오면 그땐 이미 때가 늦으니까 미리 준비를 하고 싶었던 것이다.

선친도 그러셨다. 작고하기 한참 전, 당시로는 꽤 컸던 금액이었는데 많은 돈을 들여 선산 당신의 아버지 무덤 바로 아래에 가묘를 만들고 상석(床石)과 자손들의 이름을 새겨 넣은 묘비도 세우셨다. 그러고는 얼마나 흐뭇해하셨는지 모른다. 한 해 두어 번씩 벌초를 다니면서 당신이 묻힐 그 가묘도 정성껏 풀을 깎았는데 그 심정이 어떠셨을지, 지금 내가 이런 상황에 있다 보니 묏자리를 보고 죽는다는 것은 나로서는 불가능한 일이 되어버렸다.

언제가 한 번은 반드시 입게 될 그런 수의(壽衣)가 필수 과목이라면, 지금 내가 입고 있는 이 수의(囚衣)는 이를 테면 선택과목인 것 같았다. 아무나 경험할 수 없는 일이었으니 말이다.

재판 과정에서 나는 개전의 정이 보이지 않았다고 했다. 반사회적 범죄를 뿌리뽑기 위해서 극형이 마땅하나 그나마 선처를 한 것이라고도 했다. 다른 건도 다 수긍을 한 것은 아니었지만 반사회적 범죄라는 데에는 끝까지 동의하지 않았다. 그래서 개전의 정이 보이지 않았다고 했는지 몰랐다.

어떤 게 반사회적이란 말인지? 정의를 행사하는 그 과정을 탓하자면 할 말이 없었다. 그렇게 하지 않으면 우리의 정의는 결코 구현될 수 없었기에, 종양을 째기 위해 칼을 대는 일종의 필요악이었던 것이다. 하지만 예전의 그 확고부동하고 나를 철저히 무장시켰던 논리에 구멍이 많이 나 있었다. 검사의 예리한 추궁에도 제대로 답변하지 못했고, 내가 과연 그런 생각을 갖고 있었는지조차 확신하지 못했을 정도로 내 논리는 빈약하기 짝이 없었고 궁하기만 했다.

아, 난 그냥 거기서 죽었어야 했다. 모든 것은 다 때가 있기에 나는 그때를 놓치고 싶지 않았다. 그래서 정말 그때를 맞춰 택한 길이었는데 하늘은 처음부터 내 편이 아니었는가 보다.

사실 난 주검이 됐다. 초주검이란 말이 적당할 듯싶었지만. 영화에서나 나올 듯한 일이 내게도 벌어졌으니 말 그대로 구사일생이랄까? 아니, 이 말은 극적으로 살아 돌아온 사람한테나 어울리는 호사스러운 말일 것 같고, 내 경우엔 호사다마(好事多魔)가 맞지 않을까? 좋은 일에 마가 끼었으니……. 하지만 영화와 나의 경우는 분명한 차이는 있었다. 영화 같은 경우엔 전혀 필연적이지 않고 우연히 누군가에 의해 극적으로 발견되거나 하는 일이 많지만, 내 경우엔 분명 쫓기는 가운데 시간을 가늠하고 실행을 해서 우연성이 개입할 여지가 전혀 없었다는 점이다. 단지 내 사체가 아닌 생체가 그들에 의해 발견됐을 뿐이었지만 말이다. 내 과중한 육신이 문제였다. 한동안 운동과는 담을 쌓았고 체내에 각종 영양분을 축적해놓은 과체중이었던 내 무게. 삶의 무게만큼이나 무거웠나 보다. 마지막 본능적인 발악을 하면서 지탱했던 노끈이 끊어졌다니 나도 참 웃기는 사람이다. 그거 하나 제대로 못하다니……. 노끈도 오래되어 부실하기 짝이 없었으니 설상가상이었던 것이다.

어렸을 적부터 나는 무슨 일이든 하면 다치거나 뭘 뒤엎거나 꼭 흔적을 남겼다. 그래서 그런지 내 손과 얼굴 등엔 칼이나 물건에 부딪혀 생긴 흉터가 유난히 많이 남아 있고 집안 가구나 물건 등이 제 수명을 다하지 못했다. 팽이를 깎다가도 손등을 깎았고 방패연을 만든답시고 연 살을 깎다가 내 손가락을 깎기도 했다. 덩치는 나보다 곱절이나 큰 동네 선배한테 욕하고 약을 올리면서 이리저리 도망을 다니다가 참다 못한 선배가 던진 돌에 눈썹을 정통으로 맞아 수십 바늘이나 꿰매지 않았나, 칼 던지기 한답시고 힘껏 던진 칼날이 돌을 맞고 팅겨 나와 내 허벅지에 박히지 않았나, 도망다니는 닭들을 쫓아 지붕까지 올라갔다가 떨어져 팔이 부러지지 않았나…….

그럴 때마다 선친은 "어이구, 그런 거 하나 제대로 못하고선……쯧쯧!" 하셨다.

정말 이런 것 하나 제대로 못하다니…… 이런 내 모습을 보려고 그렇게 발악을 했나?

모든 걸 한순간에 버릴 수 있었음에도 그렇지 못한 나는 이제 형극의 길을 걸어야 했다.

앞으로 내가 겪을 일들이 너무도 끔찍했고 상상조차 하기 싫었다.

아! 정말 난 죽었어야 했다. 내 위치를 찾는 데 일등공신은 휴대전화 전파 추적과 아마 은주였을 것이다. 사건 기록을 넘겨줄 때 내 일기장도 같이 줬는데 그 일기장에 자세하지는 않지만 대충의 위치가 적혀 있었다. 은주의 제보와 휴대전화 위치 추적 끝에 발견된 나는 현장에서 인공호흡 조치를 취한 후 다급하게 경찰차에 실려가다가, 중간에서 조우한 119 구급대에 옮겨져 며칠 만에 목에 붕대를 친친 감은 상태로 의식을 회복했단다.

의지와는 달리 참 내 명줄이 길기도 했다. 시골 한약방 할아버지가 두꺼운 돋보기 안경으로 내 손금을 보더니 '그 녀석 참 명줄도 길다.'라고 얘기한 게 생각났다. 한 약 한 재 지으러 간 엄마는 그 얘기를 듣더니 내 머리를 쓰다듬으면서 아주 흡족해했다.

죽으려고 발버둥을 치는 사람은 이렇게 멀쩡히 살아 있고, 죽지 않으려고 사력을 다했을 우리 딸아이는 그렇게 허망하게 갔으니 세상이 불공평해도 너무 불공평했다. 한약방 할아버지가 원망스럽기도 했다. 불원천(不怨天)하고 불우인(不尤人)이라! 군자는 하늘을 원망하지 않고 사람을 탓하지도 않는다고 했건만, 성인군자가 아닌 범부(凡夫)인 내게는 하늘도 원망스럽고 사람도 다 원망스러웠다.

어느 순간 눈을 떠보니 병실엔 그간 얼굴 없이 꿈에만 나타났던 아내와 우리 딸아이가 나를 초점 흐린 눈으로 애처롭게 바라보고 있었다. 눈이 시리도록 하얀 드레스를 입고서 얼마나 측은하게 나를 바라보고 있던지 오히려 그들이 더 내겐 처량하게 보였다.

'아, 사랑하는 딸아! 내 붉은 피와 살점 같은 우리 딸아! 도대체 어디 있었니? 드디어 돌아왔구나. 너를 얼마나 애타게 기다렸는지 아니?'

딸아이는 아무 말도 없이 해맑은 미소만 짓고 있었다.

'당신은 왜 이제야 왔어? 정말, 정말이지 얼마나 찾아 헤맸는데…….  왜 이제야 왔어?'

꿈인지 생시인지 혼란스러웠다. 눈을 몇 번 깜빡이며 맑은 눈으로 다시 바라봤다. 흐릿했던 화면이 갑자기 밝아지면서 배경도 다른 장면으로 휙 바뀌었다.

이런, 하나같이 인상들이 험한 사내들이 나를 빙 둘러싸고 쳐다보고 있는 것 아닌가!

그들 중 누구 하나 내게 말을 건 사람은 없었다. 대신 곧이어 나타난 하얀 가운의 의사가 내 눈에 밝은 손전등으로 빛을 비추고선 유심히 살펴보더니, 빙 둘러싼 사람들에게 고개를 끄덕이고선 내겐 아무 말도 없이 사라져버렸다.

여보시오! 뭐라고 한마디라도 해야 하는 거 아닌가? 당신은 죽다 살아났으니 이제 남은 건 앞으로 평생을 죽은 것처럼 살아야 한다든지, 병신같이 그거 하나 제대로 못하고 죽지도 않고 다시 살아났다든지, 그것도 아니면 정신이 좀 들었냐는 정도의 멘트는 해야 이 거북한 침묵의 상황을 비켜갈 텐데 그들은 하나 같이 주둥이에 지퍼를 채우고 있었다.

참, 내 목뼈는 안녕하신지? 의사한테 물었어야 했는데 그럴 상황도, 그럴 마음의 여유도 없었다. 손을 올려 내 목을 만져보려는데 손이 말을 듣지 않았다. 아, 내 손이 묶여 있었다.

'이런, 이 사람들 아직도 내 손을 풀어주지 않고 뭐하고 있어?'

말을 하려고 했는데 입엔 산소마스크가 씌워져 있기도 했지만 목에서 말을 넘길 수 없었다. 손의 감촉을 보니 그때는 내가 매듭을 지어 뒤로 묶었는데 지금은 양손이 침대에 묶여 있었다. 내가 깨어나야 수사를 진행할 수 있었으니, 그들이 나의 회생을 두 손을 모아 기도까지는 하지 않았겠지만 많이 갈구했을 것이다. 또한 몸을 좀 추슬렀을 때 혹시나 있을지도 모를 제2차 시도에 대비해 중죄인인 나를 아주 삼엄하게 감시하고 있었던 것이다.

차라리 눈을 깜빡이지 않을 걸. 차라리 깨어나지나 말 걸. 다시 잠들 수만 있다면 좋으련만······.

아니, 실제로 깨어나자마자 난 또 잠이 들었다. 하지만 내가 꿈꾸던 예전의 상황은 야속하게도 다시 나타나주지 않았다.

경찰병원에서 치료를 받았던 한동안은 내 인생에 있어서 가장 안락했지만 무료한 시간이기도 했다. 거의 하루 종일 누워서만 보냈으니까. 누워 있는 것이 지긋지긋해서 나 죽으면 관에 눕히지 말고 서서 입관시켜 화장하라고 유언장을 바꿔야겠다고도 생각이 들었을 정도였다. 엘리베이터를 타고 오르내릴 때마다 아파트에 사는 노인들이 죽으면 어떻게 엘리베이터에 태워 내려갈지 궁금했다. 좁은 공간을 감안하면 분명히 입관한 후 세워서 내려갈 거라고 생각했는데 텔레비전에서든가 그 해답을 알려줬다. 세워서 옮기는 것은 망자에 대한 예의가 아닌지라 엘리베이터의 벽면을 뚫게 돼 있어서 수평 상태로 뉘어서 내려갈 수 있다고······.

죽으면 편히 쉬라고 뉘여 묻는가 보다. 하기야 엄마 배 속에 있었던 태아 모양 그대로 죽을 때도 무릎을 굽혀서 매장한 굴장(屈葬) 제도가 신석기 시대에 있었단다. 사후 사체는 경직이 빠르게 진행되기 때문에 숨을 거두면 곧바로 그런 형태를 갖춰야 가능했겠다. 서 있는 채로 나무 심듯이 묻는 매장방법은 없는지 궁금했지만 궁금한 상태로 남겨둬야 할 것 같았다.

아, 그리고 사람은 죽을 때 대개 눈을 뜨고 죽는다고 꽤 유명한 목사 한 분이 강연에서 얘기했다. 눈을 감을 힘이 없어서 그렇다며…….

"목사님! 우리 아버지는 눈을 감고 돌아가셨는데요?"

한 청중이 벌떡 일어나 반론을 제기했다. 무슨 잘 알지도 못하면서 그런 시답잖은 얘기를 하느냐고 따지는 말투였다.

"아 그건, 눈을 뜰 힘이 없어서입니다."

명답이었다.

병원에서 나의 면회는 수사와 치료 중이라는 이유로 허락되지 않았지만 차라리 얼마나 다행인지 몰랐다. 그런 상황에서 누군가를 맞이한다는 것은 너무도 끔찍했기 때문이다.

치료가 끝나고 구치소와 교도소에 수감됐을 때에도 나는 한동안 특별대우를 받았다. 항시 교도관들이 밤낮으로 나의 일거수일투족을 지켜봤으니까. 친절하게도 내 작은 방 처음엔 내가 정치범이나 사상범도 아닌데 혼자만 방을 쓰게 했다 에는 소위 위험한 도구들은 눈 씻고 찾아 보려야 볼 수 없었다. 국가가 국민의 생명 보호에 이렇게 최선을 다하고 있다니 참 눈물이 났다. 누군가가 지켜본다는 불안감과 불편함보다 오히려 그들이 지켜보기 때문에 이젠 다른 생각도 할 수 없다는 자포자기적인 자괴감이 들었다.

'여보세요, 교도관님! 이렇게 CCTV로 내 모든 것을 지켜보고 있는 것이야말로 인권침해가 아닌가요?'

우스운 얘기를 하나 하자면 어쩌다 교도소에 지인이라도 면회 오면 영치금을 넣어줬다.

교도소 내에는 일체의 음식물 반입이 불가능하기 때문에 그걸로 영내에서 파는 닭 훈제를 사서 가끔 맛볼 수 있었는데, 다른 건 다 맛있게 먹었지만 길다란 닭 목은 그 뒤로 먹지 않게 됐다는 것이다. 뼈째 우둑우둑 씹어먹으면 참 맛있었는데…….

어쩌다 귀한 손님이라도 멀리서 오면 모친은 닭장에서 튼실한 녀석으로 한 마리를 지정해 선친한테 사형 집행을 부탁했다. 선친은 닭 모가지를 휙 비틀어 오랫동안 날갯죽지를 잡고 놓아주지 않았다. 그때의 닭 목을 만져봤는데 참 뜨거웠던 기억이 있다. 내 목과 닭 모가지의 가련한 동병상련이었다.

은주도 한때는 면회를 자주 왔다. 나중에 안 일이었지만 우리 프로젝트와 관련한 일련의 후속 기사를 쓰기 위해서였다. 설사 그런 목적으로 나를 찾아왔다 하더라도 나는 결코 섭섭해하지 않았을 것이다. 은주와 나 사이가 무슨 연인 사이도 아니었고, 또 연인 사이였다고 한다면 영어의 몸인 나로서는 은주를 놓아줘야 하는 신세가 아니었던가! 그런 사이가 아니어서 오히려 편하고 부담이 없었다. 은주와는 스스럼 없이 얘기가 됐다. 우리 딸아이 때문에 세상이 끝났다고 생각할 때에도 대뜸 나보고 죽으라고 말했던 은주였으니까 어떤 농담과 대화도 다 가능했다.

"선배! 콩밥은 잘 드세요?"

"요즘 콩밥은 잘 나와요, 선배?"

"선배! 진짜 요즘도 콩밥 나와요?"

이를테면 이런 식이었다.

"나 선배 덕에 스타 기자 됐어요. 아시죠? 한 턱 내기로 약속했는데, 뭐 드시고 싶은 거 있으면 얘기해요. 차입해 놓을 테니까."

그럴 때는 영치금도 두둑이 넣어줬다.

또 이런 얘기도 했다.

"여기에서도 좋은 기사거리 있으면 저한테 줘요. 헤헤."

믿지 않은 기자였다. 은주 덕에 책도 많이 읽고 가끔씩 먹고 싶은 것도 먹을 수 있었다.

그런데 한 번은 은주가 나를 혼돈에 빠뜨리는 얘기를 하고 갔다.

"선배! 난 선배가 한 일은 다 옳다고 생각하는데, 뭔가 중대한 오류가 있을 수 있다는 걸 후속 취재과정에서 알았어요."

"오류라니? 그게 무슨 소린데?"

수감된 이후로는 사건 관련 대화를 거의 한 적이 없었는데 뜬금없이 오류를 지적했으니 나로서도 의아했다.

"선배의 파티에 초대된 주인공들이요, 선배가 건네준 기록대로 주인공들의 과거 범죄사실을 하나하나 확인해봤는데 대부분 사실이 아니더라고요. 물론 그들이 지금까지 거짓말로 대했을 수도 있었겠지만 제가 조사한 느낌으로는 그들 말이 진실성이 있었다는 뜻이죠. 이게 무얼 말하는 건지 아시죠?"

말은 아주 점잖게 돌려서 했지만, 탁 까놓고 얘기하면 우리가 죄 없는 사람들의 거시기를 잘랐다는 뜻일 게다.

"난 추호도 우리의 정당성을 부인하지 않아. 사전에 그들의 죄상을 낱낱이 조사해서 초대한 거니까. 그리고 우리한테도 다 사실대로 실토했는데 그들이 이제 와서 딴 소리를 하는 거지. 어느 누가 숨기고 싶은 자신의 죄상을 고해성사하겠어?"

"그 조사를 누가 했는데요? 선배가 직접 한 거 아니잖아요? 다 재호라는 사람의 사전 작품 아니었어요? 그리고 선배를 비롯해서 그 사람들이 그렇게 실토하도록 시나리오를 써갔던 것은 아닐까요? 만약에 재호라는 사람이 조사를 잘못했거나 왜곡시켰을 수도 있잖아요?"

누가 기자 아니라고 할까 봐 사건을 물고 늘어지고 있었다.

"재호라는 사람 또한 추호도 의심하지 않아. 그리고 이제 와서 설령 그것이 잘못된 선택이었다 하더라도 후회하지 않아. 다 쓸데없는 짓이야. 우리 주인공들은 자신에게 불리한 것은 어떻게든 감추고 부인하는 데는 이골이 난 사람들이니까. 그 사람들 말에 절대 난 흔들리지 않아."

은주는 다시는 그런 질문을 하지 않았다. 아니, 그 뒤로는 면회를 오지 않았으니까 그 사실을 가타부타 따질 일도 없었다.

과정이야 어떻든 나는 체포된 후 경찰과 검찰로부터 많은 조사를 받았다. 이 사람 저 사람으로부터 같은 질문을 수도 없이 받았고, 그들한테 한 얘기를 또 하고 또 하는 지루한 과정이 계속됐다. 윽박지름과 설득이 이어졌고 비아냥과 조롱도 더해졌다. 때론 법 논리 싸움도 간혹 있었지만 대부분 그들 쪽에서 입을 닫고 사실 위주로 질문을 전개했다. 가소로웠을 것이다. 쥐뿔도 모르는 사람이 전문가들 앞에서 법 운운했으니 말이다.

하지만 내 생각을 전하기 위해선 어설픈 법 지식과 법 논리도 동원할 수밖에 없었다. 가끔씩 찾아오는 변호사는 그런 걸 별로 좋아하지 않았다. 나한테 보탬이 되지 않는다며 이런저런 얘기를 했는데 잘 기억은 나지 않는다. 점잖게 도움이 되지 않는다고 내게 예의를 갖춰 얘기한 것이었지만, 속내는 법에 대해서 아무것도 모르는 녀석이 어줍잖게 까불대고 있다고 생각했을 것이다.

소위 번데기 앞에서 주름을 잡는 가소로운 사람이라고 여겼을 것은 확실했다. 법 논리에 관한 건 변호사인 자기의 일이기 때문에 앞으론 법 얘기를 꺼내지 말라고 했던 것이 그 증표였으니까.

한 가지 납득할 수 없었던 사실은 모든 일의 주범으로서 재호가 아닌 내가 화려하게 등장했다는 것이다. 아니, 재호는 아예 이 사건에 존재하지 않고 길수는 이 세상에 이미 존재하지 않으니, 어쩌면 모든 걸 유일하게 존재하는 내가 다 뒤집어써야 할 상황이 돼버렸다고 해야 정확한 표현일 게다. 아무리 해명하고 또 해명해도 그들은 내 말을 믿지 않았다. 정말 답답하다 못해 억울하기까지 했다. 회사 다닐 때 고향이 그쪽인 팀원 하나가 전라도 말로 '폭폭하다'라는 말을 많이 썼는데, 답답하다는 표현보다 이 말이 내 마음을 더 잘 나타내주는 것 같다는 어감이 들었다.

내 속을 열어 보일 수만 있다면 얼마나 좋을까? 당신들이 즐겨 한다는 거짓말탐지기로 테스트해 보자고까지 했지만 들은 척도 안 했다. 의처증을 갖고 있는 남편에게 자신의 진심을 알리는 방법은 죽음밖에 없다는 걸 어디서 읽은 것 같다. 한마디 해명하면 오해의 폭이 더 깊어지고 결국엔 그 오해의 늪에서 헤어나지 못하는 게 의처증 또는 의부증 이라고 들었는데, 오죽 답답하고 기가 막혔으면 죽음이라는 최후의 방법을 썼을지 공감이 갔다.

내 경우가 그랬다. 아무리 사실대로 얘기해도 거짓말 말라며 심한 욕설과 함께 다그치는데 정말 죽고 싶었다. 그들이 요구하고 원하는 방향으로 차라리 거짓말을 해버릴까도 생각해봤지만, 한 번 그러면 끝도 없이 또 다른 거짓말을 해야 할 것 같아 감당할 자신이 없었다. 미봉책이 곧 해결책은 아니었던 것이다. 더구나 나는 시나리오 작가도 아니어서 사건을 재구성할 그런 능력도 없었다. 자포자기, '포기'라는 단어는 김치 담글 때나 쓰라는 얘기를 숱하게 들었지만 오죽하면 그걸 그 상황에서 쓸 수밖에 없었을까?

그래서 나는 이 사건의 주인공으로 등장했다. 언론에도 대서특필된 모양이었다. 당연히 그렇겠지. 그간 경찰의 속을 어지간히 썩혔던 우리가 아니던가? 더구나 내가 잡혔을 때에는 뭐 올림픽이나 월드컵 그것도 아니면 무슨 선거가 있었던 것도 아니기 때문에 기사의 크기가 작아질 리가 없었다.

구체적으로 수사관들이 알려주지 않아 그 내용을 알 수는 없었지만 그간의 보도 추이를 봤을 때 아마 사회면 전체를 도배하지 않았을까? 하도 궁금해 그들에게 물어보면 '뭐 좀 났습디다.' 하고 입을 닫았다. 하기야 내가 신문에 나려고 그런 일을 한 건 아니니까 뭐 상관은 없었다. 또한 물어보는 나도 문제는 있었다. 다는 아니겠지만 경찰의 수사 상황의 일부를 피의자가 알고 있다면 그들도 수사하는 데 애로를 겪을 것이기에 당연히 답변해줄 리도 만무했으니 나도 참 한심한 사람이었다.

추측이지만 은주네 신문에서는 물론 보도 당시에는 실명을 거론하지 않았지만 흥미 위주로 기사를 써서 나를 스타로 만들었겠지만, 또한 경찰을 통해 보도된 내용들을 갖고 가장 흉악한 범죄인으로 나를 매도해 기사화했을 것이다. 언론 매체를 통해 나는 천당과 지옥을 오가는 롤러코스트를 탔던 셈이다.

내 혐의는 그들이 이끌고 가는 방향으로 차곡차곡 쌓여갔다. 일단은 인정하고 나중에 재판과정에서 부인하겠다는 그런 생각조차 없었다. 그냥 만사가 귀찮아졌고 지쳤을 뿐이다. 이들과 더 이상 씨름하고 싶지도 않았다.

현장검증 차 우리 아지트도 다시 다녀왔다. 아내를 찾아 헤매면서 다닐 때에는 애타는 마음으로, 우리 주인공과 함께할 때는 항시 긴장의 끈을 멈추지 않았고, 내가 마땅히 갈 곳이 없어 숨으러 갈 때에는 뭔가 쫓기는 마음이었는데, 그런 심적 갈등 없이 포승에 묶인 채 바라보는 차창 밖의 모습은 그냥 편안하기만 했다.

아, 이들에게 감사할 일이 있었다. 꼭 흉악범의 현장검증 때마다 모자와 마스크가 등장했었는데, 밖으로 나올 일이 있을 때면 내게도 그런 친절을 어김 없이 베풀었다. 하지만 난 흉악범들과 달리 얼굴을 숙이지 않았고 당당히 기자들의 카메라 포즈에 응했다. 내가 살인을 한 것도 아니고 도둑질을 한 것도 아니며 국가에 반역한 일도 없을뿐더러 누구를 등친 사기범도 아니기 때문이었지만, 당당한 모습을 보여준다기보다는 비굴하게 숨고 싶지 않았기 때문이다. 기자들이 혼란스럽게 내게 다가와 갖가지 질문 세례를 했지만 수사관들의 제지로 답변할 기회는 얻지 못했다.

그렇게 사건 조사가 어느 정도 마무리가 돼 기소된 후 구치소에 수감됐을 때쯤 처음 보는 사람이 나를 찾아왔다. 자신을 어디 검찰청 소속 수사관이라고 밝혔지만 난 겁부터 났다. 새로운 수사관과 또 처음부터 다시 시작해야 한다고 생각하니 앞이 캄캄했기 때문이다. 하지만 이 수사관은 어딘지 모르게 친숙하고 경계심이 가지 않는 사람으로서 보통의 수사관들과는 차원이 다르게 느껴졌다. 생김새도 수사관 냄새가 나지 않았다. 질문도 특이했지만 주로 내 얘기를 많이 들어줬다. 왜 공포 분위기에서 죽일 듯이 윽박만 지르다가도 다른 사람이 전혀 다른 방법으로 조용히 타일러가며 감성 터치를 하면 다 자백하는 걸 많이 보지 않았던가? 더 놀라운 것은 내 심리를 속속들이 꿰뚫고 있었다는 것이다. 허, 이것 봐라? 내 마음을 자기 마음처럼 기가 막히게 잘 살펴준 사람은 재호였는데, 이 사람 또한 재호와 버금 갈 정도로 마음을 참 잘 헤아렸다.

그 사람은 나중에 안 것이지만 소위 프로파일러라는 범죄 심리 전문가였다. 범행 현장에 남겨진 증거로 범행 패턴을 추론해서 용의자 범위를 줄여나가는 수사기법이 프로파일링인데, 범인들은 자신들만의 범행방식, 즉 특정한 패턴을 고수한다고 들었다. 이를테면 타성인 셈이다. 그런 심리 전문가였으니 나처럼 그쪽에 문외한인 사람이 감히 그와 대적할 수 있었을까?

　우리도 타성에 젖었던가? 운동의 제1법칙이 바로 관성으로서, 모든 물체는 자신의 운동상태를 지속하려는 성질을 갖고 있는데 그게 관성, 곧 타성이라고 했다. 학문적으로는 물체에 가해지는 외부 힘의 합력이 제로일 때 자신의 운동상태를 지속하는 성질이라고 정의돼 있다. 하기야 똑같은 방법으로 주인공을 모셔왔고 똑같은 형벌로 응징했으니 아마 우리의 궤도는 항시 일정했을 것이다. 불규칙 바운드가 되지 못한 우리의 행적을 누군가가 유심히 지켜봤다면 분명 꼬리가 잡혔을 것이다.

　결국 나는 그에 의해 낱낱이 발가벗겨졌다. 며칠 만에 그가 밝힌 내용은, 나는 철저히 누군가에 의해 최면이 걸렸고 누군가의 계획에 의해 철저히 이용당했던 한낱 도구였으며 일개 하수인에 불과했다고. 도저히 그 사실이 믿겨지지 않았다. 다만 아무도 믿지 않았던 재호의 존재를 이 프로파일러는 인정하는 것 같아 답답한 마음은 어느 정도 사라졌지만 내 자존심은 그 사실을 허락하지 않았다. 비록 사랑하는 사람들을 잃고 극한 상황에 처해 있었으며 이 사회에 대한 참을 수 없는 분노와 원망을 갖고 있었던 것은 사실이었지만, 그렇다고 오십을 바라보는 나이의 내가 내 의지 하나 내 마음대로 못하고 남의 조종을 받아 로봇처럼 움직였을 정도로 머리가 빈 사람은 아니었지 않은가 말이다.

내가 지금까지 최면에 걸려 있었단다. 프로파일러가 나름대로의 확증을 갖고 법 최면 수사를 한 결과였다. 나는 전혀 기억도 못하는 것을 내가 했다고도 했고 분명 철석 같이 믿었던 나의 신념도 사실은 다 누군가가 조종한 거였다고.

믿기지 않았다. 시간이 지나면 약효도 떨어지듯이 내가 이렇게 오랜 시간 동안 최면에서 헤어나지 못하고 있었다면 비행기가 공중급유를 받듯이 끊임없이 재호로부터 어떤 암시를 계속해서 받았을 것인데, 그걸 내가 기억하지 못하고 있다니……. 하기야 그걸 알아챌 정도라면 최면에 걸리지도 않았을 것이지만 말이다.

재호와의 만남 초창기, 충격으로부터 벗어나지 못하고 영혼의 방황을 하고 있을 때, 상처 입은 내 내면 세계를 살펴준다며 재호가 최면 치료를 해준 적이 몇 번 있었다. 직업으로서의 최면 상담사는 그만두었지만 일종의 지인에 대한 무료 서비스였던 셈이다. 물론 우리의 프로젝트는 꿈도 꾸지 않았을 때였으니까 재호는 그때부터 계획적이었는지는 몰라도 당시에는 순수한 의미로 받아들였고, 실제 그 덕분에 마음의 평화는 많이 얻을 수 있었다. 효과가 좋다는 얘기는 내가 최면 감수성이 뛰어나기 때문에 그렇다고 재호는 말했다. 그 뒤로 재호에 대한 신뢰감이 확연히 달라진 건 맞다. 그게 사실이라면 그때부터 나는 재호의 로봇이 되었나 보다.

최면 감수성이 뛰어나다는 게 칭찬인지 좋은 건지 판단이 서지 않아 여러 자료를 한 번 찾아본 적이 있었다. 최면 감수성을 테스트하는 문항도 여러 유형이 있었던 것으로 기억한다. 대부분 거의 모든 항목에서 나는 만점을 받을 정도였으니 이 분야에서는 나는 아주 엑설런트한 학생이었나 보다. 이를테면, 사람이 많이 모여 있는 곳에서 몸은 그대로 있는데 정신만 빠져 나온다거나, 어떤 사람이 내게 얘기를 하는 건 맞는데 무슨 말을 하는지 다른 생각을 할 때가 많았다. 멀뚱히 허공만 응시하다가 시간이 가는 줄도 몰랐고, 가끔은 내가 아닌 제3자가 되는 경우도 적지 않았다. 때때로 두 개의 현실이 동시에 공존하기도 했고, 심신이 지친 상태가 아닌데도 멍한 상태가 자주 있었다. 이런 나였기에 나의 의식 세계와 무의식 세계는 물론 잠재의식 세계까지 재호가 쉽게 점령하고 있었던 것은 아닌지 몰랐다.

다른 건 다 넘어갈 수 있었는데, 무기력하게 나의 이상과 신념이 한순간에 붕괴되는 것을 맥없이 지켜볼 수밖에 없다는 것에 내 자신이 화가 났다. 사상의 해제, 이념의 소멸, 소신의 추락……. 무장해제는 지니고 있는 무기를 땅에 내려놓으면 끝이지만, 이건 그간 내 자신을 지탱해왔던 머릿속을 송두리째 비워 아무것도 없는 텅 빈 상태가 되어야 하는 것이었다. 정말 맥이 탁 풀렸다. 내가 지금껏 이 사회의 정의를 위해 추구했던 모든 과정이 일일이 재호의 컨트롤에 의해 움직였던 로봇이었다니. 잘 짜인 각본에 의해 움직였던 어릿광대였다니…….

하지만 단언하건대, 난 내가 추구하는 이상을 내 의지대로 그걸 실천했다고 확신하고 싶었다. 내가 어린 꼬마도 아니고 사리분별을 못할 정도로 낮은 지능지수를 갖고 있는 것도 아닌데, 아무리 최면이라는 이상한 의식 세계가 나를 조종했다 하더라도 그렇게 무기력하게 끌려가지는 않았을 것 같아서였다. 그런 내 성향을 잘 알고 있는 재호에게 교묘히 이용당했을 수도 있지만 말이다.

어쨌든 수사결과도 그렇게 발표돼 나는 기소됐고 1심에서 무기형을 선고 받았다. 그들의 수사 내용과는 달리 검사는 내게 유리할 것 같은 부분을 쏙 빼고 나를 흉악범의 주범으로 몰고 갔고, 법정 또한 최면수사에 의한 자백 부분을 증거로 인정하지 않아 대부분의 일을 내가 주도적으로 한 걸로 받아들였기 때문이다.

수사과정에서나 재판 과정에서도 재호의 존재는 마치 유령처럼 아무것도 없었다. 재호에 관한 어떠한 증거도 없었으니까. 자연인으로서의 재호의 실체도 파악이 안 됐다지만, 이 사건에 재호가 관련돼 있다는 증거를 하나도 찾지 못했다. 아니, 내 느낌으로는 찾으려고도 하지 않았던 것 같다.

그간 내가 줄기차게 주장한 재호와의 통화기록도 사실은 아무것도 나오지 않았다. 재호의 휴대전화번호는 서울역 지하도에서 먹고 사는 노숙자 명의의 전화였고, 통장에서 인출되는 전화요금도 재호의 통장이 아니었단다. 그간 주고받았던 내용들은 가장 일상적인 것들만 밝혀져서 우리 프로젝트와의 관련성을 찾지 못했다고 했고, 대신 나와 길수와의 통화는 주로 우리 사건과 관련이 있는 내용들로 조서에 추가되어 증거로 채택되었다. 재호가 타고 다녔던 차도 소위 '대포차'라는 거였는데, 차주는 엉뚱한 사람이었고 그 차는 그 뒤로 발견되지 않았다고.

재호와 조건이 맞는 사람은 행정전산망을 통해서도 실체가 나오지 않았다. 재호라는 이름은 가명이 확실한 것 같았다. 하기야 사람을 만날 때 주민등록증을 꺼내지는 않으니까, 이름을 재호로 알고 있었던 내가 잘못은 아닐 듯했다. 이름을 감추고 속인 놈이 나쁜 것이지 속은 사람이 바보는 될지언정 나쁜 놈은 아닐 테니까 말이다.

결과적으로 재호에 대한 것은 내 구술을 통해 만들어진 신뢰할 수 없는 몽타주 한 장뿐이었다. 워낙 사람의 형상을 나타내는 데는 소질이 없던 나였으므로 어찌 보면 몽타주가 재호와 닮아 보이기도 했고, 어떻게 보면 엉뚱한 사람을 그려낸 것 같기도 했다.

미술시간은 공포의 시간이었다. '아그리빠'라는 별명을 가진 미술 선생님은 정물화든 인물화든 자기 마음에 들지 않게 그림을 그릴 경우엔 그냥 넘어가지 않았다.

"야, 임마! 네 눈에는 저게 이렇게 보이냐?"

볼을 꼬집으며 집요하게 혼을 냈다.

"야, 이 자식아! 네 눈깔에는 저 석고상의 코가 이렇게 조그맣게 보이냐, 임마? 이 새끼! 눈깔이 어떻게 된 놈 아냐, 이거? 가만 보자, 이 자식 눈깔이 사팔뜨기처럼 생겼네."

그러면서 벌겋게 볼이 달아오를 정도로 줄기차게 뺨을 때리기도 했다. 한 번도 그 선생님은 우리에게 좋은 말을 쓴 적이 없었다. 예술 한 사람들은 전부 다 그렇게 티를 내는가 보다 했다. 지금 교단에 만약 그런 교사가 있다면 폭력 교사로 낙인 찍혀 진작에 퇴출됐겠지만 예전엔 조금 괴팍하고 무섭다는 느낌뿐이었고, 지금처럼 고발을 한다거나 폭행 장면을 동영상을 찍어 인터넷에 올리는 그런 생각은 털끝만큼도 할 수 없는 때였으니, 그 선생님은 시대를 잘 타고난 사람이라고 해야겠다. 하기야 우리 누구 어느 한 사람도 선생님으로 취급하지는 않았다. 그냥 그림쟁이나 그림 기술자 정도로 우리끼리는 말을 했으니까. 말끝마다 욕설이고 손길질, 발길질을 멈추지 않아서 정말 무서워했는데 나 또한 표현력이 부족하다고 엄청 맞았다. 그런 내가 표현한 몽타주였으니……. 어떻든 이게 재호를 나타내는 존재의 전부라니 내가 홀린 것인지 꿈을 꾸고 있는 것인지 구분할 수 없었다.

아니, 대한민국 경찰의 수사능력이 기껏 이 정도라는 말인지, 과학수사 운운하며 온갖 첨단 수사장비와 우수한 수사인력도 부지기수로 확보하고 있을 터인데, 재호의 존재 하나 밝혀내지 못하고 나한테 이렇게 덤터기만 씌우려 하고 있으니 복장이 터질 것 같았다.

지난날을 가만히 돌이켜보니 재호는 어디에든 나타나는 걸 좋아하지 않았다. 그때는 자기의 속내를 다 드러낸 것 같아 친밀감을 느꼈는데, 지금 생각해보니 결코 그런 것 같지도 않았다. 어지간한 전화로는 우리 프로젝트 얘기를 못하게 했고, 긴한 얘기를 할 때는 꼭 길수를 시켜서 했던 것 같다. 전화도 일방적으로 본인이 필요할 때만 했고, 그나마 대개는 몇 시에 어디에서 술이나 한 잔 합시다 하는 정도의 내용이었다 내가 거는 전화는 거의 받지 않았다. 재호의 집도 재호가 일하는 곳 놀고 먹는다고 했지만 도 몰랐으니 내가 너무 재호를 믿었던 것인지 순진했던 것인지 모르겠다. 그래서 기록도 못 남기게 그리 신경을 썼던 것인가? 내가 은주한테 줬던 것 어디에도 사실 재호의 모습이나 그와 관련된 내용은 없었다. 하기야 주인공도 아닌 우리 모습을 촬영하거나 기록으로 남겨야 할 어떠한 이유도 없었다.

이상한 것은 또 있었다. 우리 프로젝트를 진행할 때면 어떤 경우든 꼭 장갑을 꼈는데, 보통 때에도 가죽 장갑이나 춥지 않을 땐 얇은 면장갑 같은 걸 끼고 다녔다. 생긴 것도 도사처럼 신비스럽게 생겼기에 장갑까지 끼고 다니는 걸 크게 신경은 쓰지 않았다. 결국 재호는 자신의 흔적은 계획적으로 어디에도 남기지 않았던 것이다.

내가 알고 있던 것은 결국 허상이었을까?

선친은 여름날 멍석 위에서 매캐한 모깃불을 쐬며 이런저런 얘기를 해주셨고 그중에서도 압권은 도깨비 얘기였다. 밤늦게 동네 어귀를 돌아올 때면 큰 정자 나무가 한 그루 있었고 거기에 꼭 도깨비가 나타나 씨름을 하자고 했단다. 워낙 도깨비가 나타난다고 무섭게 소문난 곳이라 환한 대낮에도 가기가 꺼렸던 곳이었다고. 도깨비를 만날 때면 걸음아 나 살려라 하고 냅다 도망을 쳐야 한다고 했지만, 만약 어쩔 수 없이 씨름을 하게 된다면 꼭 왼다리를 걸어 넘어뜨려야 이긴다며 누군가 귀띔을 해줬다. 한 번은 술에 취한 김에 용기를 내서 도깨비와 드디어 씨름을 하게 됐는데 정말 어쩌나 힘이 센지 도저히 감당할 수 없었다. 그때 누군가 알려줬던 왼다리가 생각나 그쪽에 발을 걸어보려고 안간힘을 써봤지만 도깨비도 자신의 약점을 잘 알고 있는지 도무지 허점이 보이지 않았다고. 그렇게 비 오듯 땀을 흘리며 밤이 새도록 도깨비와 낑낑대고 씨름을 하고 있었는데, 얼마나 지났는지 '꼬끼오' 하며 동네 수탉이 횟대를 치며 울었고 뒤이어 어렴풋이 날이 샐 기미를 보이던 차에 마침 주위를 지나던 사람에 의해 발견이 됐단다. 그런데 선친이 하는 말은 도깨비는 온데간데 없고 웬 커다란 빗자루 하나만 꼭 끌어안고 씩씩대고 있었다나. 그 말을 듣고 무섭기도 했지만 빗자루와 씨름을 했다고 생각하니 웃음도 나왔다. 허상이었던 것이다. 지금 재호는 온데간데 없고 나는 빗자루 하나만 붙들고 낑낑댔던 것이다.

무기형! 형기가 정해지지 않은 종신형이다. 다른 사람한테는 그토록 관대했던 법정이 내겐 가혹할 정도로 냉혹했다. 감히 그들의 넘볼 수 없는 성역을 흉내 내서 더 괘씸죄가 적용된 것은 아니었을까? 밟아서는 안 되는 그들만의 경계선을 넘었기에 나에게는 온정을 베풀 관대함이 없었던 것 같다. 그들은 나를 그들의 유사품이나 모조품 또는 아류 같은 소위 '짝퉁'으로 여겨 영원히 추방하고 싶었던 것이 분명한 듯했다.

처음 언도를 받았을 때는 무기형이라는 형량이 마음에 와 닿지 않고 마치 나 아닌 다른 사람 얘기 같이 멀게만 느껴졌다. 어떨 때 한 곳을 지그시 응시하고 있다가 보면 어느 순간 초점이 흐려지면서 아무것도 눈에 들어오지 않고 주변이 흐릿해질 때가 있다. 그러면서 나의 존재는 온데간데 없이 제3자의 입장에서 내가 보이기도 했고, 나도 아니고 어떤 특정인도 아닌 '아무나'가 될 때가 많았다. 한참 후에야 제 정신을 차리면 비로소 나로 돌아와 있었는데, 멍한 느낌으로 형을 선고받을 때에는 나는 없었고 '아무나'가 있었던 것이다. 이런 현상들이 앞

서 얘기했던 최면 감수성과 아주 밀접한 관계가 있는 듯했다

그래, 너희들 잘났다. 승리의 휘파람을 불어주고 개선행진곡을 울려줄까? 그들 앞에서 철저히 패자가 된 나로서는 반기를 들거나 반항을 하거나 반대를 하거나 반감을 가질 명분도 여유도 또한 그럴 의지와 힘도 없었다. 어차피 주사위는 던져진 거, 더 이상 나 자신이 인구에 회자되는 게 싫어 항소하지 않았고 내 형은 그렇게 확정됐다.

이제 남의 일은 쉽게 망각해버리는 세상 사람들의 기억 속에서 잊혀지는 것만 남았다.

# 베일을 벗다

재호의 존재와 행방은 밝혀지지 않았다. 정확히 말해서 내가 알고 있는 범주 내에서 그렇다는 뜻이다. 점쟁이도 아니고 그렇다고 경찰의 꿍꿍이 속을 갇혀 있는 내가 알 수는 없었으니까.

내가 가정할 수 있었던 것은 갑자기 투명인간이 되었던지, 아니면 나처럼 인적 없는 곳에서 세상을 마감했던지, 그것도 아니라면 밀항을 했던지, 분명 셋 중의 하나 정도가 아닐까 하는 거였다.

투명인간이 됐다면 그걸 찾지 못하는 경찰의 탓일 게다. 하기야 그의 존재조차 밝혀내지 못했던 상황에서 행방까지 찾는다는 것은 앞뒤가 맞지 않을 수도 있겠다. 어쨌든 재호의 입장에서는 숨어 있어야 할 당위성이 있는 반면, 그걸 찾아야 하는 것은 아쉬운 사람일 테니까. 끝까지 은닉한다면 숨바꼭질의 대가이자 확실한 투명인간이 될 것이다. 재호의 경우엔 내 주장대로 혐의가 인정된다면 공소시효가 몇 년이던가? 길고 긴 싸움의 시작일 뿐이었다. 삼면이 바다로 둘러싸여 있고 북쪽으로는 철조망이 가로막혀 있는 분단된 땅에서 그 시간과의 싸움은 길지 않아 보였다. 숨어 있다면 나는 재호의 강력한 응원자이다. 어릴 적 숨바꼭질할 때 기계처럼 반복해 외쳤던 그 말을 하고 싶었다.

"꼭꼭 숨어라, 머리카락 보인다."

다음은 삶을 마감했을 경우의 수인데, 글쎄 내가 지금 느끼고 있는 재호의 성향으로 봤을 때 그 확률은 높지 않을 것으로 봤다. 철저한 계획과 계산 아래 나를 조종했다면 그의 치밀함으로 미루어봤을 때 그렇게 쉽게 생을 포기하지 않았을 것이다. 그렇게 쉽게 포기할 사람 같았으면 아예 이 일을 시작도 하지 않았을 것이라고 봤기 때문이다. 만약 재호가 죽음을 선택했다면 그건 재호의 한(恨)이 풀렸다는 것이고, 그 한은 다름 아닌 재호의 아내를 죽인 범인을 찾았다는 것이다. 하지만 내가 아는 한 그 사건은 오리무중 상태였고 사실상 수사가 종결된 만큼 이 가정에도 쉽게 동의할 수 없었다.

또 하나는 해외 도주인데, 우리나라가 어디 그렇게 호락호락한 나라던가? 가짜 여권으로 출국 시도를 할 만큼 어리석은 재호도 아닐뿐더러, 국제 범죄조직과 연계해 그들의 비호를 받으며 밀항을 할 정도의 국제적으로 비중 있는 사람도 아니었으니까. 그렇지만 그의 존재가 확실히 드러나지 않은 상태에서는 얼마든지 시도가 가능한 시나리오가 될 수도 있겠다.

우스운 얘기지만 보너스로 마지막 남은 건 딱 하나. 대한민국 경찰 전부를 상대로 고도의 최면을 걸어놓는 것밖에 없다. 본인의 존재를 잊게 하든가, 아니면 보고도 못 알아보게 하던가.

결국 내 추측으론 변장을 하던가 하는 방법으로 우리 곁에 있다는 결론인데, 누군가를 상대로 열심히 최면을 걸고 있지는 않을까? 나야 심리 전문가에 의해 비로소 내가 최면상태에 있었다는 것을 알 수 있었지만, 그럴 기회도 없는 다른 사람이야 오죽하랴. 어떤 계기로 심리 전문가에 의해 최면에 걸렸다는 사실을 인지해야 할 텐데, 그런 차원에서 언제 재호의 존재가 부각될지는 나도 장담을 못하겠다.

공간 개념보다는 오히려 심리적으로 더 높아 보였던 담장 높은 감옥에서 콩밥을 먹은 지 몇 해가 지났는지 몰랐다. 그곳도 익숙한 공간이 되었으니, 처음엔 어설프고 낯설기만 했으나 적응이 된 후 시간이 지날수록 차라리 편안함을 많이 느꼈다. 사람은 확실히 환경의 동물인 것 같았다. 감옥에 들어오기 오래전 감명 깊게 봤던 〈쇼생크 탈출〉이라는 영화에서 나왔던 탈옥 물론 추호도 그러고 싶지 않지만 은 현실감이 없는, 말 그대로 영화에서나 나오는 얘기 같았다. 오히려 그 영화에서 평생 교도소에서 수형 생활을 한 후 가석방으로 나온 어떤 노인의 자살이 훨씬 가슴에 와 닿는 얘기였다. 진짜 평생을 이곳에서 지내다 사회로 나가면 무엇보다도 당장 마음이 불안할 것 같았다. 일일이 억압과 간섭과 제한과 감시와 지시와 허락에 의해 반복되는 행동을 하다가 일시에 그 족쇄가 사라진다면, 보통 사람들이 생각하는 해방감보다는 극심한 불안감과 초조함 때문에 미쳐버릴 것 같다는 생각이 들었다. 지뢰를 밟고 있다가 갑자기 놓아버리면 터져버리는 것처럼.

가끔씩 국에 두부도 나왔다. 출옥하면 대부분 하얀 생두부를 먹이던데, 생두부를 먹을 일이 없는 나로서는 그런 날은 감정이 약간 미묘하기도 했다. 그런데 왜 두부를 먹을까 많이 궁금했는데 그 해답을 그곳에서 알게 됐다. 일제 강점기 때 수감된 죄수들에게 풍부하고 질 좋은 식사를 제공했을 리는 만무했고, 그러다 보니 출옥할 때면 극심한 영양실조와 굶주림 때문에 가족들이 준비한 음식을 허겁지겁 먹게 돼 체해서 죽는 경우도 있었단다. 그래서 급체 염려도 없이 부드럽고 영양가도 풍부한 두부가 기념식이 됐을 거라고. 하기야 오랫동안 단식을 했던 사람이 많은 시간이 요구되는 복식(復食) 프로그램을 따르지 않고서 곧바로 정상적인 식사를 했을 경우엔 아주 큰 위험이 뒤따르는 법이니 같은 개념이 아닐 듯싶다.

감옥에서 책을 쓴 이들도 많던데 막상 내가 갇혀 있다 보니 글쓴이들이 참 처절했다는 생각이 들었다. 좁디좁은 감방이라는 공간에서도 생각은 세상을 이곳저곳 넘나들었을 거니까, 얼마나 자유에 대한 열망이 강했으면 생각만은 가둬놓고 싶지 않았을까? 내 경우엔 그런 생각은 아예 가져본 적도 없지만 그냥 같은 방에 있는 사람들과 이런저런 얘기해 가면서 지내는 게 훨씬 사람다운 것 같았다. 더구나 나 자신에게는 이런 표현을 써서 좀 그렇지만 잡범들로 방이 꽉 차 있는 상태에서 한가롭게 글을 쓴다는 자체도 어려운 일일 것 같았으니까.

사회로부터의 단절이 딱히 나쁘다고만은 할 수 없을 것 같았다. 꼭 사회와의 단절 개념은 아니지만 출가를 통해 구도자의 길을 걷는 사람들은 경우에 따라서는 많은 갈등도 있을 수 있다는 것을 읽은 기억이 났다. 인적 드문 깊은 산골의 암자에서 안거(安居)를 하며 아무리 몸을 격리시킨다 하더라도, 세상에 대한 미련이 남아 있는 한 끊임없이 갈등을 할지 모른다. 그래서 어떤 이는 구도의 길을 포기하고 환속(還俗)하는가 보다. 하지만 단절의 개념이 다른 감옥생활에서는 그런 걱정을 할 필요가 없어서 마음이 오히려 편했다. 선택의 여지가 없으니까. 내 마음대로 할 수 있는 일이라곤 오로지 숨 쉬는 것밖에 없는 듯했다.

감옥에서의 과제는 빨리 길들여지는 것뿐이었다. 그게 생존하기 위한 절체절명의 숙제였던 것이다. 특히 나 같은 사람은 시간 개념을 갖고 생활한다는 것은 자살행위나 같았다. 목표가 있는 사람은 그 목표를 향해 꾸준히 다가설 수 있기에 형기가 정해진 이들은 출옥 날짜만 손꼽아 헤아린다. 시간 개념이 필요한 사람들이다. 하지만 형기의 끝이 정해져 있지 않는 무기수로서는 그걸 의식적으로라도 의식해서는 안 된다는 것이 길들여지기 위한 첫째 과정인 듯했다.

오늘 점심은 구내 식당에서 할까, 나가서 먹으면 뭘 먹을까 고민할 필요도 없었고, 오늘은 무슨 색깔의 넥타이를 매고 출근할지, 보일러 온도는 적정하게 틀어져 있는지, 이번 달 도시가스 사용량 적는 것도 신경 쓰지 않아도 됐다. 눈이 와도 길 미끄러워 걱정할 일도 없어 좋았고, 특히 문단속 할 일이 없어 좋았다. 감옥만큼 문단속을 철저히 해주는 곳은 아마 세상 어디에도 없을 것이다. 업무상 일로 직원들과 부딪힐 일도 없고, 고객한테 스트레스 받을 일도 없을뿐더러 상사한테 질책 받을 일은 더더욱 없어 좋았다. 직장을 그만두고 시작한 내 가게 매출 걱정을 하지 않아도 됐다. 그저 하라면 하고, 쉬라면 쉬고, 먹으라면 먹고, 자라고 하면 자면 그뿐이었다. 해서는 안 되는 것만 안 하면 그런대로 견딜 수 있는 곳이 된 것이다. 단지 담배나 한 번 허파 깊숙이 쭉 들이마시고 싶고, 시원한 맥주 한 컵을 벌컥벌컥 마시고 싶다는 그런 단순한 욕망이 있을 뿐이었는데, 그런 걸 하지 못하는 것이 조금 아쉬웠을 뿐이다. 하기야 아무런 근심 걱정 없이 국민의 세금으로 이만큼 살면 됐지, 그 이상은 과욕이라는 생각이 들었던 건 사실이다. 감옥 아니던가?

수감 중 유일한 걱정은 우리 모친이었다. 한 번씩 노구를 이끌고 백발이 성성한 상태로 면회를 왔는데, 노안에 흐르는 눈물을 직접 닦아주지 못해 죄송했고 다녀간 며칠 동안은 마음이 편치 않았다. 애써 태연한 척하며 웃음을 지어 보였지만 노모는 내 웃음을 보는 순간부터 눈물을 보이셨다.

"밥은 잘 먹냐?"

항상 처음 내게 하는 말은 '밥은 잘 먹냐'였다. 얼마나 예전엔 배를 곯고 살았으면 밥 잘 먹느냐가 인사의 첫머리를 차지할까? 마른 논에 물들어가는 것과 자식 입에 먹을 것 들어가는 것을 가장 큰 행복으로 알고 있던 시골사람으로서 모친은 언제나 내가 맛있게 먹는 모습을 흐뭇해 하면서 지켜봤다. 당신 눈으로 아들이 밥 먹는 모습을 볼 수 없는 상황에서는 어쩌면 지극히 당연한 걱정이자 궁금증일 수 있었다.

"아이고, 성식아! 다음에도 네 얼굴을 볼 수 있으려나 모르겠다."

면회를 끝내고 헤어질 때는 꼭 이렇게 뒷끝을 맺어 언제가 닥칠 임종을 지키지 못할 나를 더욱 가슴 아프게 했다. 그래서 항상 모친과 헤어질 때면 오늘이 마지막일 수도 있겠구나 라는 생각으로 큰 절을 올렸다.

짧은 면회가 끝날 때마다 항상 고역스러웠던 것은 바로 내 뒷모습을 보여주는 것이었다. 의식적으로 뒤돌아보지 않았지만 좁은 철문을 통해 사라지는 내 뒷모습을 보면서 모친은 또 얼마나 가슴을 찢으며 서럽게 울었을까?

그렇게 몇 해가 지났는지 의식하지는 않았지만 법 감정의 유효기간이 다 돼 세인의 기억 속에서 거의 잊혀져 갈 무렵 거짓말 같은 진실을 하나 알게 됐다. 진실은 영원히 모래 속에 묻혀 있을 수 없다는 자명한 진리가 발휘된 날이었다.

열심히 수형 생활을 하고 있던 어느 날, 우리 사건을 담당했던 형사가 나를 찾아왔다. 처음엔 면회 온 사람이 누군지도 몰라 나갈까 말까 생각을 했는데, 지루한 일상 속에서 뭔가 새로운 것은 항시 도전할 만한 가치가 있었기에 흔쾌히 나갔다. 가봤더니 꿈에서도 얼굴이 나올 정도로 나를 힘들게 수사했던 형사가 나를 기다리고 있었다. 인생을 살면서 많은 사람과 교류를 해봤고, 오랜 조직생활을 하면서 다양한 유형의 사람들과 상대를 해봤지만 이 형사처럼 독종은 없었다. 한마디로 표현하자면 인간 돌연변이라고 할 정도로 특이한 유형의 사람이었다. 없는 걸 더 토해내라고, 하나도 남김 없이 다 진술했는데도 더 불으라고 채근했던 치가 떨리는 사람이었으니 그가 나를 찾아온 게 결코 반가울 수는 없었다. 사람의 한 모습을 보면 전체를 미루어 알 수 있기도 한데, 이 친구의 직업적인 모습 하나만 봐도 그의 교우관계나 가정생활, 더 나아가 그의 인격까지도 힘들지 않게 짐작이 갔다.

"요즘 어때요?"

나를 보자 대뜸 이렇게 안부를 물었는데, 이것은 나를 염려해서가 아니라 기도하기 전 두 손을 모으는 게 당연한 의식인 것처럼 의미 없는 하나의 절차에 불과했다. 사실은, '요즘 어때요?'라고 한 그 소리가 너무 야박하고 괘씸하기까지 했다. 감옥에 갇혀 있는 사람한테 요즘 어떠냐고 묻다니. 'How are you?' 정도의 이런 건 늘 마주치는 사람들끼리 주고받는 인사말이 아니던가? 감옥살이가 무슨 평범한 일상이라도 되는 듯이 아주 싸가지 없이 물었으니 기분이 좋을 리 없었다. 보통 사람들 같으면, '얼마나 고생이 많으냐?', '몸은 건강하느냐?' 이렇게 묻는 게 지극히 상식적인 인사인데도 이 돌연변이 인간은 그런 것도 모르는 것 같았다.

"Fine, thank you, and you?"

진짜 이렇게 대답했다. 대답하면서도 참 고소함을 느꼈다. 어차피 이 인간 내가 다시 볼 일도 없었다. 소속도 다르지 않은가? 이 인간은 행정자치부 소속의 경찰이고 나는 법무부 소속의 재소자이니까.

무안했는지 약간은 당황한 표정을 잠시 읽을 수 있었다.

"허허, 영어 회화 공부하는가 봐요?"

"뭐 영어공부 테스트하러 오지는 않았을 것이고, 무슨 일로?"

"아, 궁금한 사항도 풀어줄 겸 뭐 도움 받을 수 있으면 좋겠다 싶어서요."

"이렇게 세상 구경도 못하고 꼼짝달싹 못하고 있는 사람한테 무슨 도움을 얻겠다고. 도움은 오히려 형사님이 주셔야 하는 것 아닌가요? 그리고 제가 궁금한 것이 있었던가요? 이젠 다 부질없는 일이고 모든 걸 다 잊고 지냅니다."

만사가 귀찮아졌다. 이제껏 다 비우고 살았는데 새롭게 뭘 또 담을 일이 생겼는지 모르겠지만 그냥 나를 놔줬으면 좋겠다는 생각이 들었다.

"재호요. 그 사람 존재가 밝혀졌어요."

"재호가 뭐 유령이었습니까? 새삼스럽게…… 그래서요?"

말은 그냥 무덤덤하게 받아넘겼다.

사실 재호 얘기라면 혀가 닳도록 예전부터 주장을 굽히지 않았는데 이제서야 그 실체를 인정하다니 만시지탄이었다. 지금에야 모든 걸 잊으려고 노력하며 살기 때문에 크게 신경은 안 썼지만 얼마 전까지만 해도 솔직히 나도 답답하고 궁금해 미칠 지경이었다.

"도대체 어떤 사람입디까? 재호라는 그 사람?"

무뚝뚝하게 받아넘긴 내 대답 끝에 알려준 그 사실. 한순간 망치로 뒤통수를 얻어 맞은 듯한 심한 충격을 받았다.

귀두절단 사건에 재호가 연루됐을 수도 있다는 프로파일러의 주장에 따라 내가 수감된 후 우리 사건에 대한 전면적인 추가 조사를 한 동안 진행한 모양이었다. 사건을 마무리한 상태에서 아주 이례적인 조사였던 것 같다. 대개 미제사건도 많고 해결할 사건도 많은 터에, 이미 종결된 사건을 재수사한다는 것은 그들로서는 아주 큰 선심을 쓰는 거고 엄청난 에너지를 소모하는 일이었을 것이다. 그만큼 어떤 확신을 얻었던 게 분명했을 것이다.

결정적으로 재호의 실체를 확인한 것은 우리 주인공 중 하나를 통해서였다. 안대로 눈이 가려져 있고 공포에 휩싸여 있던 상황에서 명쾌히 모든 걸 구별할 수는 없었겠지만 우리 일행이 세 명이었고, 재호와 비슷한 이미지를 갖고 있는 사람이 나의 구술로 작성된 몽타주의 인물과 흡사하다고 얘기했다. 아마 술 취한 척하고 있다가 탈출을 시도했던 우리 주인공이었을 것이다. 탈출하기 위해선 우리의 동태를 살폈을 것이고 나란히 셋이 밤하늘을 올려다 보고 있었으니까 아마 그 인간일 게다. 더구나 도망치다 길수한테 흠뻑 얻어맞고 끌려 오면서 달빛에 비친 우리 얼굴을 봤을 수도 있었다. 하지만 재호의 존재를 밝혀줄 뚜렷한 물증은 역시 찾을 수 없었다. 재호가 일했다던 심리연구소, 최면술사 모임, 무슨 협회 등 관련 단체 등을 전부 찾아가 재호의 행방을 쫓았지만 거기에도 재호는 없었다. 그러다가 내가 진술했던 내용에서 범피모에서 만났던 재호와의 인연을 추적했던 모양이었다. 당연히 그의 회원 정보는 가짜였지만 삭제된 문서의 복구작업을 통해 인터넷 IP를 힘들게 추적한 결과 오래전 이사한 재호의 옛집에서 그의 정체를 파악할 수 있었다고. 당시야 우리의 프로젝트를 계획도 하지 않았을 테니까 재호도 결정적인 실수를 저지른 셈이다.

재호의 이름은 짐작대로 가명이었고 과거에 무슨 성폭력피해상담소에서 일했으며 어디에서 익혔는지는 모르지만 최면술에도 도통했을 거라고 추측했다. 무슨 심리상담소를 운영했다는 얘기는 없었다.

어쨌거나 재호가 유령이 아닌 것이 증명이 된 건 다행이었지만 그게 놀라운 것은 아니었다. 이렇게 당연한 걸 놓친 수사기관의 무능과 업무 해태였으니 징계감이라고 할 수밖에 없었다. 세상에 그의 존재 하나 밝혀내는 데 이렇게 오랜 시간이 걸린 것도 용서할 수 없지만, 처음부터 사건의 주범으로 나를 지목하면서 철저히 재호의 존재를 부인한 그들의 태도야말로 용서가 안 됐다. 흔적도 없는 사람을 괜히 찾느라 고생할 것이 아니라, 그냥 편하게 나한테 모든 걸 덤터기 씌웠다는 인상을 지울 수 없었다. 내가 사건의 전모가 담긴 기록도 갖고 있었겠다, 길수는 죽었겠다, 그들로서는 아주 손쉬운 선택을 한 거였다.

그런데 형사가 전한 얘기는 우리 사업의 주인공들 대부분이 재호 아내에 의해 과거 성폭행 사건으로 고소를 당했거나 재호 아내가 죽었을 때 그녀의 죽음과 관련하여 조사를 받았다는 것이다. 순간적으로 이상한 어떤 예감 같은 것이 뇌리를 스치고 지나갔고, 어떻게 일이 진행됐는지 반사적으로 짐작이 갔지만 반신반의하며 확인을 하고 싶었다.

"그런데요?"

"참, 몰라서 그래요? 그 사람 개인의 복수극에 놀아났다는 거잖아요? 무슨 거창한 목적 아래 거사를 한 게 아니라, 자기 마누라를 강간하거나 통정한 사람들을 복수하는 데 당신들을 도구로 써먹었단 말이에요. 무슨 말인지 아시겠어요?"

꼭 초등학교 선생님한테 쉬운 문제도 제대로 풀지 못해 면박을 당하는 기분이었다. '무슨 말인지 아시겠어요?'라는 말이 자꾸 귓속을 반복해서 맴돌았다.

한동안 멍했다. 아무 생각도 들지 않았으니까. 얘기의 신빙성을 확인하기 위해서 그의 눈을 뚫어져라 쳐다봤지만 꾸민 얘기 따위를 갖고 힘들게 일부러 나를 찾아오지는 않았을 것 같다는 생각이 들었다. 그렇다고 그가 뭐가 아쉬워서 나한테 애프터서비스를 하는 것인지 가늠하기도 어려웠다.

우리의 주인공들을 대하는 재호의 태도를 곰곰이 되짚어봤다. 주인공들은 자신의 유죄를 끝까지 부인으로 일관했는데도 재호는 그걸 인정하지 않았고, 오히려 그런 행태를 그들의 습성으로 여겼다. 유독 어떤 죽은 여자와의 연관성을 캐는 데 주력하기도 했다.

정말 아내에 대한 복수극이었을까? 우리 프로젝트에 초대된 주인공들을 계획적으로 섭외하고선 내 의심을 사지 않기 위해 적당한 이슈를 만들어 억지로 몰아친 후 마지막에 자기 아내와의 관련성을 캐물었던 것인가?

그렇다면 과거 아내의 일을 재호는 어떻게 알았을까? 하기야 식은 죽 먹기였을 수도 있겠다. 최면을 통해서 비밀을 캐내는 게 그의 특기였을 테니까. 남의 심중을 훤히 꿰뚫는 탁월한 능력을 갖고 있는 재호에게는 가능한 일이었다. 어떤 텔레비전 프로그램을 보니까 최면을 통해 전생의 일도 기억하게 하던데, 재호의 입장에서야 아내의 그까짓 과거 정도야 누워 떡 먹기였을 것이다. 더구나 성폭력상담소에서 일했다니까 일은 더욱 자명해졌다.

그런 가정이 성립된다면 아내와 관계된 남자들을 귀두절단이라는 형벌로 복수하는 데 철저히 우리를 이용했다는 뜻이 된다. 첫 프로젝트를 수행할 때는 어린 여학생을 성폭행한 파렴치한 범죄를 응징한다는 명분을 쌓음으로써 우리 일에 대한 정당성을 부여했지만, 나머지는 개인의 복수를 위해서 내 심적 감정과 길수의 다혈질적인 의협심 및 행동력을 악용했다는 생각이 들었다. 당연히 내가 제일 증오하고 경멸하는 것은 어린 소녀에 대한 몹쓸 짓임을 익히 알고 있던 재호가 첫 번째 프로젝트를 일종의 낚싯밥처럼 미끼로 활용했다는 생각을 지울 수 없었다.

"그런데, 재호 그 사람, 아내 살인 혐의를 받고 있어요."

처음엔 그런 사실을 경찰도 전혀 눈치채지 못했지만 재호의 실체가 밝혀지고 나서 과거 재호 아내 피살 사건 그 사건은 진짜였다고 을 재조사하게 됐고, 그 과정에서 이 사실을 알게 됐다고 했다. 이 일과 관련해서 재호 아내에 대한 수사를 원점에서 다시 했는데, 유력한 용의자는 다름아닌 바로 재호라고 했다.

"그 사람이 아내를 죽여요? 에이, 말도 안 돼요. 재호 그 사람, 아내에 대한 사무친 회한을 많이 갖고 있었던 걸로 아는데요? 피살된 아내를 얼마나 그리워했는데요. 아내를 죽인 범인이 누구인지, 왜 죽였는지 알기 전에는 눈도 감을 수 없다고 했던 사람이에요. 그런 사람이 아내를 죽여요? 잘못 짚으신 겁니다."

내가 알고 있는 재호는 결코 그럴 사람이 아니라고 항변했다. 믿기지 않아서 그게 사실이냐며 몇 번이나 되물었지만 더 이상은 수사상의 기밀이라며 입을 다물었다.

내 상식으로는 이건 도무지 성립될 수 없는 방정식이었다. 그렇다면 재호 아내에 대한 그간의 스토리는 픽션이었단 말인가? 아내를 장사지낸 후 세탁기 안에서 발견한 양말 한 짝을 들고서 꺼이꺼이 목놓아 울었다던 그 모든 것이 그럼 연기였단 말인가?

그나마 다행인 것은 재호 얘기가 전부 창작물은 아니었다는 사실이다. 어디에서 어디까지가 진실인지의 문제이지, 전혀 없는 얘기를 완전히 꾸며낸 것은 아니었기 때문이다. 하지만 어떤 퍼즐을 맞추는 것처럼 재호의 얘기와 형사의 얘기, 그리고 내 생각까지 모든 게 비빔밥처럼 뒤죽박죽 섞여버려 어떻게, 어디에서, 어떤 것부터 조각을 맞춰야 할지 혼란스러웠다.

경찰의 재조사 내용이 사실이라면 어쨌든 재호는 타고난 연기자일 수밖에 없다. 어떻게 그리 감쪽같이 우리를 속였으며 어떻게 나와 길수가 한꺼번에 그렇게 속아넘어갈 수 있었을까? 과거 재호 자신이 피의자로 조사를 받았을 때 거짓말 탐지기에서도 어떤 이상한 점이 발견되지 않았다고 했는데, 자기최면을 통해 그것도 무사히 통과했을까?

지금 생각해보면 재호라면 이 모든 게 다 가능했을지도 모르겠다. 처음부터 재호는 아내의 일거수일투족을 속속들이 알고 있었고, 아내의 고민과 힘들어하는 게 뭔지도 알고 있었으며, 아내와 연관된 모든 사람을 다 알고 있었다는 뜻이다.

당연히 이런 얘기들은 재호의 입에서 나온 거고 확인이 불가능한 상황이기에 어디까지나 재호의 말을 액면 그대로 믿을 수밖에 없었다. 또 안 믿는다면 어떻게 할 건가? 우리의 주인공들을 신문할 때 그들의 행적을 너무 세세히 알고 있었기에 재호의 정보력에 놀라움을 금치 못했는데 다 이유가 있었던 것인가?

"그런데요. 죽은 길수라는 사람도 예전에 그 여자와 통화를 많이 한 걸로 나왔더군요. 그 여자 피살 당시 수사기록에는 길수와의 통화 내역은 없었거든요. 죽기 직전의 통화 내용만 중점적으로 분석했으니까요. 길수와는 죽기 1년 전까지 많이 있습다."

이건 또 무슨 소린고? 우리의 형리였던 길수가 재호 아내와 통화 기록이 있었다고?

"그것 참 우연이군요. 그게 어떻다는 겁니까?"

"척하면 알아들어야죠. 우리가 통화했다는 사실 유무만 파악했겠어요? 내용까지 속속들이 다 알고 있다는 뜻이죠. 둘이 보통 사이가 아니었단 말입니다."

"……"

한 방향만 보고 쫓았던 어떤 대상물이 없어졌거나 갑자기 좌표를 잃어버린 것처럼 내 마음은 격심한 풍랑에 방향 감각을 잃고 심하게 요동치는 난파선 같다는 느낌이 들었다.

'브루투스, 너마저?'

아들이나 진배 없었던 브루투스에게 죽임을 당한 카이사르의 마지막 말이 생각난 것은 어쩌면 당연한 일이었는지 몰랐다. 길수 너마저……

재호와 길수, 그리고 재호의 아내마저 없는 상황에서 두 사람 간의 관계가 어떻게, 어떤 식으로 맺어졌으며 또 어떻게 이어졌는지는 모르겠다. 유추해보면 아내와 길수와의 관계를 알게 된 재호가 어떤 식이든 자연스럽게 길수를 우리 일에 끌어들인 후 이이제이(以夷制夷) 식으로 길수를 이용하고선 길수의 물리적 힘을 당할 수 없는 재호가 마지막으로 다른 방법을 쓰지 않았을까 싶다. 그래서 길수의 몸에서 다량의 알코올과 수면제 성분이 검출됐지 않았을까?

의문은 또 남았다. 만약 재호가 길수를 죽였다고 가정한다면 다른 사람은 신체 일부만 절단하고 살려줬는데, 길수는 도대체 왜 목숨까지 거두었을까 하는 점이다. 나로서는 도저히 해석이 안 됐다. 귀두절단보다 더한 증오를 길수한테 갖고 있었다는 뜻인데……. 분명한 것은 내가 추측하는 이 모든 것이 사실이라면 철저히 사냥을 시킨 후 사냥개마저 결국엔 삶아 먹어버리는 토사구팽(兎死狗烹)의 주인공이 바로 길수 아니었을까?

그렇다면 나는? 아, 갑자기 소름이 돋았다.

"재호라는 사람 아내 이름이 어떻게 되죠?"

"김미선이라고 합디다. 학교 다닐 적 이름은 김현화였는데 개명을 했더군요."

아! 그 이름, 김미선!

그녀의 죽음 앞에 숙연했고 분기를 느꼈는데……. 그 사람이 재호의 아내였구나. 그래서 속속들이 다 알고 있었던 거였구나. 더구나 재호가 성폭력피해상담소에서 일했다고 했는데, 만약 그에게 그녀가 상담을 받았다면 모든 걸 다 알았을 것 아닌가?

재호는 그런 아픔을 가진 여자에게 연민을 느껴서 결혼했을까?

어쨌거나 나는 재호의 아내와 전혀 무관한 사람인 것이 증명됐다. 물론 지금까지 결혼하고 나서 아내 외에 다른 여자와 바람을 피워본 적이 없었기에 재호 아내의 이름을 물어보기 전에도 재호에게 떳떳했다.

사전의 치밀한 각본에 의한 모든 과정에 우연은 하나도 없었다. 재호의 드라마에서는 그 어떤 사람도 다 필연적으로 엮어지게 만들었다는 생각이 들었다. 예외가 있다면 그 사람은 바로 나 고성식뿐이었지만, 범피모에서의 만남이 재호의 의도적인 접근에 의해 이루어졌을 수도 있었다는 생각이 들었다. 자신의 프로젝트를 수행하기 위해서 당연히 범죄 피해 가족이어야 동기부여를 쉽게 할 수 있고, 그 분노심이나 사회에 대한 적개심을 활용해 설득이 가능했을 것이다. 그래서 가장 적합한 먹잇감으로 골랐던 게 내 글이었고, 전적으로 공감을 표하게끔 나한테 답장 메일을 보내온 것 같았다. 또 재호가 고려했던 중요한 것은 최면감수성이었을 것이다. 자신의 의도대로 움직이게끔 하려면 최면은 필수였을 테니까.

재호가 그랬구나. 어쩐지 재호가 내 속마음을 속속들이 알고 있었다고 생각했는데, 오히려 그렇기 때문에 동병상련을 느꼈는데 이것도 재호의 전략이었다는 말인가? 그의 눈빛을 보면 왠지 모를 편안함과 어떤 강력한 에너지가 느껴졌다. 그런 게 다 재호의 암시였고 결국엔 내가 최면에 빠졌다는 말인가?

머릿속이 복잡했다. 그래도 나는 왜 그 상황에서 자살을 선택했을까? 아무리 내가 사랑하는 사람들을 잃고 희망도 잃었다지만, 그 순간 나까지 잃을 정도로 나는 극한 상황에 몰렸던가? 지금 생각해보면 그렇게까지 내가 최악의 상태는 아니었던 것 같았다. 그렇다면 어떤 극한 상황이 오면 자살을 하게끔 그의 최면으로 세뇌됐던 것은 아닌지 모르겠다.

모든 걸 나한테 뒤집어씌운 그의 뻔뻔함이나 야속함은 새로 알게 된 사실로 인해 오히려 그 무게가 느껴지지 않았다. 나 또한 사냥개에 불과했던 것인가? 재호는 관련된 모든 사람을 죽이거나 죽게 함으로써 완전범죄를 꿈꿨던 것인가?

"제가 도울 일이 있다고 하셨죠?"

뭔가 잊고 있다가 갑자기 생각이 난 것처럼 내가 물었다.

"뭐, 이곳에 오래 있었으니까 큰 기대는 안 하지만 혹시 그 사람 어디에 숨어 있을지 짐작 가는 데라도 있나 해서요. 이제는 사실도 밝혀졌겠다, 뭐 세월도 많이 흘렀으니까 굳이 감추거나 그를 보호할 이유도 없어졌잖아요?"

우스웠다. 아직도 이 사람은 집요하게 나를 신문하고 있었던 것이다. 내가 기결수가 아니었다면 이 사람은 예전처럼 나를 독사의 눈으로 쳐다보면서 안 불면 죽일 듯이 몰아붙였을 것이다. 그런데 설사 어디 숨어 있을 짐작이라도 가는 곳이 있다면 재호가 '그래, 나 잡아봐라!' 하고서 행여 거기서 얌전히 잘도 기다리고 있겠다.

"나, 그 사람 때문에 피박 쓴 사람입니다. 아직도 내가 뭔가를 숨기고 있다고 생각하시는 모양인데 나도 그 사람 좀 봤으면 좋겠습니다. 제발 찾아서 나하고 얘기 좀 하게 해주세요. 형사님 얘기를 듣고 보니 마음이 온통 뒤죽박죽이 돼버렸네요."

사실이었다. 전혀 답을 찾을 수 없는 방정식 앞에서 어디서부터 어떻게 시작해야 하는지도 모르고 마냥 헤매고 있는, 수학선생님한테 불려와 칠판 앞에 서 있는 그런 학생의 심정이었다.

"그것 참. 재호라는 사람이 잡혀야 재심이라도 청구할 수 있으니까 혹시 뭐라도 단서가 될만한 거나 뭐 짚이는 데가 있으면 연락주세요."

재심? 그런 거 잊어버린 지 오래다. 그냥 과거를 저장하고 있는 내 전두엽 속의 기억 인자를 송두리째 떼어버렸는데, 새삼스럽게 이제 와서 삭제했던 컴퓨터 파일처럼 그걸 복구하겠다고?

됐네요, 이 사람아!

남의 인생을 갖고 장난을 치는 느낌을 지울 수 없었다. 재심이 어디 아이들 장난감인양 책임지지 못할 말을 선심 쓰듯이 얘기하고 있으니, 이 사람의 진실성은 어디까지인지 짐작이 되지 않았다.

한참 동안이나 나를 면회했던 형사가 몸 건강히 잘 있으라며 인사를 하고 나가다가 힐끗 나를 보면서 또 툭 내던졌다.

"아, 재호 그 사람, 무정자증으로 임신을 시킬 수 없었다네요? 재호 아내와 죽은 길수와의 오래전 통화 내용에 그런 내용이 있습디다. 길수 당신의 아이를 가졌다고."

왜 이들은 꼭 대화 끝머리에 이렇게 결정적인 얘기를 하는지 모르겠다. 콜롬보 형사 영화에서도 누군가와 얘기를 끝내고 상대방이 긴장의 끈을 놓을 때쯤 문 밖으로 나가다가 휙 뒤로 돌아보며 절묘하게 방심의 허를 찌르는 한마디 말을 꼭 했다.

머리가 띵했다. 방정식이 자꾸 꼬여가는 느낌이었다. 재호의 얘기대로라면 아내가 임신을 했을 때 천군만마를 얻었다고 했는데 이 또한 꾸며낸 얘기였단 말인가? 아니면 남의 씨를 잉태한 사실을 알고도 좋아했단 말인지? 영원히 태어날 수도 없는 미래의 자식인 '송이'를 운운하며 살았다는 본뜻은 무엇이었을까? 정말 그랬다면 재호가 너무 무서운 사람이었다는 생각이 들었다. 자신의 아내를 범한 역신을 무기력하게 바라봤던 처용이 아닌 바에야 부정을 저지른 아내에 대한 분노와 배신감에 치를 떨고 질투에 눈이 멀었을 텐데, 그걸 모르는 체 지켜봤을 그의 마음을 미루어 헤아릴 수 없었다.

재호는 상상 속의 삶을 살았는지, 아니면 가면 속의 인생이었는지, 그것도 아니라면 최면 속의 무의식 세계에서 생활을 했는지 갈피를 잡을 수 없었다.

그리고 보면 길수는 아주 혹독한 대가를 치른 셈이었다. 씨를 잘못 뿌린 결과치고는 너무 비극적이었으니까. 아내의 불륜을 알게 해준 사람이 길수였다는 생각도 들었다. 또 재호 아내를 죽게 한 장본인도 길수였을 것 같았다. 씨를 뿌릴 수 없는 재호 입장에서 어느 순간 아내가 헛구역질을 하거나 배가 불러오는 등의 증세로 인해 임신 사실을 알게 됐을 거 아닌가? 길수가 헤어진 여자를 찾다가 통화를 하게 된 그녀의 남편을 통해 그녀의 죽음을 알았고 괜히 자신이 죄인인 것처럼, 자신이 그녀를 죽게 한 것처럼 죄의식을 느꼈다고 했는데, 그의 직감이 틀리지는 않은 걸 보니 세상이 참 신비스러운 부분도 있는 것 같았다. 처용이 아닌 인간 재호의 입장에서는 성 장애를 갖고 있었음에도 아내가 임신을 하게 되자 세상이 뒤집혀 보였을 것이다. 그래서 재호의 복수극이 기획되고 우리의 프로젝트가 실행됐을 거라고 이해가 갔다.

마지막까지 남는 궁금증은 한때 사랑했던 여자인 김미선의 남편이 지금의 재호라는 걸 길수가 알게 됐을 것이고, 그 이후 둘 사이에 어떤 일이 있었는가 하는 점이었지만 나로서는 도저히 풀 수 없는 숙제였다.

그냥 묻어뒀다. 어차피 재호를 만날 일도 없고 설령 만난다 하더라도 달라질 게 하나도 없지만 만날 수도 없으며 만나고 싶지도 않았다. 그냥 그쯤에서 막을 내리는 게 좋겠다. 어차피 커튼 콜은 없을 테니까. 환호하는 관객에게 무대로 다시 나가 답례할 일은 진짜 없지 않은가!

아니, 답례를 하고 싶어도 환호했던 관객이 썰물처럼 다 객석을 비웠으므로 텅 빈 공간을 향해 무의미하게 손을 흔들 수도 없었다. 관객이 없는 무대는 너무도 쓸쓸하고 외롭기만 하다.

# 제11장

# 풀 냄새 피어나는
# 잔디에 누워

짧은 운동 시간이 다 돼간다. 30분 정도의 짧은 시간이지만 유일하게 하루 일과 중 기다려지는 시간이기도 하다. 뭔가를 기다리게 됐다는 것이 내 생활의 큰 변화라면 변화였다. 누군가를 기다릴 일도, 감옥을 나갈 일도 없는 나였기에 그나마 이렇게 하루 중 기다려지는 시간이라도 있다는 게 어찌 보면 다행인 것 같다. 한마디로 운동 시간이 나의 유일한 존재의 끈이자 희망의 끈인 셈이다.

하루 중 내게 주어진 가장 값진 시간이라는 것은 일요일이면 확실히 증명이 됐다. 일요일이나 공휴일 등은 운동 시간이 주어지지 않는데 참 많이 답답했다. 일반 사회에서는 휴일이 반가운 날이지만, 교도소 내 출역(出役)도 없이 답답한 하루를 보내야 하는 감옥의 휴일은 지루하고 길게만 느껴졌기 때문에 조금이라도 운동을 할 수 있는 평일이 훨씬 좋았다. 그렇다고 젊은 친구들처럼 그 시간에 몸을 만든다거나 뛰거나 하는 운동을 하는 건 아니다. 그저 영내를 조용히 사색하며 걷기도 하고 하늘도 바라보며 나만의 시간을 갖는 그런 시간이다.

요즘은 햇볕도 따갑지 않아 좋다. 귀밑을 간질이는 소슬 바람도 부드럽다. 바람결이 얼굴에 느껴질 정도니까 남실 바람이나 산들 바람 정도가 아닐까 싶다. 사실 이맘때가 수형생활에는 제격인 듯싶다. 수의만 입지 않았다면, 주위를 에워싸고 있는 담장만 높지 않다면 마음은 훨씬 자유로울 것 같은 그런 계절이다.

여기에서 제일 고역스러운 계절은 여름이었다. 바람 한 점 통하지 않는 방 안에서 땀냄새에 젖은 서로의 몸을 부딪히며 생활한다는 것은 견디기 힘든 고통이었으니까.

예전에는 상상도 할 수 없었다던 선풍기도 시간별로 종종 틀어줬지만 그 혜택을 골고루 받기에는 턱없이 바람의 세기가 부족했고, 바람의 온도 또한 높아서 뜨거운 바람을 쐰다고 표현해야 맞을 정도였다.

차라리 추운 게 덥고 습해서 불쾌지수가 엄청 높은 여름보다 훨씬 낫다는 생각을 했는데 대부분 감방 식구들도 나와 같은 생각이었다. 내가 있는 이 교도소는 그나마 비교적 최근에 건립된 거라 바닥도 온돌로 되어 있어 겨울을 나기에 그다지 어렵지 않았다.

이렇게 춥지도 않고 덥지도 않고 사시사철 이런 날씨였으면 좋겠다. 사회에 있을 때에도 유독 가을을 좋아했는데, 가을은 좋아하는 것만큼 외로움의 깊이도 깊었다. 내가 사회의 가을을 마지막으로 느꼈던 게 언제였던가? 남한강 변 숲 속 아지트에서 들은 부엉이와 소쩍새 소리, 그리고 밤새 찌르르 울어대는 풀벌레 소리가 참 정겨웠는데 아득히 먼 옛날 이야기가 돼버렸다.

밥맛도 나쁘지 않았다. 원래 반찬 투정을 안하고 아무거나 잘 먹는 식성 탓도 있었지만, 무슨 사상범처럼 하루 종일 격리되어 혼자 지내는 것도 아니고 교도소 내에서 이것저것 작업도 적당하게 하다 보니 의외로 하루 시간도 잘 가고 적당히 허기도 느껴 밥도 남기지 않고 꼬박꼬박 잘 먹는다. 내 위도 이곳 음식에 완전히 적응을 한 것 같다.

사회에 있을 때는 불규칙적인 식사와 정해져 있지 않은 메뉴로 인해 위가 혼란을 겪었을 텐데, 이곳에서야 정해진 식단대로 정확한 시간에 때를 맞춰 밥을 먹여주니, 나야 숟가락으로 밥을 떠서 입 속에 넣고 이빨로 씹기만 하면 됐다. 배 속으로 넘긴 음식물의 소화도 국가가 다 시켜줬다. 한 번도 배탈이 나거나 체해본 적이 없으니까.

딱 한 가지 아쉬운 것이 있다면 저녁을 너무 일찍 먹는다는 것이다. 사회에 있을 때야 아홉 시 넘겨 저녁밥을 먹었는데, 여기선 보통 다섯 시 넘어 식사를 해야 하기 때문에 처음에는 밤중에 배가 고팠다. 물론 지금은 그런 환경에 익히 적응이 된 상태이기에 그런 현상은 없어졌지만, 어쨌든 함포고복(含哺鼓腹)이 따로 없는 나 나름의 호강이었다.

한 가지 재미있는 것은 평일에도 시간에 따라 종종 텔레비전을 시청할 수 있었지만 일요일이면 어김 없이 〈전국노래자랑〉을 보게 한다는 것이다. 다른 교도소에서 이감해 온 친구도 그쪽 교도소 또한 항상 이 노래자랑을 보여준다고 하던데, 확실히 국민 노래자랑이 맞는가 보다. 며칠 후면 '시월의 마지막 밤'이다. 그러고 보니 진짜 시월의 마지막 밤도 얼마 남지 않았구나.

전국노래자랑에서 어떤 출연자가 분위기 있는 노래를 멋지게 열창을 했다.

'지금도 기억하고 있어요. 시월의 마지막 밤을…… 한마디 변명도 못하고 잊혀져야 하는 건가요……'

잊혀진 계절!

꽤 오랜 시절, 한마디로 이 노래는 공전의 히트를 기록했다. 그날 만인의 추앙을 받았던 그 노래의 주인공이 우리 부대를 방문했다. 뽀얀 먼지를 일으키며 하얀색 옷을 입고 공연의 마지막 순간에 혜성처럼 나타난 그 가수가 얼마나 멋있게 보였던지⋯⋯.

시절도 아마 이때쯤이었지 않았을까? 만산에 홍엽이 물들어가고 전방의 거리엔 이른 낙엽이 시체처럼 나뒹굴고 있었으니까.

'한마디 변명도 못하고 잊혀져야 하는 건가요. 음~'

그 가수는 잊혀진 계절을 마술처럼 불러댔고 우린 한동안 철저히 마법에 걸렸다.

또다시 하얀 먼지를 일으키며 떠난 그의 빈 자리를 오랫동안 바라봐야 했고 지금까지도 그 여운이 계속되고 있으니, 그의 마법은 강력한 약효를 갖고 있었던 게 틀림없다.

스텔라! 잘 나간다던 그 가수가 뽀얀 먼지를 일으키며 타고 온 자동차는 다름 아니 스텔라였다. 당시는 포니가 우리나라 자동차의 주종을 이루고 있었을 때였으니까 분명 고급차였다. 하얀색 스텔라⋯⋯ 얼마나 미끈하고 예쁜 차였던지! 제대하면 언젠간 꼭 하얀색 스텔라를 사고야 말겠다고 다들 다짐했다.

벌써 세월은 휙 내 곁을 스쳐 달려갔건만 그 '잊혀진 계절'은 그 계절을 잊지 못하게 나를 다시 마법에 빠지게 한 셈이다. 한때의 청춘을 푸른 제복 속에 감춰야 했던 그 시절이 너무도 그리웠다. 그 일이 있고 나서 군대 동기들과 제대하고 사회에 나가면 매년 시월의 마지막 밤 청량리 맘모스 다방에서 7시에 만나자고 했는데⋯⋯. 핸드폰도 없었고 집전화도 제대로 없었을 때니까 가능한 얘기였다.

정신 없이 살다가 10년 만에 한 번 찾아가봤더니 역전 맘모스 다방은 온데간데 없이 상전벽해처럼 달라진 모습만 확인하고 쓸쓸히 발길을 돌렸다. 사회생활을 하면서 우연이라도 만나길 바랐지만 이젠 그 바람도 영원히 불가능한 일이 되어버렸다.

전우라는 사이가 유사시 죽음을 같이할 수 있는 관계인 만큼 그 의미는 각별했지만 우스갯소리로 내 감방 동료들도 서로를 전우라고 부른다. 그들과 죽음을 같이할 일도 없는 데 말이다. 중대장이 정신 교육 시간에 그랬다. 너희가 지금 입고 있는 그 군복이 전사하면 입고 관에 들어가는 바로 그 수의(壽衣)라고……. 우리도 한자는 다르지만 수의(囚衣)를 입고 있으니, 그런 식으로 보면 재치 있는 호칭일 수도 있지 않을까? 대신 나는 그들과 죽음을 같이 하지는 못할망정 생활은 같이할 수 있기에 전우라는 호칭이 그리 나쁘지는 않았다.

무기수로서의 내 감방 내 위치는 특별하지는 않다. 수시로 신참들이 오면 나를 살인범이자 무기수로서 엄청 두려워하고 어려워한다는 것 말고는 없지만, 출감할 때는 꼭 면회 오겠다던 사람들이 그 약속을 지키는 경우는 한 번도 보지 못했다. 다시는 이곳을 향해 오줌도 누고 싶은 생각이 없을 것이기에 그런 걸로 서운해하지는 않았다.

교도소 담장 밖으로 무덤덤하게 올려다본 가을 하늘이 오늘따라 참 시리도록 푸르다. 처음 교도소가 들어섰을 때에는 도심에서 한참이나 멀리 떨어진 외곽에 자리를 잡았다던 이곳도 도시가 팽창하다 보니 어느새 도심 속의 흉물로 전락한 것 같다고 간수들이 얘기하는 걸 들었다. 그래도 하늘이 보이고 가끔 멀리서 자동차의 경적 소리도 들리지만 나름대로 조용해서 진짜 교도소다웠다.

하늘을 올려다볼 수 있다는 것이 얼마나 다행인가. 사형수들이 형장으로 향할 때 마지막까지 발걸음을 멈추며 올려다본다는 하늘인데…….

풀 냄새 피어나는 잔디에 누워
새파란 하늘가 흰 구름 보면
가슴이 저절로 부풀어 올라
즐거워 즐거워 노래 불러요

한용희 곡의 〈푸른 잔디〉라는 동요, 어릴 적 푸른 잔디 위에 누워 새파란 하늘을 그렇게 바라보며 노래했다. 어린 마음에도 너무나 곡이 아름다워 몇 번이고 반복해서 부르다 보면 스스로 감동에 젖어 눈가에 이슬이 맺혔다. 무한한 신비스러움과 동경심, 그리고 경외감을 갖고 있는 그런 하늘을 내려다보지 않고 올려다본다는 게 얼마나 자연스러운 것인지 모른다.

우리 딸아이는 저 하늘 어디쯤에서 살고 있을까?

저 하늘 끝 어딘가에 장차 내가 머물 데가 있는가?

성삼문은 왜 하늘을 올려다보지 않고 기우는 서산해만 바라보았을까? 저 하늘 위에 끝없이 펼쳐진 우주가 있건만······.

우주의 끝이 없듯이 내 형기(刑期)의 끝도 없다. 내 형기를 마칠 수 있는 방법은 내가 죽어야 가능한 일, 하지만 내가 생명을 마감한다고 우주가 끝나지 않는다. 거창하게 우주와 나를 결부시킬 생각은 추호도 없지만, 우주 속의 티끌 같은 아주 미미한 존재의 하나로서 누가 나를 기억해줄까?

누군가 나를 기억하고 있다면 내 존재는 끝나지 않을 것이다. 그게 살아 있는 존재든 죽어버린 존재든 간에. 결국은 나 같은 이런 작은 존재들이 모여 저 무한한 우주를 형성하고 있는 것이다.

재호의 이상이었든, 재호의 하수인으로서의 나의 이상이었든 우주의 한 작은 구성원이었던 우리가 실행한 행위들은 한낱 찻잔 속의 태풍으로 끝이 났다. 우주를 송두리째 바꾼다는 가당치도 않는 꿈을 꾼 것은 아니었지만 말이다. 그런 미완성의 시도였다지만 진정 내가 얻은 건 무엇이었지?

나를 이렇게 만든, 우리 가족과 내 인생을 이렇게 만든 이 사회를 향해 내가 부르짖었던 것은 과연 무엇이었던가?

허무였다. 남은 게 하나도 없으니까. 내가 이룩해 놓은 게 진짜 하나도 없으니까. 그렇다고 설사 계란으로 바위를 쳤다 하더라도 다음 세상에서도 이런 기회가 된다면 또 시도할 것 같다는 생각도 없지 않아 있으니, 전혀 소득이 없었던 것은 아니었나 보다.

어쨌든, 이 세상에는 갈수록 지능화되어 가는 온갖 범죄와 더욱더 숙련된 변호인의 변론, 그리고 우리의 정서와는 한참이나 동떨어진 양형의 판결은 계속될 것이다. 그 세상 속 어딘가에 재호가 존재할 것이다. 또 다른 재호도 존재할 것이다. 그리고 재호의 방식이든, 누군가에 의해 사주된 방식이든, 그 어떤 형태로든 국민의 법 감정에 맞지 않는 그런 판결에 맞서 싸우는 사람들이 있을 것이다.

그게 개인의 복수가 됐든, 아니면 사회에 대한 응징이 됐든…….

## 에필로그

　내가 수감된 지 10년하고도 몇 달이 더 지났을 때 재호가 체포돼 기소되었다. 강원도 어디 깊은 산 속에서 승려 행세를 하고 있다가 붙잡혔다. 붙잡힐 때 신도들이 왜 우리 스님 잡아가냐며 앞을 막고 시위를 했다고 들었다. 그만큼 재호답게 그 역할도 탁월했던 것 같다. 신도가 잘 따르게 하는 것도 성직자에게는 중요한 능력일 것이다. 비록 그가 성직자의 탈을 쓰고 했을망정 말이다.

　일반 스님과는 달리 그는 머리를 길게 길렀단다. 재호는 까까머리보다는 도사처럼 긴 머리가 딱 어울린다고 봐야 한다. 그렇게 풍기는 모습에서 범접할 수 없는 일종의 신비스러움과 카리스마를 느꼈으니까. 하기야 머리를 기르는 종파도 있긴 하니까, 그런 모습 하나 가지고 '스님 같다, 아니다'라고 단순히 구분 지어서 얘기할 수는 없을 것 같긴 했다.

　정확히 정식으로 계를 받지 않았으니 승려라고 할 수는 없다. 어차피 승려가 되기 위한 자격 조건 중의 하나가 범죄 사실이 없어야 하기 때문에 애초부터 재호는 자격미달이었다. 그렇지만 설사 정식 승려가 아니었다 하더라도 재호가 스님으로 보였던 그 기간 동안 대중의 아픈 곳을 만져주고 진리를 깨우쳐주며 삶에 또 다른 의미와 원동력을 주었다면 나쁘다고 탓하지는 않겠다. 불교계에서 뭐라고 하든 말든…….

　재호가 체포됐다는 뉴스는 언론에도 크게 등장하지 못했다. 10여

년이 지나버린 낡아빠진 사건을 국민은 기억이나 하겠으며, 설사 기억한다 하더라도 그 당시의 의미가 퇴색되지 않고 그대로의 감정을 신선하게 보존하고 있는 사람들이 얼마나 되겠는가? 그렇기 때문에 언론에서도 News가 아닌 '올드스(Olds)'로 분류해 취급조차 하지 않았을 것이다.

재호에 대한 대부분의 범죄는 공소시효가 만료돼 법의 덫에서 벗어났고, 자신의 아내 및 길수 관련 살인 혐의도 증거불충분으로 무죄 처리됐으며, 내게 적용했던 살인미수 대신 중상해죄 등 일부 항목만을 적용해 재판에서는 그에게 10년 형을 선고했다. 역시 감정의 유효 기간이 지나다 보니 형량도 나보다 많이 가벼웠나 보다.

그런데 어떻게 보면 재호에게도 불운은 따랐다. 이를테면 중상해죄 같은 경우 공소시효가 7년 정도인데, 재호는 우리 일이 있고 나서 약 3~4년 뒤 재수사를 통해 일정 부분 그의 유죄가 인정돼 기소를 당했고, 재호에게는 유감스럽게도 그 시효는 공소가 제기된 때부터 시작됐으니 간발의 차이로 아웃이 된 셈이다.

나는 재심 없이 그 다음해 성탄절 특사로 가석방되었다. 무기수의 가석방 최소 복역 형기인 10년을 조금 더 채우고 나는 국가의 시혜를 입고 사회로 나온 것이다. 그것은 행운이었다. 최근 개정된 법에서는 무기수의 가석방 요건을 최소 20년 이상 복역으로 바꿨지만 나는 이 법 시행 이전에 형이 확정됐기 때문에 이 조항을 비켜갈 수 있었다. 내가 가석방 심사 대상자에 오를 줄은 꿈에도 생각지 못했다. 재범의 염려가 없고 나의 감정 상태나 사회에 나왔을 때 사회에 미치는 영향 등을 종합적으로 판단해 가석방 심사위원회에 내 명단이 올랐겠지만 재호의 체포와 무관하다고는 할 수 없을 것 같다.

가석방되기 전 2개월 간 천안에 있는 개방 교도소에서 사회적응 훈련을 성공리에 마치고 나서 최종 가석방되었다. 개방 교도소에 있을 때에는 수감된 이후 처음으로 바깥 나들이도 할 수 있었다. 물론 정해진 작업을 위해 나간 것이었지만 오랜만에 맛본 바깥 공기는 신선하고 상쾌한 정도가 아니라, 맛을 표현한 적절한 말은 아니지만 굳이 설명한다면 감개무량한 느낌 그대로였다.

비로소 이곳에서 나는 출감 날짜를 손꼽아 기다리는, 목표가 있는 인생으로 탈바꿈할 수 있었다. 10년도 훨씬 넘게 묵묵히 참아왔던 내가 불과 두 달 정도를 여유 있게 기다리지 못하고 초조하게 하루 하루를 세고 있었으니까 말이다. 생각 없이 지냈던 지난 세월과는 달리 내 인생에서 가장 많은 생각을 했던 것도 이 시기였다. 사회에 나가면 제일 먼저 무엇을 해야 할까? 가장 먼저 우리 딸아이가 묻혀 있는 곳을 찾아가야겠다. 묘지 관리소에서 돌봐줬겠지만 그간 찾아오는 이 없이 얼마나 쓸쓸했을까? 처가에도 한 번 다녀와야겠다. 아내가 집을 나간 뒤 완전히 남이 되어버린 사이였는데…….

당장 나가면 뭘 먹고 살아야 하는지도 큰 고민이었다. 아무리 생각해봐도 귀밑 머리가 허옇게 된 초로(初老)의 내가 마땅히 할 것은 없어 보였다. 막상 감옥을 나가더라도 먹고 살 것이 없어 생존의 문제 때문에 일부러 죄를 짓고 다시 교도소로 돌아올 수밖에 없는 재범자들의 심정이 이해가 갔다. 그런 면에서 보면 교도소는 확실한 생계의 피안처가 아닐까 생각한다. 정말 먹고 살 걱정 하나는 않고 살았는데…….

드디어 출감!

나를 교도소 밖에서 기다려준 사람은 나의 유일한 형뿐이었다. 두부 국을 먹을 때마다 생각났던 그 생두부를 형 덕분에 나도 먹었다. 과거에 술안주로 먹었던 두부김치 같은 그런 맛은 없었고, 닭고기의 살코기처럼 텁텁한 맛과 약간은 비릿한 맛이 느껴졌다. 출감 첫날 형과 소주를 마셨지만 나는 술 두 잔에 완전히 취기가 돌아 잠이 들었다. 사회에 있을 때 소주 세 병에도 끄덕 없던 내가 술 두 잔에 맛이 가다니…….

한동안은 불안과 부자연의 연속이었다. 누군가가 지켜보지 않아서 불안했고, 방문을 잠그지 않아서 불안했으며, 혼자 방을 써서 불안했다. 하다 못해 텔레비전을 보고 싶어도 허락을 받고 싶었는데 누구 하나 아무런 말도 없었으며, 아침이면 항상 제 시간에 정확히 눈이 떠지고 한밤중인데도 전등이 집 안 곳곳에 훤히 켜져 있어 마음이 안정되지 못했다.

출감 후 딱 한 번 재호를 면회 갔지만 끝내 나를 만나주지 않았다. 굳이 가지 않아도 될 면회였다. 아직도 내가 그의 최면 포로 상태였는지는 몰라도 찾아간 것이 후회스러웠다. 나도 더 이상 그를 찾아가지 않았다. 그를 만나야 할 이유도, 필요성도 없었기 때문이었는데 왠지 조금은 미련이 남았다.

은주는 신문사를 진작 그만두고 지금은 평범한 주부로 살고 있을 것이다. 그녀의 나이도 오십 줄이 넘었을 것이니까 손주를 둔 할머니가 돼 있을 나이다. 아무리 예전엔 조금의 남다른 감정을 갖고 나를 대해줬다지만 솔직히 은주는 직업적으로 나를 대했을 것이고, 그 직업을 그만둔 지금 상황에서는 나를 찾을 필요성은 없었을 것이기에 은주에 대해서는 특별한 의미를 두고 싶지는 않다. 하지만 분명한 것은, 한때 나는 그녀가 쓴 기사의 찬란한 주인공으로 자리를 했고 그녀에게 보시를 베푼 것은 확실한 일이었다.

노모는 당신만의 독립된 생활을 끝내고 형 집에서 여전히 90을 넘겨 장수하고 있었지만 안타깝게도 나를 알아보지 못하고 자꾸만 '젊은 양반'이라고 불렀다. 시골에서는 예전에 양반이라는 호칭을 자주 썼다. 지금도 '기와집 양반'이랄지, '대서반 양반', '양천 양반', '서말 양반' 같은 동네 어른들의 호칭이 기억나는데 모친도 그런 표현을 자주 썼다.

나를 더 아프게 한 것은 당신이 치매를 앓고 있음에도 항시 품에 넣고 다니던 빛 바랜 내 사진 하도 만지작거리는 바람에 사진이 다 해져 형이 아예 코팅 처리를 해줬다 을 꺼내 들고선, "젊은 양반! 이게 우리 아들이라오."라며 틈날 때마다 얘기하는 것이었다.

치매는 대개 사람, 장소, 시간을 인지하지 못하는 뇌기능 질환인데, 우리 모친은 뒤의 두 가지와 대부분의 사건들도 정확히 기억하고 있었지만 정작 가장 중요한 사람을 알아보지 못하고 있었다.

어느 순간 멈춰버린 뇌기능으로 인해 내 불행한 역사를 치매를 앓고 있는 지금도 당신은 끝내 버리지 못하고 있는 것이다.